O
이야기

폴린 레아주 소설 | 성귀수 옮김

문학세계사

옮긴이 · 성귀수

연세대학교 불문학과 졸업, 같은 학교 대학원에서 박사학위 받음.
1991년《문학정신》으로 시인 등단.
2003년 시집『정신의 무거운 실험과 무한히 가벼운 실험정신』출간.
전문 번역가로 활동하며『오페라의 유령』『적의 화장법』
『아르센 뤼팽 전집』『창녀』『모차르트』『사드-불멸의 에로티스트』
『짧은 뱀』『엘리펀트맨』『꽃의 지혜』『나의 형 빈센트 반 고흐』
『자살가게』『몽테스팡 수난기』『반란의 조짐』『매그레 시리즈』(공역)
『팡토마스 선집(5권)』등 다수의 책을 우리말로 옮겼다.

O 이야기
폴린 레아주 지음

·

초판 1쇄 발행일 2012년 6월 1일

·

옮긴이 · 성귀수
펴낸이 · 김종해
펴낸곳 · 문학세계사

·

주소 · 서울시 마포구 신수로 59-1(121-110)
대표전화 · 702-1800 ㅣ 팩시밀리 · 702-0084
mail@msp21.co.kr ㅣ www.msp21.co.kr
트위터 : @munse_books
페이스북 : facebook.com/munsebooks
출판등록 · 제21-108호(1979.5.16)
값 12,000원
ISBN 978-89-7075-530-4   03860
ⓒ 문학세계사, 2012

Histoire d' O

Pauline Réage

O 이야기

차례

Ⅰ. 루아시의 연인들   007

Ⅱ. 스티븐 경   077

Ⅲ. 안느—마리   179

Ⅳ. 올빼미   247

옮긴이의 말   287

I. 루아시의 연인들

어느 날 애인이 O를 데리고 몽수리 공원의 한 번도 가
보지 않은 구역을 산책한다. 공원을 거닐고 나서 잔디밭
가장자리에 나란히 앉아 있는데, 한쪽 구석, 택시 정류장
이 전혀 없는 거리 모퉁이에, 미터기가 장착되어 있어 꼭
택시처럼 보이는 자동차 한 대가 눈에 들어온다. "타"라고
그가 말한다. 그녀는 차에 탄다. 이제 막 저물기 시작한 가
을 저녁. 그녀는 평상시와 다름없는 복장이다. 하이힐을
신고 투피스 주름치마에 실크 블라우스, 모자는 쓰지 않았
다. 그러면서도 재킷의 소매까지 올라오는 긴 장갑을 착용
했다. 신분증과 콤팩트, 립스틱이 들어 있는 가죽 핸드백
을 들고 있다. 남자가 운전기사에게 아무 말도 안 했는데,
택시가 슬그머니 출발한다. 남자는 좌우측과 뒤쪽 유리창
의 블라인드를 내린다. 여자는 그가 자기를 안거나 애무를

받고 싶어하는 줄 알고, 장갑부터 벗었다. 하지만 남자는 이렇게 말한다.

"불편해 보이는데, 핸드백 이리 줘."

여자가 핸드백을 건네자, 남자는 그걸 받아 여자의 손이 닿지 않는 곳에 밀어놓은 뒤, 덧붙인다.

"옷도 너무 많이 입었어. 스타킹을 무릎 바로 위까지 내려. 자, 여기 밴드로 고정하고."

택시 속도가 아까보다 빨라지자 여자가 긴장한다. 운전기사가 돌아볼까봐 걱정이다. 마침내 스타킹이 돌돌 말려 내려갔고, 실크 슬립 아래로 허전하게 느껴지는 허벅지가 여자는 영 거북하다. 뿐만 아니라, 늘어진 가터벨트 줄이 자꾸 거치적거린다.

"가터벨트하고 팬티 다 벗어."

이번에는 쉽다. 허리 뒤로 손을 돌려 몸을 살짝 들기만 하면 되니까. 남자는 여자에게서 가터벨트와 팬티를 건네받아 핸드백 속에 처넣은 다음, 이렇게 말한다.

"슬립과 치마를 깔고 앉으면 안 돼. 그걸 들추고 좌석시트에 직접 살을 대고 앉아야 해."

인조가죽을 댄 좌석시트는 매끈매끈하고 차갑다. 넓적다리에 쩍 달라붙는 느낌이 섬뜩하다. 남자가 말한다.

"장갑은 다시 껴."

택시는 여전히 달리는데, 여자는 왜 르네가 꼼짝도 않는지, 왜 아무 말도 하지 않는지 그리고 자신이 이처럼 반벌거숭이 무방비상태에 장갑만 달랑 착용한 꼴로 어딜 가는지도 모르는 검은 자동차에 실려 쥐 죽은 듯 꼼짝 못하고 있는 것이 과연 그에게 무슨 의미를 가지는지, 물어볼 엄두조차 나지 않는다. 그가 아무것도 지시하지 않았고, 금하지 않았는데, 여자는 감히 다리를 꼬지도 무릎을 붙이지도 못하고 있다. 그저 장갑 낀 두 손을 양옆으로 내려 좌석시트를 짚은 채 몸을 지탱하고 있을 뿐이다.

"다 왔어."

그가 툭 내뱉는다. 그렇다. 택시는 어느 근사한 가로변, 한 나무 아래—플라타너스다—멈춰 선다. 포부르 생제르맹 일대에서 흔히 볼 수 있는, 안뜰과 정원을 갖춘 아담한 저택 앞이다. 가로등들이 다소 멀리 떨어져 있어, 차 안은 아직 어두컴컴하다. 밖에는 비가 내린다.

"움직이지 마. 절대 움직이면 안 돼."

그렇게 말하며 르네는 여자의 블라우스 칼라 쪽으로 팔을 뻗어, 리본과 단추를 푼다. 여자는 상체를 약간 숙인다. 그가 자기 가슴을 애무하고 싶어한다고 생각하는 거다. 그런데 아니다. 남자는 잠시 더듬어 브래지어 끈을 쥐더니, 주머니칼로 잘라내고 그 전체를 벗겨낸다. 남자가 다시 옷

깃을 여며놓는다. 이제 여자의 블라우스 속은 맨가슴이다. 몸통에서 골반, 무릎까지가 전부 그런 것처럼.

남자가 말한다.

"잘 들어. 준비는 끝났어. 이제 너는 내 손을 떠나는 거야. 차에서 내려 곧장 초인종을 눌러. 문 열어주는 사람을 따라가. 무어든 시키는 대로 해. 순순히 들어가지 않으면, 너를 데리러 사람들이 나올 거야. 바로바로 복종하지 않으면, 복종하게 만들 거고. 핸드백? 아니, 핸드백은 더 이상 필요 없어. 너는 내가 제공하는 계집일 뿐이야. 그래, 그래, 나도 곧 함께 할 거야. 자, 어서 가."

같은 도입부의 또 다른 버전은 이보다 훨씬 거칠고 간단했다. 앞서 묘사한 스타일로 옷을 입은 젊은 여자가 애인과 그의 낯선 친구의 손에 이끌려 자동차에 올라탔다. 낯선 자가 운전을 하고, 애인은 젊은 여자 옆에 앉아 있다. 여자에게 상황 설명을 하는 건 낯선 자인 애인 친구의 몫이었다. 설명인즉, 애인이 그녀를 준비시킬 텐데, 우선 장갑 낀 손부터 등뒤로 묶은 다음, 스타킹을 내리고, 가터벨트와 팬티, 브래지어를 벗겨내고는 마지막으로 눈을 가릴 거라고 했다. 그녀는 성(城)에 넘겨질 것이고, 앞으로 해야 할 일에 대해 교육받을 거라고 했다. 실제로 그와 같이 옷이 벗겨지고 눈이 가려진 채 30여 분을 달린 그녀는 누군가의 손에 이끌려 차에서 내린 뒤 계단을 몇 걸음 올라갔고, 한두 개의 문을 통과한 다음 홀로 남겨졌다. 눈가리개가 벗겨지고 보니 주위가 온통 컴컴했는데, 거기서 반 시간인지 한 시간인지, 혹은 두 시간인지 모르겠지만, 하여튼 끝 모를 시간 내내 우두커니 서 있었다. 마침내 문이 열리고 불이 켜진 뒤에야, 지금까지 대기하던 곳이 아주 아늑하고 평범하면서도 어딘지 모르게 기묘한 느낌이 드는 방임을 알게 되었다. 바닥에 두꺼운 양탄자만 깔려 있을 뿐 가구라곤 한 점도 없고, 사방이 온통 붙박이 벽장이었다. 문을 열고 들어선 젊고 예쁘장한 여자 두 명은 18세기식 하녀 복장을 하고 있었다. 가볍고 풍성한 치마가 발까지 덮고, 앞쪽을 여미게 되어 있는 코르셋형의 꼭 낀 상의는 상대적으로 가슴을 두드러져 보이게 했으며, 목 주위로는 레이스 장식이 달려 있고 소매길이는 팔 중간쯤 되었다. 눈과 입술엔 화장기가 짙었고, 목에는 타이트한 목걸이를, 손목에는 딱 맞는 팔찌를 차고 있었다.

내가 알기론, 그 여자들이 등뒤로 묶인 O의 두 손을 풀어주었고, 이제 옷을 완전히 벗어야 한다는 것, 그러면 몸을 씻겨주고 화장을 해줄 거라는 말을 그녀에게 했다. 결국 벌거숭이가 된 그녀의 옷가지들은 벽장 중 한 곳에 가지런히 넣어졌다. 목욕이 이어졌고, 미용실에서처럼 모발 세척과 드라이를 한 자리에서 할 수 있는 의자에 착석한 채 헤어세팅이 이루어졌다. 기껏해야 한 시간 정도 걸리는 일인데, 실제로는 그 이상이 걸렸다. 내내 알몸 상태로 앉아 있는 그녀에게 다리를 꼬거나 무릎을 붙이지 말라는 주의가 계속해서 내려졌다. 정면에는 위에서 아래까지 하나로 된 커다란 벽거울이 있어, 그녀가 앞을 볼 때마다 어중간하게 다리를 벌리고 앉은 자신의 모습과 맞닥뜨렸다.

눈꺼풀엔 살짝 어두운 색조 화장을 하고, 입술은 아주 붉게, 젖꼭지와 젖꽃판은 모두 핑크빛으로, 음순 주위로는 불그스레한 톤을, 겨드랑이와 치골의 터럭, 사타구니와 젖가슴의 골진 부위 그리고 손바닥 구석구석 은은한 향수를 뿌리자, 드디어 모든 준비가 끝났다. 어떤 방으로 이끌려 들어갔는데, 거기 배치된 삼면거울과 나머지 벽거울을 통해 여자의 모습이 적나라하게 비쳐지고 있었다. 거울들이 둘러쳐진 한복판, 오토만 의자에 앉아 기다리라는 지시가 내려졌다. 약간 까칠한 검정 모피로 덮인 의자였고, 바닥 양탄자도 검정, 벽은 붉은색이었다. 여자는 붉은 하이힐 샌들을 신고 있었다. 한쪽 벽에는 어둑하고 아름다운 정원이 내다보이는 커다란 창문이 자리하고 있었다. 비가 그쳤고, 나무들이 바람결에 흔들리는가 하면, 구름 사이로 달이 지나가고 있었다. 그 붉은 방에 몇 시간이나 여자 혼자 있었는지는 모른다. 아니, 그녀 스스로 믿고 있듯이 정말로 혼자 있었는지, 아니면 벽에 감춰진 구멍을 통해 누군가가 계속 지켜보고 있었던 건지 나는 모르겠다. 내가 아는 건, 두 여자가 다시 나타났을 때 한 여자는 재단사가 사용하는 줄자를, 다른 여자는 바구니를 들고 있었다는 사실이다. 그들과 함께 보라색 가운을 걸친 사내도 한 명 들어왔는데, 손목만 꼭 조여주면서 나머지는 풍성한 소매와 걸을 때마다 허리 아래로 길게 열리면서 펄럭이는 옷자락이 눈에 띄었다. 그 안에는 다리 전체를 타이트하게 감싸면서 성기 부위만 훤히 개방된 일종의 레깅스를 착용하고 있다. 사내가 처음 들어섰을 때, 무엇보다 O의 시선을 끈 것이 바로 그 성기였다. 다음으로는 벨트에 찔러 넣은 가죽 채찍이 보였고, 얼굴 전체를 가리고 눈구멍까지 검은 망사로 차단된 검정 마스크와 부드러운 염소가죽으로 만든 검은 장갑이 눈에 들어왔다. 사내가 반말로 움직이지 말라고 하더니, 함께 온 여자들을 향해 어서 서둘라고 지시했다. 줄자를 가지고 온 여자가 O의 목과 손목 굵기를 쟀다. 다소 가는 편이긴 하나, 특별히 예외적인 치수는 아니었다. 또 다른 여자가 들고 온 바구니 속에서 같은 치수의 목걸이와 팔찌를 찾는 일은 그리 어렵지 않았다. 만들어진 방식은 모두 같았다. 일단 여러 겹의 가죽을 덧댔지만 그 하나하나가 워낙 얇아 다 합해도 손가락 굵기를 넘지 않았다. 찰카닥 소리와 함께 맞물리도록 되어 있는 잠금장치는 작은 열쇠를 통해서만 열 수 있었다. 잠금장치의 정반대 위치에는 금속고리가 달려 있어, 목걸이든 팔찌든 필요할 경우 어디에든 고정시킬 수 있게 되어 있었다. 마침내 목걸이와 팔찌가 목과 손목에 채워졌고, 일어서라는 사내의 지시가 떨어졌다. 오토만 의자의 모피쿠션에 대신 앉은 사내는 여자를 무릎에 닿을 만큼 바짝 다가서게 한 다음 장갑 낀 손으로 넓적다리 사이와 가슴 위를 더듬어보더니, 당일 저녁 혼자 식사를 하고 나서 선보여질 예정이라고 설명해주었다. 실제로 그녀는 벗은 몸 그대로 어느 비좁은 골방 같은 데서 혼자 식사를 했다. 문에 난 작은 구멍을 통해 보이지 않는 손이 음식 접시들을 건네주고 있었다. 식사가 끝나자, 아까 그 두 여자가 그녀를 데리러 다시 나타났다. 붉은 방에서 두 여자는 그녀의 팔을 등뒤로 돌린 뒤 팔찌에 달린 두 개의 고리를 연결시켰고, 온몸을 덮을 만큼 기다란 빨강 망토를 목걸이에 부착해 걸쳐주었다. 손이 뒤로 묶인 상태라, 걸을 때마다 망토 앞자락이 열리는 것은 어쩔 수가 없었다. 여자 한 명이 앞장서면서 문들을 열었고 다른 여자가 뒤따르며 그 문들을 도로 닫았다. 일행은 그렇게 간이통로와 응접실 두 곳을 지나, 서재로 들어섰다. 네 명의 남자가 커피를 마시고 있었다. 다들 복면만하지 않았을 뿐, 처음 나섰던 사내와 똑같은 복장이었다. 하지만 O에게는 그들의 얼굴을 바라볼 시간도, 그중 한 명이 자기 애인임을 알아볼 여유도 없었다. 네 명 중 한 명이다짜고짜 그녀 쪽으로 플래시를 비춰 눈이 부셨던 것이다. 양쪽에서 지키고 서 있는 두 여자와 정면에서 이쪽을 바라보고 있는 남자들 모두 꼼짝도 하지 않았다. 이윽고 플래시가 꺼지자 여자들이 밖으로 나갔다. O의 눈에는 다시눈가리개가 씌워졌다. 누군가에게 이끌려 주춤주춤 앞으로 걸어나가던 그녀의 발길이 멈춘 곳은, 남자 네 명이 앉은, 가까이서 활활 타고 있는 벽난로 불길 앞이었다. 화기(火氣)가 고스란히 느껴졌고, 조용한 가운데 장작 타는 소리가 부드럽게 들려왔다. 그렇게 불을 마주하고 선 지 얼마나 지났을까, 두 손이 망토를 걷어올리는가 싶더니, 다른 두 손이 팔찌의 고정상태를 확인하고는 등허리를 따라골반 쪽을 더듬어 내려갔다. 장갑을 끼지 않은 손들이었는데, 그중 하나가 느닷없이 그녀의 '두 지점'을 동시에 파고들었다. 너무 갑작스런 동작이라 그녀는 비명을 질렀다. 누군가 웃었다. 또 다른 누구는 이렇게 말했다.

"돌려세워요. 젖가슴하고 아랫도리를 좀 보게."

그녀는 돌려세워졌고, 이제 불의 열기는 등허리 쪽에서 다가왔다. 손 하나가 한쪽 유방을 붙잡았고, 입 하나가 다른 쪽 젖꼭지를 물었다. 순간, 여자는 균형을 잃고 뒤로 휘청했는데 곧장 팔들이 달라붙어 부축했다. 거의 눕다시피 젖혀진 상태로 여자는 두 다리가 벌어진 채, 소음순까지 슬그머니 열어보는 손길들을 느꼈다. 사타구니 안쪽을 살랑거리며 스치는 머리카락들이 고스란히 느껴졌다. 여자를 무릎 꿇려야겠다는 소리가 들렸다. 말은 어김없이 실행에 옮겨졌다. 다리 오므리는 것이 금지된 상태였기에 무릎 꿇은 자세가 여간 불편하지 않았다. 게다가 양손이 등뒤로 묶여 있어 어쩔 수 없이 상체가 앞으로 숙여졌다. 그제야 몸을 약간 뒤로 당겨, 마치 수녀들이 취하는 자세처럼, 발꿈치를 깔고 반쯤 앉는 자세가 허용되었다.

"여태 한 번도 묶은 적이 없었소?"

"전혀요."

"채찍질을 한 적은?"

"그것도 전혀. 실은……"

대답하고 있는 건 분명 여자의 애인이었다. 한데 상대가 불쑥 말을 끊는다.

"실은, 가끔 묶고 채찍질을 해서 여자가 그걸 즐긴다 해도, 그리 잘된 일이라곤 볼 수 없소. 정말 필요한 건, 쾌락을 취하는 단계를 지나 눈물의 단계에 도달하는 거니까."

필경 어떤 기둥이나 벽에 제대로 묶어두기 위해 O를 일으켜 세우는 찰라, 누군가 불쑥, 자기가 제일 먼저, 지금 당장, 그녀를 가져야겠다며 나섰다. 여자는 여전히 등뒤로 양손이 결박당한 채, 또다시 꿇어앉아야 했다. 이번에는 오토만 의자에 가슴을 대고 엎드려 골반이 상체보다 높게 들려진 자세였다. 남자들 중 한 명이 두 손으로 아랫도리를 붙들고 그 한가운데를 파고들었다. 잠시 후, 두 번째 남자와 교대가 이루어졌다. 세 번째 남자는 좀더 타이트한 걸 원했고, 갑작스럽게 '그곳'을 쑤셔 여자를 울부짖게 만들었다. 남자가 아랫도리를 놓아주자, 눈가리개가 눈물로 축축해진 여자는 신음을 흘리면서 바닥으로 미끄러졌다. 순간 얼굴이 닿은 곳이 또 다른 누군가의 허벅지였는데, 그녀의 입이라고 해서 곤욕을 피해갈 순 없었다. 마침내 남자들 손에서 벗어난 여자는 요란하리만치 빨간 망토자락을 휘감은 몸으로 불 앞에서 벌렁 누웠다. 잔들을 채우는 소리, 마시는 소리, 의자들을 이리저리 옮기는 소리가 들렸다. 누군가는 불 속에 장작을 집어 넣고 있었다. 갑자기 눈가리개가 벗겨졌다. 콘솔 위에 놓인 램프와 다시 살아나는 벽난로 불꽃이 장서가 빼곡한 넓은 방 안을 희미하게 비추고 있었다. 두 명의 남자가 똑바로 서서 담배를 피우고 있었다. 또 한 남자는 승마용 채찍을 무릎 위에 놓은 채 앉아 있었고, 그녀를 굽어보며 젖가슴을 어루만지고 있는 남자는 애인이었다. 네 명 모두 그녀를 취했지만, 그중 누가 애인이었는지는 알 수가 없었다.

　이 성(城)에서는 늘 그런 식으로 일이 진행될 거라고 누군가 설명해 주었다. 자신을 강간하거나 고문하는 사람들의 얼굴을 낱낱이 보게 될 테지만 밤에는 그러지도 못할 것이며, 그중 누가 가장 심하게 다룰지는 절대 알 수 없을 거라고 했다. 채찍질을 당할 때도 마찬가지인데, 단 채찍질 당하는 모습을 스스로 보게끔 남자들이 눈가리개를 풀어줄 경우에만 사정이 조금 달라지겠으나, 그때는 남자들 쪽에서 죄다 복면을 착용할 것이기에 상대 얼굴을 분간하기는 역시 어려울 거라고도 했다. 애인이 빨강 망토로 그녀를 감싸안아 일으켜 세운 뒤, 벽난로 가에 있는 안락의자 팔걸이에 앉게 해주었다. 거기서 남자들이 던져주는 말들을 귀담아듣고, 그들이 보여주려는 것을 유심히 보아야 하는 것이다. 손은 여전히 등뒤로 묶인 상태였다. 누가 승마용 채찍을 보여주었는데, 길고 가느다란 대나무에 검정 가죽을 입힌 것으로 대형 마구상점 쇼윈도에서 흔히 구경할 수 있는 것이었다. 그녀가 맨 처음 본 남자의 벨트에 달려 있던 가죽채찍은 무척 길었고, 여섯 갈래로 나뉘어진 가죽띠 끄트머리가 매듭으로 처리되어 있었다. 상당히 가느다란 노끈들로 이루어진 채찍도 있었는데 끄트머리는 여러 개의 매듭이 지어져 있었다. 아마도 물이라도 먹인 듯 뻣뻣한 그걸로 아랫도리를 툭툭 건드리면서 다리 사이를 파고들자, 여자의 보드라운 속살에 그 차갑고 축축한 질감이 고스란히 전해졌다. 콘솔 위에는 열쇠들과 쇠사슬이 놓여 있었다. 그런가 하면 서재의 한쪽 벽면에는 두 개의 부조식 기둥이 지탱하는 선반이 길게 자리하고 있는데, 그 기둥 중 한 곳, 남자가 까치발을 하고 팔을 다 뻗어야 닿을 만한 높이에 고리가 하나 박혀 있었다. 겨드랑이와 사타구니를 각각 애인의 손에 맡긴 채 까무러치기 일보직전 상태로 부축을 받고 있는 O에게, 아주 잠깐 결박을 풀어주겠지만, 이번에는 쇠사슬로 기둥의 저 고리에 매달리게 될 것임을 누군가 알려주었다. 그러고 나면 머리 위로 들어올린 두 손을 제외하고는 몸을 움직일 수 있을 것이고, 자신에게 가해지는 채찍질도 직접 눈으로 볼 수 있을 거라고 했다. 원칙적으로 골반과 넓적다리, 즉 차 안에서 세심하게 준비를 시켜 맨살로 좌석시트에 앉게 한 신체부위에만 채찍질이 가해질 거라고도 했다. 모르긴 해도, 남자 네 명 중 한 명은 기필코 그녀의 넓적다리에 아주 오래 남을 멋진 채찍 자국을 무척 깊고 길쭉하게 남기고 싶어할 터였다. 모든 일을 한꺼번에 치르게는 하지 않겠다고 했다. 울부짖든, 비명을 지르든, 몸부림을 치든 여자에게 주어진 시간은 충분한 셈이었다. 숨 돌릴 여유는 얼마든지 줄 것이며, 일단 기운을 차렸다 싶으면 곧바로 다시 시작하겠다고 했다. 어차피 채찍질의 성과는 비명이나 눈물이 아닌, 피부에 새겨질 자국의 선명도와 지속 가능성을 두고 판단될 것이기에. 그러한 판단방식은 지극히 공정할 뿐 아니라, 만에 하나 동정심 따위를 유발하려는 목적으로 신음소리를 과장하는 등, 희생자 입장에서 시도할지 모르는 온갖 술수를 무력화시킬 거라는 얘기였다. 바로 그렇기 때문에, 자기들은 눈물과 약간의 신음 외에 그 어떤 비명소리도 잠재울 만큼 잘 만들어진 재갈(그것 또한 곧바로 보여줬다)을 활용함으로써, 이 성 바깥의 세상, 즉 공원이랄지, 평범한 아파트, 심지어 호텔 객실에서까지 종종 채찍질을 즐겨왔노라고 했다.

그렇다고 오늘밤 당장 재갈을 활용하겠다는 건 아니었다. 오히려 최대한 빠른 시간 안에 여자의 울부짖는 소리를 듣고 싶어했다. 입을 다물고 저항하는 식의 오기는 결코 오래 가지 못했다. 그 대신 제발 좀 풀어달라고, 잠깐만 멈춰달라고 애걸복걸하는 소리가 튀어나왔다. 살점을 파고드는 가죽채찍의 매서운 맛을 피하고자 얼마나 몸부림을 쳐대는지, 여자는 기둥에 매인 채로 빙글빙글 돌다시피 했다. 쇠사슬이 그만큼 길고 느슨하면서 단단하게 고정되어 있었던 것이다. 그 바람에 등허리뿐만 아니라 넓적다리 앞쪽과 옆쪽, 음부에까지 무분별한 채찍 자국이 새겨졌다. 결국 채찍질을 잠깐 멈추고는, 여자의 허리와 기둥을 각각 밧줄로 묶은 다음 모든 걸 재개하기로 결정했다. 몸통을 기둥에 단단히 고정시키기 위해 다소 세게 묶다 보니 상체가 한쪽으로 약간 기울 수밖에 없었고, 엉덩이는 그 반대 방향으로 더욱 두드러진 자세가 되었다. 그때부터는, 의도적이지 않은 이상, 채찍질이 목표 부위를 빗나가는 일은 일어나지 않았다. 애인이 자기를 내팽개쳐버린 방식으로 볼 때, O로서는 그의 동정심을 구한답시고 애쓰는 것이야말로 오히려 그의 잔인성을 배가시킬 최선의 방책이라는 생각을 떨칠 수 없었다. 그만큼 애인은 자신의 명백한 권력을 O의 고통을 통해 확인하는 데서 더 없는 쾌감을 느끼고 있었던 것이다. 실제로 여자를 제일 처음 가격한 가죽 채찍의 경우 그 자국이 극히 미미하게 남아(물 먹인 노끈 채찍이나 한 번 후려치는 것으로도 매서운 자국을 남기는 승마용 채찍과는 딴판이다), 오히려 때리는 자의 상상에만 전적으로 의존해 얼마든지 고통의 시간을 연장할 수 있겠다는 걸 누구보다 먼저 간파한 사람도 바로 애인이었다.

그는 아예 그 가죽채찍만 사용하자는 제안을 내놓기까지 했다. 한편, 네 남자 중 여자의 몸에서도 오직 항문만을 선호하는 자가 있었는데, 이리저리 피하려 애쓸수록 더욱 유혹적으로 보이는 O의 엉덩이에 한껏 매료된 나머지, 잠깐 휴식시간을 갖자고 했다. 아니나다를까, 그는 화끈거리는 그녀의 양 볼기짝을 다짜고짜 움켜잡고 벌리더니, 한가운데를 쑤시기 시작했다. 한데 생각만큼 여의치 않자, 이 부분의 관통이 좀더 수월해지도록 조처해야겠다며 투덜대는 것이었다. 그 말에 다들 해봄직한 일이라며 동조했고, 방법을 찾아보자고 했다.

마침내 결박을 풀어주자 여자는 거의 실신에 가까운 상태로 비틀거렸다. 일단 독방으로 보내기 전, 이 성에 머무는 동안은 물론 성을 나선 후(그렇다고 자유를 되찾는다는 뜻은 아니지만) 일상생활에서까지 지켜야 할 상세한 규칙들을 설명해주기 위해, 그들은 여자를 벽난로 가까이에 있는 큼직한 안락의자에 앉히고는 호출벨을 눌렀다. 처음 그녀를 맞이했던 두 여자가, 성에 머무는 동안 입을 옷과 함께 그녀의 존재를 알아보게 해줄 일종의 표식을 가지고 들어왔다. 옷은 두 여자가 입은 것과 비슷했다. 우선 허리를 단단히 감싸도록 받침살을 댄 코르셋과 풀 먹인 한랭사로 만든 페티코트를 착용한 뒤, 길고 풍성한 치마와 꼭 끼는 보디스를 입는데, 약간의 레이스 장식 너머로 코르셋이 모아 올린 젖가슴이 거의 적나라하게 드러나게끔 되어 있었다. 페티코트와 레이스 장식은 흰색이었고, 코르셋과 사틴천으로 된 치마는 에메랄드 물빛이었다. 옷을 다 입고 벽난로 가의 안락의자로 돌아가 앉은 O의 안색이 창백한 옷색깔로 인해 더욱 창백해 보였다. 그녀를 거든 두 여자가 아무 말 없이 자리를 뜨는데, 네 남자 중 한 명이 한 여자를 덥석 붙잡고는 나머지 여자에게 기다리라는 눈짓을 보냈다. 그는 멈춰 세운 여자를 O에게 데리고 와 뒤돌아 세우고는, 한 손으로 허리를 붙잡고 다른 손으론 치마를 걷어올린 채, 그 복장이 왜, 어떤 점에서 잘 만들어진 것인지 설명하기 시작했다. 요컨대, 걷어올린 치맛자락이 간단한 벨트 하나로 고정되기 때문에, 노출된 신체 부위에 대해 온갖 짓을 마음껏 시도해볼 수 있다는 얘기였다. 실제로 여자들을 데려다가 뒤쪽이나 앞쪽으로 옷자락을 걷어올리게 한 다음, 성과 주변 공원을 돌아다니게 하는 일이 자주 있다고 했다. 남자는 여자를 시켜, 구체적으로 옷을 어떻게 추스르고 있어야 하는지 O에게 보여주도록 했다. 즉, 치맛자락을 여러 겹으로 돌돌 말아 올려(마치 컬클립으로 머리카락을 말아 올리듯이), 음부를 훤히 드러내기 위해서는 앞쪽 정중앙을, 엉덩이를 훤히 드러내기 위해서는 뒤쪽 정중앙을 허리띠로 고정시키면 되는 것이었다. O와 마찬가지로, 시범을 보이는 여자도 엉덩이를 가로질러 생생한 채찍 자국들이 새겨져 있었다.

남자는 O를 향해 일장연설을 시작했다.

"그대는 이곳에서 그대의 주인들을 모셔야 한다. 낮 동안 그대는 청소를 하고, 책을 정리하고, 꽃을 다듬고, 식탁을 차리는 등, 집안 살림을 꾸려나가기 위해 그대에게 맡겨지는 온갖 잡일을 하게 될 것이다. 더할 나위 없이 고된 노역이 될 것이다. 그러나 누구든 그대에게 명령을 내리는 자가 있으면 말 한마디나 손짓 하나에 그대는 곧장 하던 일을 집어치우고 본연의 소임인 몸을 맡기는 일에 뛰어들어야 한다. 그대의 손도 젖가슴도 더 이상 그대의 것이 아니다. 특히 그대 신체에 난 구멍들은 어느 것 하나 그대의 것이 아니며, 우리가 언제 어느 때든 마음껏 후비고 쑤셔 박을 수 있다. 주어진 처지를 거부할 일체의 권리가 사라졌다는 사실을 늘 명심하는 차원에서, 그대는 결코 우리 앞에서 입술을 다물어선 안 되며, 다리를 꼬아서도 안 되고, 무릎을 붙여서도 안 된다(여기 도착했을 때부터 그런 금지사항들은 익히 숙지했을 터다). 이를 통해 그대의 입과 음부, 엉덩이가 우리에게 활짝 개방되어 있다는 사실이 그대 자신과 우리 모두의 머릿속에서 한시도 떠나지 않게 될 것이다. 우리 앞에서 그대는 자신의 젖가슴을 만져도 안 된다. 그것은 오로지 우리의 것이 되기 위해 코르셋으로 모아 올린 것이다. 낮 동안 그대는 옷을 입고 있을 테지만, 누구든 치마를 올리라고 명령하면 즉시 실행해야 한다. 그러고 나면, 채찍을 사용하지 않는 범위 내에서, 우리는 복면을 착용하지 않고도 그대에게 하고 싶은 짓을 얼마든지 하게 될 것이다. 채찍은 해질 무렵에서 다음 날 동틀 무렵까지만 사용하게 될 것이다. 꼭 쾌락을 위한 것이 아닐지라도, 낮 동안 그대가 규칙을 위반했을 경우 징벌 차원에서 당일 저녁 채찍질이 가해질 수 있다. 예컨대 조금이라도 고분고분하지 않거나, 그대에게 말하고 그대를 취하는 남자를 눈 똑바로 뜨고 바라보면 벌을 받게 된다. 그대는 우리 중 누구의 얼굴도 똑바로 마주보아서는 안 된다. 지금 내가 입고 있는 것처럼, 밤에 우리가 착용할 복장에서 항상 성기 부위가 노출되어 있는 것은 편리함을 도모하기 위해서가 아니다. 얼마든지 다른 식의 옷도 가능했겠지만 굳이 이렇게 입은 것은, 우리의 오만무도(傲慢無道)함을 일부러 강조하려는 뜻이고, 그대의 시선이 다른 어느 곳도 아닌 우리의 성기에 고정되도록 하기 위해서다. 요컨대 바로 그곳에 그대의 주인이 거하고 있으니, 만사 제쳐 놓고 그대의 입술을 벌려 주인을 받들어 모셔야 한다는 걸

배우도록 하기 위함이다. 우리가 보통 옷을 입고 그대 역시 지금과 다름없는 복장을 착용할 낮 동안에는, 누가 요구할 때에만 옷자락을 들춰주고 볼일이 끝나길 기다렸다가 다시 내리면 그뿐이다. 대신 밤에는 양손이 등뒤로 묶일 테니까 우리를 떠받들기 위해 입술과 사타구니를 거의 항상 벌리고 있어야 할 거다. 물론 아까 이곳에 데려왔을 때처럼 완전히 벌거벗은 상태로 말이다. 눈가리개는 그대를 거칠게 대할 경우에만 사용할 것이다. 이를테면, 좀 전에 당한 것처럼, 채찍질을 가해야 할 경우 눈을 가릴 것이다. 말이 나왔으니 얘긴데, 그대가 이곳에 머무는 동안은 매일같이 채찍질이 있을 것이기에, 결국 그대가 채찍질 당하는 것에 익숙해져도 하나 이상할 것이 없다. 다만, 그게 우리의 쾌락보다는 그대의 훈육을 위해서란 걸 알아야 한다. 그도 그럴 것이, 그댈 원하는 이가 아무도 없는 밤에도 그대는 채찍질을 해줄 시종이 외로운 독방으로 파고들어, 우리는 이미 흥미를 잃었지만 그대 입장에선 꼭 당해야 직성이 풀릴 그 일을 대신 맡아 해주길 기다릴 테니 말이다. 사실 목걸이에 달린 고리를 엮어 하루 몇 시간 그대를 침상에 묶어놓거나 채찍질을 가하는 것은 고통을 안겨주어 눈물이나 짜내려는 것이기보다는, 그런 고통을 통해 그대가 철저히 구속된 처지임을 절감하고, 그대 자신과는 아무

상관없는 무언가에 전적으로 예속된 존재임을 깨닫게 만들려는 것이다. 그대가 이곳을 벗어날 시점이 오면 약지에 반지를 하나 끼게 될 텐데, 어쩌다 그와 똑같은 반지를 낀 남자들과 마주칠 경우 절대적으로 그들 지시에 따라야만 한다. 그대 손가락의 반지를 본 남자들은, 그대가 아무리 평범하고 단정한 옷차림이라 해도 치마 속엔 아무것도 입지 않았다는 걸 알아볼 것이고, 자기들의 처분만 기다리고 있음을 인지할 것이다. 만에 하나 그대가 고분고분하지 않다고 생각되면 그들은 가차없이 그대를 이리로 끌고 와, 다시금 독방에 처넣을 것이다."

연설이 진행되는 동안, O에게 옷을 입히러 왔던 두 여자는 채찍질이 이루어졌던 기둥 양쪽에 우두커니 서 있었다. 기분이 섬뜩해서인지, 아니면 규칙 때문인지(후자일 가능성이 크다) 기둥에는 손끝조차 대지 못하고 있었다. 남자가 발언을 마치자 여자들이 O에게 다가갔고, 그 즉시 O는 일어나 그들을 따라가야 한다는 걸 직감했다. 자리에서 일어나면서 그녀는 치맛자락을 품에 끌어안다시피 했다. 원래 긴치마를 입고 걷는 것이 익숙하지 않은 데다, 녹색 헝겊 끈 하나에 발을 끼우게 되어 있는 하이힐 샌들이 여간 불편하지 않았던 것이다. 슬쩍 둘러보니, 여자들은 묵묵히 기다리고 남자들은 더 이상 이쪽에 눈길조차 주지 않고 있다. 애인은 아까 그녀가 엎어져 있었던 의자에 등을 기대고 바닥에 주저앉아, 양팔을 무릎에 얹은 채 가죽채찍을 만지작거리고 있었다. 여자들 쪽으로 한 걸음 다가가려는데, O의 치맛자락이 그를 슬쩍 스쳤다. 애인은 퍼뜩 고개를 들더니 씽긋 웃고는, 그녀의 이름을 부르며 일어섰다. 그는 여자의 머리채를 부드럽게 쓰다듬었고, 손가락 끝으로 눈썹을 어루만지다가 입술에 가볍게 키스했다. 그러고는 갑자기 큰소리로 사랑한다고 말했다. "나도 당신을 사랑해"라고 대답하는 자신의 태도에 깜짝 놀라며 O는 몸서리를 쳤는데, 어쨌든 그 말은 사실이었다. 남자는 그녀를 끌어안고 "내 사랑, 내 소중한 사랑"이라 말하면서, 목과 볼에 연신 입을 맞추었다. 보라색 가운을 걸친 남자의 어깨 위로 여자의 머리가 맥없이 떨궈졌다. 이번에는 한껏 목소리를 낮춰 같은 말을 반복하던 애인이 더욱 낮은 음성으로 덧붙였다.

"이제 무릎을 꿇고 나를 애무해봐."

그는 O를 밀어내고 콘솔에 기대듯 걸터앉았다. 콘솔은 그다지 높은 편이 아니었기에, 키가 큰 그로선 가운과 똑같은 보랏빛으로 감싸인 긴 다리를 살짝 구부릴 수밖에 없었다. 앞이 벌어진 가운자락이 휘장처럼 아래로 늘어진 가운데, 그의 묵직한 성기가 밝은 빛깔의 음모와 더불어 불쑥 고개를 내밀고 있었다. 나머지 세 명의 남자가 가까이 다가왔다. 양탄자 위에 O가 무릎을 꿇자, 그 주위로 에메랄드빛 치맛자락이 꽃부리처럼 펼쳐졌다. 코르셋이 몸통을 조여, 젖꼭지를 치켜든 유방 전체가 애인의 무릎 높이에 가 닿았다. 세 남자 중 한 명이 말했다.

"좀 환하게 비춰볼까."

남자의 성기와 그에 바짝 다가든 여자의 얼굴, 성기의 밑부분을 어루만지고 있는 그녀의 두 손 위에 수직으로 내리꽂히는 빛줄기. 순간 르네의 명령이 떨어졌다.

"따라해. '당신을 사랑해요.'"

O는 즉시 따라했다.

"당신을 사랑해요."

감미롭게 속삭이다 못해, 그녀의 입술은 아직 부드러운 피부가 감싼 채로 있는 성기 끄트머리를 살금살금 건드리고 있었다. 이어서 성기를 물고 앞뒤로 왕복운동을 하는 입의 움직임, 잔뜩 부풀어오른 육봉이 목구멍 깊숙이 찔러올 때마다 치미는 구토와 함께 눈물 범벅 일그러지는 여자의 표정을, 세 남자가 담배를 피워가며 구경하고 있었다. 단단한 살덩어리로 가득 채워져, 이미 반쯤은 재갈이 물린 듯한 입으로 여자가 한 번 더 중얼거렸다.

"당신을 사랑해요……"

두 여자는 아까부터 르네의 왼편, 오른편에 나뉘어 서 있었고, 르네는 어깨동무하듯 그들 어깨에 각각 팔을 얹고 있었다. 자기를 내려다보고 있는 세 남자들의 쑥덕이는 소리가 들렸지만, O는 그 너머 애인의 신음소리에 귀를 기울였다. 그를 즐겁게 해줄 수 있는 방법 그대로, 되도록 천천히 무한한 존경심을 내비치면서, 성기를 애무하는 데 집중했다. 애인이 입안 깊숙이 쑤셔 박아주고, 사람들이 다 보는 앞에서 들락날락 애무해주다가, 급기야 그 안에 울컥 싸질러주기에 O는 자신의 입이 아름답다고 느꼈다. 그녀는 마치 신을 받아 모시듯 정액을 받아들였고, 애인의 외마디 신음소리와 함께 다른 남자들의 웃음소리를 들었다. 모든 걸 삼키자마자 그녀는 바닥에 얼굴을 처박고 쓰러졌다. 그제야 두 여자가 부축해 일으켜 세워 그녀를 데리고 나갔다.

붉은 타일이 깔린 복도를 따라 하이힐 소리가 따각따각 울렸다. 거대한 호텔 객실의 문들처럼 작은 잠금장치가 달린 깔끔한 출입문들이 연달아 자리하고 있었다. 그 문 너머 방들에 사람이 있는지, 있다면 누가 있는지 감히 물어볼 엄두도 내지 못하고 있는 O에게, 아직 목소리 한 번 들어본 적 없는 두 여자 중 한 명이 이렇게 말했다.

"현재 위치는 이 건물 적색동(赤色棟)이고, 당신의 시종 이름은 피에르입니다."

부드러운 목소리가 다소 의외라고 생각하면서 O가 되물었다.

"시종이라뇨? 그리고 당신 이름은 뭔가요?"

"제 이름은 앙드레입니다."

"저는 잔느고요."

또 다른 여자가 끼어들었고, 첫 번째 여자의 설명이 이어졌다.

"시종이 하는 일은 우선 열쇠를 관리하고, 당신을 묶고 풀고, 징벌이 필요할 경우 남자들에게 시간이 없을 때 대신 채찍질을 담당합니다."

잔느가 또다시 끼어들었다.

"작년에 저 역시 적색동에 있었지요. 그때도 피에르가 거기 담당이었습니다. 밤에 자주 드나들었죠. 시종들은 열쇠를 관리하는데, 자기들 구역에 위치한 방에서 우리 여자들을 마음껏 다룰 권한을 가지고 있답니다."

O는 그 피에르라는 사람에 대해 더 묻고 싶었지만, 그럴 틈이 없었다. 복도를 돌아들자마자 다른 문들과 하나 다를 것 없는 어느 문 앞에 뚝 멈춰 섰던 것이다. 그 문과 다음 문 사이에 놓인 벤치에는 작달막하고 다부진 체격에

머리를 거의 삭발한 사내가 앉아 있었다. 불그스레한 혈색에 목덜미 살집이 퉁퉁하게 비어져 나온 데다, 작고 까만 눈동자가 깊숙이 자리한 생김생김이 어딘지 투박한 촌사람 분위기였다. 희가극 같은 데 나오는 전형적인 시종의 옷차림이었다. 짧고 꼭 끼는 붉은색 재킷 속의 검정 조끼 너머로 셔츠의 레이스 가슴장식이 돌출해 있었고, 검정 반바지에 흰색 타이즈, 반들거리는 단화를 착용하고 있었다. 그의 벨트에도 어김없이 가죽채찍이 꽂혀 있었다. 그는 붉은 털이 무성한 손으로 조끼 호주머니에서 만능열쇠를 꺼내 문을 열더니, 세 여자를 들여보내며 이렇게 말했다.

"문은 다시 잠글 테니까, 다 끝나면 벨을 울리시오."

독방은 협소한 편이면서도, 사실상 두 개의 공간으로 이루어져 있었다. 출입문이 닫히고 나면 일종의 대기공간이 있고 그 다음이 정식 독방인 셈이었다. 벽에 난 또 다른 문은 욕실로 들어가는 문이었고, 그 맞은편에 창문이 있었다. 모피가 덮인 무척 낮고 커다란 침대가 좌측 벽 쪽으로 머리를 두고 배치되어 있었다. 그 밖에 다른 가구는 전혀 없었고, 거울도 하나 없었다. 벽면은 모조리 새빨간 색이었고, 바닥엔 검은색 융단이 깔려 있었다. 침대라고 해봐야 실은 네모난 판에 매트리스를 깔고 털이 긴 검은색 인조모피를 덮어놓은 것에 불과하다며, 앙드레가 O에게 귀

떔해주었다. 베개 또한 매트리스처럼 납작하고 딱딱한 재질이라고 했다. 그런가 하면, 서재 기둥에 달린 고리와 비슷한 높이의 벽에 번쩍거리는 큼직한 강철 고리가 박혀 있고, 거기 긴 사슬이 매달려 침대 위로 늘어져 있었다. 사슬의 나머지 끝은 자물쇠가 장착된 또 다른 고리를 통과한 뒤 커튼 줄처럼 아래로 떨구어져 당길 수 있게 돼 있었다.

잔느가 말했다.

"이제 당신을 목욕시킬 차례입니다. 제가 옷을 벗겨줄게요."

욕실에서 눈길을 끄는 점이란, 문에서 제일 가까운 구석에 쪼그려 앉는 변기가 설치되어 있다는 것과 사면 벽이 온통 거울로 되어 있다는 사실이었다. 앙드레와 잔느는 O를 완전히 발가벗기고 나서야 욕실 안으로 들어가게 했다. 붉은 망토와 하이힐, 그 밖의 옷가지는 모두 세면대 옆 수납장 안에 정돈해 넣었다. 낯선 손길들에 의해 유린당한 서재에서처럼 O는 완전히 무방비상태로 한동안 변기 위에 웅크리고 있어야 했다. 잔느가 말했다.

"피에르가 오면 알게 될 겁니다."

"왜 하필 피에르죠?"

"그가 당신을 묶으러 오면, 어차피 웅크리고 있게 할 거예요."

O는 오싹해지는 기분에 거듭 물었다.

"도대체 왜요?"

잔느가 대답했다.

"그래야만 하니까요. 그래도 당신은 운이 좋은 편입니다."

"왜 운이 좋은데요?"

"당신을 여기 데려온 사람이 애인 맞죠?"

"네."

"당신을 좀더 가혹하게 다룰 테니까요."

"이해할 수가 없군요……"

"이제 곧 이해하게 될 겁니다. 자, 그럼 피에르를 부를게요. 우린 내일 아침 데리러 오겠습니다."

앙드레가 빙그레 웃으며 자리를 뜨자, 잔느는 그 뒤를 따르다 말고 O의 젖꼭지를 살짝 쓰다듬었다. O는 어쩔 줄 몰라하며 침대 발치에 멀뚱하니 서 있었다. 아까 씻을 때 물에 불어 뻣뻣하게 조여진 가죽 팔찌와 목걸이만 빼고, 실오라기 하나 걸치지 않은 알몸이었다.

"어디 봅시다, 아리따운 숙녀분……"

시종이 들어서며 중얼거렸다.

그는 다짜고짜 여자의 양손을 붙잡더니 팔찌에 달린 고

리가 서로 맞물리게 해서 양 손목이 바짝 모아지게 한 다음, 그 두 고리를 이번에는 목걸이에 달린 고리 속으로 끼워 넣었다. 그러자 두 손이 목 높이로 모아져 마치 기도라도 하는 자세가 되었다. 이제 남은 건 벽에 달린 고리로부터 침대 위까지 늘어진 쇠사슬로 여자를 매다는 일뿐이었다. 시종은 고리의 자물쇠를 푼 뒤 쇠사슬을 힘껏 당겼다. 그 바람에 O는 침대 머리 쪽으로 바짝 붙어 누워야 했다. 고리 속에서 계속 철컥거리며 팽팽하게 당겨지는 쇠사슬로 인해 여자는 침대 좌우로 데굴데굴 구르든지, 위로 몸을 일으키는 것 말고는 달리 움직일 수가 없었다. 쇠사슬이 목걸이를 뒤쪽으로 당기고 양손은 앞쪽으로 힘을 주는 가운데 간신히 몸의 균형이 유지되었고, 양손을 왼쪽 어깨로 누이면 고개도 따라 같은 방향으로 숙여졌다. 시종은 O의 다리를 가슴 쪽으로 끌어올려 사타구니를 잠시 들여다본 다음, 검정 이불을 덮어주었다. 더 이상 여자를 건드리지 않고 아무 말도 없이, 그는 두 문 사이에 있는 벽등의 불을 끈 뒤 밖으로 나갔다.

어둠과 적막, 모피 이불로 인한 후텁지근함과 강요된 부동자세 속에서 모로 누운 O는 이 모든 두려움 속에 왜 감미로움이 함께 맴도는지, 아니 이 두려움이 왜 감미롭게만 느껴지는지 생각을 곱씹어보았다. 그러고 보니, 지금 가장 고통스럽게 다가오는 사실은 무엇보다 두 손을 마음 껏 사용할 권리가 박탈되었다는 점이었다. 그렇다고 손만 으로 이 한몸 족히 방어했을 거라는 뜻은 아니다(그럴 의 도나 있었을까?). 적어도 자유로웠다면 일말의 제스처라 도 취했을 테고, 자신을 유린하는 타인의 손들, 꿰뚫고 들 어오는 살덩어리들, 엉덩이를 후려치는 채찍들 떨쳐내는 시늉이라도 해봤을 거라는 얘기다. 저들은 O에게서 손을 앗아가버린 셈이었다. 지금 그녀는 이불 속 자신의 몸뚱어 리에 손끝 하나 갖다대지 못하는 처지다. 자기 자신의 무 릎이나 아랫도리를 만져볼 수도 없다니 얼마나 괴이한 일 인가. 다리 사이의 속살도 손댈 수 없는 건 마찬가지. 그곳 이 이토록 화끈거리는 이유는 누구든지 요구하는 자에게 지체 없이 벌려줄 운명임을 잘 알고 있기 때문이다. 가령, 시종인 피에르라는 사람에게도, 파고들겠다고만 하면 그 즉시 벌려줘야 한다. 그 혹독한 채찍질의 기억에도 불구하 고 이토록 평온한 마음상태가 어떻게 가능한지 그녀는 놀 라지 않을 수 없었다. 아울러, 네 명 중 누가 두 번씩이나 뒤를 쑤셨는지, 그 두 번이 정녕 한 사람 짓인지, 혹시 애 인이 그랬는지 전혀 알 수 없다는 데에 생각이 미치자 여 간 당혹스러운 게 아니었다. 골반을 대고 약간 몸을 꿈틀 대 보았다. 곰곰 생각해 보니, 그동안 무척이나 사랑스러

위했던 엉덩이 사이 갈라진 틈을 애인은 오늘 저녁(만약 그의 짓이었다면 말이지만)을 제외하고는 단 한 번도 쑤시지 않았었다. 제발 그의 짓이었기를…… 직접 물어볼까? 오, 천만에! 아까 차 안에서 가터벨트와 팬티를 건네받던 그의 손, 무릎 위까지 스타킹을 내리는 동안 고정용 밴드를 내밀던 그 손이 문득 눈앞에 다시 어른거렸다. 어쩌나 눈에 선한지, 그녀는 자기 손이 묶여 있고, 오로지 쇠사슬 소리만 철컥거리고 있다는 걸 깜빡했다. 고통의 기억이 그토록 가볍다면, 단지 채찍을 머릿속에 떠올리거나, 그 단어를 입에 담거나, 슬쩍 보는 것만으로도 왜 이렇게 가슴이 두방망이질하고 질겁한 눈을 감게 되는 것인지? 과연 단순한 두려움일까, 생각은 생각의 꼬리를 물고 이어졌다. 일종의 패닉상태가 그녀를 사로잡았다. 조만간 이 쇠사슬을 끌어당겨 침대 위로 일으켜 세우겠지. 벽을 마주보게 하고서 채찍질하겠지, 채찍질하겠지, 채찍질하겠지…… 그 단어가 머릿속을 빙글빙글 맴돌았다. 잔느가 말했었다, 피에르가 채찍질을 할 거라고. 운이 좋은 셈이라고도 했었다. 훨씬 더 혹독하게 다룰 거라고…… 도대체 무슨 의미로 그런 말을 했을까? 그녀는 이제 목걸이와 팔찌, 쇠사슬 말고는 아무것도 느껴지는 게 없었다. 온몸에서 맥이 풀려나가고 있었다. 언젠가는 이해하겠지…… 스르르 잠에 빠져들고 있었다.

밤의 끝자락, 그러니까 새벽이 오기 직전, 보다 춥고 어두운 시간에 피에르가 다시 나타났다. 그는 욕실 불을 켰다. 문이 열려 있었기 때문에 안에서 쏟아져 나오는 빛이 침대 중앙, O의 야윈 몸이 이불 속에서 웅크리고 있는 바로 그 지점에 사각의 광채를 그리고 있었다. 시종은 아무 말 없이 이불을 젖혔다. 창문 쪽을 향해 모로 누워 무릎을 구부린 자세에서 O의 새하얀 둔부가 검정 모피시트를 바탕으로 선명히 드러났다. 머리 아래 베개를 빼내면서, 시종이 깍듯한 어조로 말했다.

"자, 이제 그만 일어서 주십시오."

일단 쇠사슬에 매달리다시피 하며 엉거주춤 무릎부터 짚으려는데, 시종이 팔꿈치를 붙잡아 부축해 주는 바람에 곧바로 벽을 향해 일어섰다. 침대가 검은 탓에 희미하게 감도는 사각의 빛은 사내의 동작보다는 여자의 몸뚱어리를 비추고 있었다. 일단 고리에서 사슬을 풀었다가 좀더 팽팽해지도록 마디를 조절해 다시 고정시키는 사내의 동작을 O는 느낌으로 알아챘다. 아니나다를까 쇠사슬이 처음보다 훨씬 더 팽팽하게 몸을 당겼다. 이제 맨발바닥으로 침대를 평평하게 디딘 상태가 되었다. 시종의 허리띠에 가죽채찍이 아닌 검은색 승마용 채찍이 꽂혀 있는 것도 그녀의 눈에는 보이지 않았다. 기둥에 묶여 있을 때 두 차례에 걸쳐 가볍게 몸을 건드린 것과 비슷한 종류였다. 피에르의 왼손이 허리에 와 닿는 순간, 침대 매트리스가 푹 꺼지는 것이 느껴졌다. 몸의 균형을 잡기 위해 그의 오른발이 침대를 디딘 모양이었다. 어둠침침한 가운데 허공을 가르는 바람소리가 휙 들리는가 싶더니, 둔부를 가로질러 뜨끔한 통증이 느껴졌고 O는 곧바로 비명을 질렀다. 피에르가 있는 힘껏 승마용 채찍을 휘둘렀던 것이다. 그는 여자가 조용해지기를 기다리지 않았다. 자국들이 서로 겹침 없이 가지런하게 새겨지도록 주의해가면서 네 차례나 더 채찍을 휘둘렀다. 그가 멈춘 다음에도 여자는 계속 울부짖었고, 흐르는 눈물이 벌린 입 속으로 스며들어갔다.

"이제 돌아서 주십시오."

사내의 말을 그녀는 몸부림치며 거부했다. 사내가 여자의 엉덩이를 우악스레 움켜쥐는 순간, 그의 손에 들린 승마용 채찍 손잡이가 여자의 허리를 스쳤다. 마침내 그녀가 몸을 돌려 얼굴을 마주하자, 사내는 약간 뒤로 몸을 빼는가 싶더니 온 힘을 다해 넓적다리에다 채찍을 휘둘렀다. 모든 것이 5분 여에 걸쳐 진행되었다. 사내는 욕실 불을 끄고 문을 닫은 다음 떠났고, O는 한동안 캄캄한 어둠 속에서 고통의 신음을 흘리며 벽을 따라 비틀거렸다. 시원한 느낌으로 다가오는 페르칼 벽지에 화끈거리는 살갗을 갖다대고는 꼼짝도 하지 않은 채, 날이 밝아올 때까지 신음을 죽이려 애쓰고 있었다. 그녀가 옆으로 서서 내다보고 있는 커다란 창문은 동쪽을 향하고 있었다. 벽지와 똑같은 붉은 재질로 양쪽을 휘장처럼 감싼 것 외에는, 바닥에서 천장에 이르는 크기의 창문에 커튼이라곤 없었다. 지는 별 무리 사이로 희부연 새벽안개 흐르는 가운데, 포플러나무 한 그루 자태를 드러내는 창백한 여명의 풍광을 O는 물끄러미 내다보고 있었다. 바람 한 점 없는데도, 이따금 노르스름한 잎사귀들이 빙글빙글 떨어졌다. 창문 바로 바깥에는 한 무더기 접시꽃이 흐드러지게 피었고, 이어서 잔디밭이 펼쳐졌으며, 그 너머 오솔길이 뻗어 있었다. 마침내 날이 밝았지만, 한참 동안 O는 움직이지 않았다. 오솔길을 따라 모습을 드러낸 정원사가 외바퀴 손수레를 밀고 있었다. 자갈 위를 구르며 삐걱거리는 쇠바퀴 소리가 들려왔다. 만약 제비꽃밭 바로 앞에 수북이 쌓인 포플러 잎사귀를 쓸어 담기 위해 다가오는 거라면, 창문도 워낙 큰 데다, 방이 작고 너무 환해서, 쇠사슬에 매달린 O의 알몸과 넓적다리에 난 승마용 채찍 자국들이 정원사의 눈에 고스란히 들어갈 터였다. 한껏 부풀어오른 상처들은 붉은 벽지보다 훨씬 진한 빛깔을 띠고 있었다. 고요한 아침잠이 특히 많은 애인은 지금쯤 어디서 눈을 붙이고 있을까? 어느 방, 어느 침대에서? 그녀를 어떤 고통 속에 내팽개쳐버렸는지 과연 그는 알고나 있을까? 이 모든 게 정녕 애인의 결정이었나? 어느 시대인진 모르겠지만 결박된 채 죽을 때까지 채찍질을 당하는 죄수들 그림을 역사책 같은 데서 본 기억이 났다. O는 죽고 싶지 않았지만, 애인의 사랑을 계속 이어가기 위해 치러야 할 고통이라면, 그 고통을 감수하는 자신을 애인이 그저 흐뭇하게 여겨주기만을 바랐다. 오로지 그의 곁으로 데려다 주기만을 말없이 얌전하게 기다릴 뿐이었다.

어떤 여자도 문이나 쇠사슬이나 팔찌나 목걸이를 열 수 있는 열쇠를 가지고 있지 않았다. 반면 모든 남자는 제각각 종류별로 문과 자물쇠, 목걸이 등등을 개방할 수 있는 세 가지 열쇠를 고리 하나에 차고 다녔다. 시종들 역시 마찬가지였다. 밤을 담당한 시종들은 아침이 오면 각자 잠자리에 들었고, 대신 주인들 중 한 명이나 밤에 일하지 않은 다른 시종이 문을 따주러 왔다. O의 독방에 들어선 사내는 가죽재킷과 승마용 반바지 차림에 부츠를 착용하고 있었다. 모르는 얼굴이었다. 사내는 먼저 벽에 묶인 사슬부터 풀어주었고, 그제야 O는 침대에 누울 수 있었다. 손목을 풀어주기 전에 사내는, 붉은 방에서 처음 맞닥뜨린 장갑과 복면을 착용한 남자가 그랬듯, 다짜고짜 여자의 넓적다리 사이에 손을 넣었다. 아마도 같은 사람인 듯했다. 뼈만 앙상한 얼굴에 잿빛 머리, 늙은 신교도의 초상화에서나 봄직한 꼬장꼬장한 눈빛. O는 그 집요하게 느껴지는 시선을 잠시 마주보고 있었는데, 주인들에 한해 벨트 위로는 결코 시선을 올려선 안 된다는 규칙이 생각나는 순간 온몸이 얼어붙는 것 같았다. 허겁지겁 눈을 내리깔았지만 이미 때는 늦은 상황. 여자의 손을 풀어주는 동안 킬킬대고 웃으면서 이렇게 말하는 소리가 들렸다.

"벌은 저녁을 먹고 나서 받게 될 거요."

그는 같이 들어와 침대 양편에 서서 대기 중인 앙드레와 잔느에게 무언가 이야기를 하더니, 훌쩍 자리를 떴다. 앙드레가 침대 발치까지 젖혀진 이불과 바닥에 떨어진 베개를 챙기는 동안, 잔느는 커피와 우유, 설탕, 빵, 버터 그리고 크루아상을 담은 카트를 복도에서 가지고 들어와 침대 머리맡에 끌어다 붙였다.

앙드레가 입을 열었다.

"어서 먹어요. 지금이 아홉 시이니까, 정오까지는 더 잘 수 있습니다. 나중에 벨소리가 들리면, 점심 먹을 준비를 하라는 뜻입니다. 그때 목욕을 하고 머리를 다듬으세요.

메이크업과 코르셋 착용은 제가 와서 돕겠습니다."

그러자 잔느가 덧붙였다.

"서재에 가서 커피와 술을 따르고, 불을 지피는 등 시중 드는 일은 오후부터 시작되지요."

"당신들은요?"

"아, 우리는 처음 24시간 동안만 당신을 맡도록 되어 있습니다. 그 이후부터는 당신 혼자 지내면서 남자들만 상대하면 되는 거고요. 우리가 당신한테 이야기를 해서도 안 되고, 당신 또한 우리에게 말을 해선 안 됩니다."

"좀더 곁에 있어줘요. 그리고 얘기를 좀……"

하지만 미처 말을 잇기 전에 문이 활짝 열렸다. 애인이었는데, 혼자가 아니었다. 방금 잠자리를 벗어난 것 같은 옷차림으로, 하루를 시작하는 첫 담배를 입에 물고 있었다. 줄무늬 잠옷 위로, 1년 전 함께 골랐던 실크 안감을 댄 실내가운을 걸친 모습이었다. 닳아 해진 실내화는 새 걸로 사 신어야 할 것 같았다. 두 여자는 사각사각 소리가 나는 실크 치맛자락을 살짝 추어올린 채 사라졌다(모든 치마길이가 바닥을 약간 쓸 정도다). 양탄자가 깔려 있어서 발소리는 들리지 않았다. 한쪽 다리는 내리고 다른 한쪽 다리는 구부린 자세로 침대 가장자리에 우두커니 걸터앉은 O의 왼손에는 커피 잔이, 오른손에는 크루아상이 들려 있었다. 별안간 부들부들 떨리는 커피 잔…… 크루아상이 툭하고 바닥에 떨어졌다.

"집어들어."

르네의 입에서 나온 첫마디였다. 여자는 커피 잔을 탁자에 내려놓고 크루아상을 집어들어 잔 옆에 놓았다. 크루아상에서 떨어져 나온 빵조각 하나가 바닥에 그대로 남아 있었다. 이번에는 르네가 허리를 숙여 그것을 집어들었다. 그는 O의 곁에 앉더니, 그녀를 쓰러뜨리며 키스했다. 여자가 사랑하느냐고 묻자 남자가 대답했다.

"아, 물론 사랑하지."

자리에서 일어난 그는 여자의 몸을 일으켜 세운 뒤, 자신의 서늘한 손바닥과 입술로 상처난 모든 곳을 부드럽게 훑었다. O는 애인과 함께 들어와 지금은 이쪽을 등진 채 문 옆에서 담배를 피우고 있는 사내를 쳐다봐도 괜찮은지 어쩐지 알 수가 없었다. 이후 벌어지는 상황 역시 당혹스러운 건 마찬가지였다.

"이리 와봐, 어디 좀 보게."

애인은 그렇게 말하며 여자를 침대 발치로 이끌었다. 그는 동행한 사내를 향해, 결국 그의 생각이 옳았으며, 그래서 고맙고, 내킨다면 먼저 O를 차지해도 마땅하다고 말했다. 낯선 사내는 여전히 자기를 쳐다보지도 못하고 있는

O의 젖가슴과 엉덩이를 잠시 쓰다듬고는, 다리를 벌려보라고 요구했다.

"시키는 대로 해."

자기한테 등을 기대고 서 있는 여자를 부축하면서 르네가 말했다. 그는 왼손으로 여자의 어깨를 붙잡고 오른손으로는 유방을 주무르고 있었다. 그러는 사이 침대 가장자리에 앉은 낯선 사내가 여자의 음모 사이를 비집어 사타구니속 음순을 천천히 벌렸다. 사내가 원하는 것을 눈치챈 르네는 오른팔로 여자의 허리를 휘감아 좀더 개방적이고 수월한 자세가 되도록 앞으로 들이밀었다. 애인이 시도해올 때조차 수치심 없이 편안하게 받아들인 적이 단 한 번도 없었고, 자신이 무릎을 꿇어도 시원치 않은 마당에 애인이 가랑이 사이에 무릎을 꿇는다는 사실로 인해 마냥 불경스럽게만 여겨졌던 바로 그 불편한 애무자세를 지금 O는 왠지 뿌리칠 수 없을 것 같았다. 그녀는 그만 정신이 다 아뜩해지는 느낌이었다. 그도 그럴 것이, 낯선 이의 입술이 화관처럼 부푼 속살을 비집으며 슬슬 달구는가 싶더니, 난데없이 뾰족한 혀끝이 쑥 파고들면서 후끈 불을 붙이는 것이었다. 다시 입술이 움직거리면서 여자의 신음소리는 한층거세져만 갔다. 이와 입술로 잘근잘근 깨무는 식의 애무가부드럽게 이어지는 가운데, 그녀는 속살 속에 숨겨진 살점이 점점 돌출하면서 단단해지는 걸 느끼고 있었다. 호흡은 가빠지고 다리에 힘은 빠지고…… 다시금 침대에 벌렁 드러눕고 만 O의 입술에 르네의 입술이 포개졌다. 그의 두 손이 여자의 어깨를 침대에 밀어붙이는 동안, 낯선 사내의 양손은 여자의 오금을 붙잡고 다리 전체를 들어올리면서 한껏 벌리고 있었다. 한편 엉덩이 쪽으로 돌아간 여자의 두 손(아까 낯선 사내 쪽으로 여자의 하체를 밀어붙일 때 르네는 재빨리 두 팔찌의 고리를 서로 엮어 결박했다)에는 낯선 사내의 성기가 슬쩍 만져졌다. 본격적인 동작에 들어가기 전, 여자의 사타구니에 자신의 성기를 문지르며 기분을 돋우던 그가 별안간 하반신을 추어올리면서 자궁 깊숙한 속을 파고들었다. 처음부터 여자는 마치 채찍질이라도 당하는 것처럼 소리를 지르더니 동작이 반복될 때마다 비명이 이어졌고, 애인은 계속해서 여자의 입술을 잘근잘근 씹었다. 잠시 후, 사내가 몸을 떼고는 벼락이라도 맞은 사람처럼 바닥에 나뒹굴면서 마찬가지로 비명을 내질렀다. 그제야 르네는 O의 손을 풀어주었고, 몸을 부축해 침대에 바로 누인 뒤 이불을 덮어주었다. 낯선 사내도 바닥에서 일어나 르네와 함께 문가로 다가갔다. 실컷 유린되어, 아무것도 아닌 존재로 내팽개쳐졌다는 생각이 퍼뜩 O의 뇌리를 스쳤다. 그녀는 낯선 자의 입술로 인해 애인을 통해서는 한 번도 내뱉어보지 못한 신음소리를 내뱉었고, 낯선 자의 육봉이 주는 충격으로 인해 애인을 통해서는 한 번도 내질러보지 못한 비명을 내지른 셈이었다. 타락했다는 것 그리고 죄를 지었다는 것을 그녀는 동시에 느꼈다. 이젠 애인한테 버림받는다 해도, 하나 이상할 것이 없었다. 그런데 웬걸, 문이 닫힌 뒤에도 애인은 방에 남아 있었다. 그는 침대로 다가와 그녀를 꼭 껴안으면서, 아직 후끈거리고 축축하게 젖어 있는 아랫도리를 파고들더니 이러는 것이었다.

"너를 사랑해. 시종들에게 너를 맡기긴 하겠지만, 언젠가 밤에 내가 직접 찾아와 피가 나도록 채찍질해줄 거야."

햇살이 안개를 뚫고 방 안으로 밀려들고 있었다. 그럼에도 정작 눈을 뜬 건 정오를 알리는 벨소리를 듣고 나서였다.

O는 무얼 해야 할지 몰랐다. 애인은 곁에 있었다. 함께 살기 시작한 이후, 거의 매일 밤 곁을 파고들어 잠을 청하던 그 천장 낮은 방 침대 속에서처럼, 가까이 나른하게 말이다. 마호가니 목재로 만든 기둥 네 개 짜리 지붕 없는 영국식 침대였는데, 머리 쪽 기둥들이 발치의 기둥들보다 조금 더 높았다. 그는 언제나 그녀의 왼편에 붙어서 잤고, 한밤중에라도 잠에서 깨면 어김없이 그녀의 다리 쪽으로 손

이 오곤 했다. 그녀가 늘 알몸에 가운만 걸치고, 간혹 잠옷을 입더라도 아랫도리는 입지 않는 이유가 거기 있었다. 이번에도 그의 손이 다리를 더듬었다. 그 손을 여자가 잡아 입을 맞추었다. 감히 아무것도 묻지 못하고 있는 여자에게 그가 말했다. 가죽목걸이와 목 사이에 두 손가락을 걸어 바짝 끌어당기면서 한다는 얘기가, 그녀를 자기가 정하는 다른 남자들과 공유하기로 했다는 것이었다. 물론 그들은 성(城)의 사교클럽에 정식 소속된 자들로서 다들 처음 보는 사람들이라고 했다. 아울러, 다른 남자들의 지시에 따를지언정 그녀는 오로지 자기 것이라고 했다. 사람들이 그녀에게 무얼 요구하든, 무슨 짓을 하든, 원칙적으로 자기 또한 거기에 동참하는 셈이며, 자기가 그녀를 그들 손에 맡겼기에 결과적으로 그들을 통해 그녀를 소유하고 향유하는 장본인은 자기라는 것이었다. 자기를 대할 때와 똑같이 존경 어린 태도로 그들을 영접하고 복종해야만 한다고 했다. 그들을 아예 자기의 분신들처럼 생각하라고. 그런 식으로 해서 자기는 마치 신이 피조물들을 소유하듯 그녀를 소유할 거라고 했다. 때로는 괴물의 모습으로, 때로는 새의 형상으로, 보이지 않는 영(靈)을 통해, 혹은 황홀경을 통해 신이 인간을 후리듯 그녀를 후리겠노라고 했다. 그녀와 떨어지고 싶지 않다고 했다. 그녀를 남의 손에 맡기면 맡길수록 그녀에게 애착이 간다는 얘기였다. 그녀를 남의 손에 맡기는 것이야말로 그녀가 자기의 소유라는 증거라고 했다. 자기 소유가 아닌 물건을 남에게 줄 수는 없을 테니까 말이다. 지금껏 그녀를 남의 손에 내맡긴 것은 곧바로 회수하기 위함이며, 평범한 물건이 신성한 용도로 쓰인 뒤 더욱 값진 물건으로 화하듯, 실제로 자기 눈에는 그녀가 한층 귀해져서 돌아온 것 같다고 했다. 실은 오래전부터 그녀가 다른 남자 품에서 놀아나는 꼴을 보고 싶었는데, 그걸 봄으로써 얻는 쾌감이 생각보다 대단해 너무 기쁘다고 했다. 그녀가 걸레처럼 더럽혀질수록 강렬해지는 쾌감이 결국 자기와 그녀를 더욱 강하게 결속시켜줄 거라는 얘기였다. 자기를 사랑하기에, 자기로부터 비롯되는 모든 것을 그녀는 사랑할 수밖에 없을 거라고 했다…… O는 이 모든 이야기를 행복에 겨워 듣고 있었다. 그를 사랑하기에, 온몸 부들부들 떨면서도 전적으로 수긍하는 심정이었다. 애인도 그걸 눈치챘는지, 이렇게 말을 이었다.

"설사 네가 단번에 동의하고, 지금 당장 오케이 하면서 능히 해낼 수 있을 거라 상상한다 해도, 내가 너에게서 바라는 건 결코 수긍할 만한 것이 못 될 거야. 결국엔 저항하고 말 거란 얘기지. 그럼에도 불구하고 우리는 너를 복종하도록 만들 텐데, 일단 그로 인해 나나 다른 남자들이 얼을 쾌락 자체가 대단해서이기도 하지만, 무엇보다 네 처지를 너 자신한테 깨우쳐주기 위해서야."

O가 이제 막, 자신은 그의 노예이며 기꺼이 구속을 받아들이겠다고 대꾸하려는 찰라 애인이 덜컥 말을 막았다.

"어제 얘기했듯이, 이 성에 머무는 한 너는 남자 앞에서 얼굴을 봐도 안 되고 말을 해서도 안 되는 거야. 물론 내 앞에서도 마찬가지고. 입은 다물고 복종만 해야 해. 사랑해. 일어나. 앞으로는 남자 앞에서 애무할 때와 비명을 지를 때 말고는 입을 열어선 안 돼."

그제야 O가 일어났고, 르네는 침대에 그대로 누워 있었다. 여자는 몸을 씻고 머리를 다듬었다. 혹사당한 아랫도리에 미지근한 물이 닿자 그녀는 움찔했다. 상처를 자극하지 않기 위해 물로 적셔댈 뿐, 되도록 문지르지 않아야 했다. 립스틱만 바르고 눈화장은 하지 않았다. 여전히 알몸 상태에 두 눈을 내리깔고 돌아오자 르네는, 언제 들어왔는지 잔느를 바라보고 있었다. 그녀 역시 두 눈을 내리깐 채 말없이 침대 머리맡에 서 있었다. O의 옷을 입혀주라고 애인이 잔느에게 지시했다. 잔느는 초록색 사틴 재질의 코르셋과 흰색 페티코트, 드레스 그리고 초록색 하이힐 샌들을 착용하고 있었다. O의 코르셋 앞부분에 달린 후크를 채워주고 나서 잔느는 뒤쪽 끈들을 조이기 시작했다. 코르셋은 소위 '개미허리'가 유행의 극을 달리던 시절처럼 딱딱하고 긴 받침살로 단단히 지탱된 데다가, 유방을 감싸듯 떠받치는 초승달형 컵을 갖추고 있었다. 끈을 조일수록 가슴은 솟구치고, 아래 컵에 그 무게가 얹히면서 젖꼭지는 더더욱 돌출하게 되어 있었다. 뿐만 아니라, 허리가 조여지면서 그만큼 골반의 곡선이 우아해지고 볼륨도 풍만해지는 것이었다. 이상한 건, 이처럼 작위적인 의상이 무척이나 편안하게 느껴진다는 사실이었다. 물론 그로 인해 대체적인 자세는 꼿꼿해지지만, 조여지지 않은 나머지 신체 부위들은 오히려 더 자유롭고 유동적으로 느껴지게 만들었다. 예컨대, 거의 젖꼭지가 드러날 만큼 사다리꼴로 시원스레 파인 가슴라인은, 복장 자체가 몸을 가리기보다는 보는 이를 자극하고 자신을 드러내기 위한 장치처럼 보이게 했다. 잔느가 이중으로 끈을 매듭지어 묶고 나자, O는 침대에 있던 드레스와 탈착 가능한 페티코트 그리고 코르셋으로 조여진 몸매를 그대로 살려주게끔 앞으로 엮어 뒤에서 묶게 되어 있는 보디스를 차례로 집어들었다. 잔느가 코르셋을 어찌나 바싹 조였는지, 열린 문을 통해 보이는 욕실 벽거울 속 O의 모습은 초록색 사틴 코르셋 속에서 여리여리하기가 짝이 없었다. 두 여자가 나란히 붙어 서 있었다. 잔느가 초록색 드레스의 주름을 펴기 위해 문득 손을 뻗자, 코르셋 가장자리의 레이스 장식 너머로 유방이 출렁거렸다. 갈색 유륜 밖으로 길쭉하게 비어져 나온 유두가 흔들리고 있었다. 드레스는 노란색 물결무늬 실크로 만든 것이었다. 두 여자 쪽으로 다가간 르네가 O를 향해 말했다.

"잘 봐."

그러고는 잔느에게 지시했다.

"자네 치마 좀 들어보지."

여자는 아무 말 없이 바스락거리는 실크 치맛단과 한랭사로 재단한 페티코트를 두 손으로 들추었다. 화사한 빛이 감도는 아랫배와 허벅지, 반들거리는 무릎 그리고 삼각형으로 자리잡은 까만 털무덤이 드러났다. 르네는 그곳에 손을 갖다대 천천히 헤집으면서, 다른 손으로는 한쪽 젖꼭지를 살살 돋우었다.

"너한테 보여주려는 거야."

그가 말하자, O는 애인의 냉소적이면서도 뭔가에 열중한 표정을 뚫어져라 바라보았다. 그의 눈동자는 반쯤 헤벌어진 잔느의 입과 가죽목걸이를 착용한 채 뒤로 한껏 젖혀진 목을 탐색하듯 지켜보고 있었다. 다른 누구도 아닌 바로 저 여자가 그에게 제공하는 즐거움이란 과연 어떤 것일까? 그가 또 입을 열었다.

"이런 일은 생각조차 못해본 건가?"

그렇다! O는 차마 이런 건 생각해본 적이 없었다. 그녀는 두 문 사이 벽에 기댄 채 털썩 주저앉았다. 팔다리에 온통 맥이 빠져 버렸다. 더 이상 입 다물라 명령할 필요도 없었다. 그녀가 지금 무슨 말을 할 수 있겠는가! 여자의 절망감을 감지했는지, 애인은 잔느에게서 떨어져 O를 부둥켜안더니, '내 사랑', '나의 모든 것' 해가며 사랑한다는 말을 반복했다. 그녀의 목과 가슴을 어루만져주는 그의 손에는 잔느의 체액냄새가 촉촉하게 배어 있었다. 여자를 통째로 삼켰던 절망감은 잠시 후 썰물처럼 빠져나가고 있었다. 아, 그가 사랑한다지 않은가! 사랑한다지 않은가! 잔느와 즐기든, 다른 누구와 즐기든, 그건 그의 마음이다. 어쨌든 사랑하는 건 나라고 하지 않은가 말이다……

여자는 애인의 귓가에 대고 속삭였다.

"당신을 사랑해…… 당신을 사랑해……"

소리가 너무 작아 남자에게는 잘 들리지가 않는다.

"사랑한단 말야……"

그는 여자의 표정이 가라앉고 안색이 환해지면서 눈망울이 맑아지는 걸 확인하고서야 자리를 떴다.

잔느는 O의 손을 붙잡고 복도로 데리고 나왔다. 타일바닥 위로 두 여자의 하이힐 소리가 다시 울렸고, 두 문 사이 벤치를 차지한 시종과 또 다시 맞닥뜨렸다. 복장은 피에르 와 같았으나, 전혀 다른 사람이었다. 이번에는 키가 크고 마른 데다 검은 머리였다. 그는 두 여자를 어느 대기실로 안내했다. 커다란 초록빛 휘장 사이에 버티고 있는 철문 앞을 또 다른 시종 두 명과 적갈색 반점 무늬가 있는 백구 몇 마리가 지키고 있었다.

잔느가 중얼거렸다.

"저긴 통제구역이랍니다……"

앞장서서 걷던 시종이 그 말을 듣고는 홱 돌아보았다. 순간, 백짓장처럼 변해가는 잔느의 얼굴. 여태껏 붙잡고 있던 손을 툭 떨구면서 그대로 검은 대리석 바닥에 무릎 꿇는 그녀의 모습을 O는 멍하니 바라볼 뿐이었다. 문을 지키고 있던 두 시종이 별안간 너털웃음을 터뜨렸다. 그 중 한 명이 O에게 다가와 자기를 따라오라고 정중히 말한 뒤, 방금 지나온 문의 바로 맞은편 문을 열어주고는 한쪽 으로 물러났다. 웃음소리, 발소리가 들리는 가운데 등뒤로 문이 닫혔다. 도대체 무슨 사태가 벌어진 건지 알 수가 없 었다. 잔느가 말을 해서 벌을 받았는지, 받았다면 어떤 벌 인지, 단지 시종의 장난기에 놀아난 것인지, 무릎을 꿇어 야 하는 무슨 규칙이라도 있는 것인지, 아니면 그런 제스처를 취함으로써 시종의 마음을 누그러뜨리려 했던 것인지, 도통 알 길이 없었다. 다만 2주에 걸친 성에서의 첫 번째 체류기간 중 O가 깨친 것은, 침묵의 규칙이 아무리 절대적이라 해도, 식사시간이나 장소 이동을 할 때 그걸 조금도 위반하지 않기란 무척이나 드문 일이라는 사실이었다. 특히 낮에 시종들만 있는 환경에선 더더욱 그랬다. 밤에 주인들 앞에서 쇠사슬에 묶인 채 알몸으로 지내는 동안에는 언감생심 꿈도 꾸지 못할 느긋한 기분이 낮에 옷을 입고 있으면 자기도 모르게 생겨나기 때문인지도 몰랐다. 또 하나 깨친 사실은, 주인들 앞에선 조금만 다가드는 것으로 보이는 동작도 결코 용납될 수 없는 반면, 시종들 앞에서는 전혀 그렇지 않다는 것이었다. 시종들은 명령을 내리지 않는데, 그렇다고 해서 그들의 깍듯한 태도에 명령만큼의 무게가 없는 것은 아니었다. 무엇보다도 그들은 규칙 위반을 목격했을 때 그 즉시 응징하라는 별도의 지시를 분명하게 받은 존재들이었다. 그렇기에, 이야기를 하다가 들켜서 매를 맞는 여자들 모습이 적색동으로 통하는 복도에서 한 번, 방금 들어선 이곳 구내식당에서 두 번, 모두 합해 세 차례나 O의 눈에 띄었던 것이다. 요컨대, 시종들 앞에서 벌어진 일은 전적으로 그들 재량권에 맡겨 처리된다는 식의 첫날 얘기와는 무관하게, 벌건 대낮에도 얼마든지 채찍질을 당할 수 있다는 얘기였다. 밝은 대낮에 보니 시종들 복장이 의외로 기이하고 위협적으로 다가왔다. 몇몇은, 붉은 윗도리에 가슴팍이 흰 주름장식으로 채워진 셔츠 대신, 목에만 주름이 달리고 헐렁한 소매가 손목 부위에서 좁아지는 유연한 재질의 붉은 실크 셔츠를 입었고 검정 타이즈를 착용했다. 여드레째 되는 날 정오, O와 가까운 자리에 앉아 있던 포동포동한 몸집의 금발머리 마들렌을 일으켜 세운 것도 바로 그와 같은 복장의 시종 중 한 명이었다. 젖가슴이 온통 우윳빛에 발그레한 유두가 돋보이던 마들렌이 그를 향해 웃으면서 무어라 입을 놀렸던 것인데, 너무 말이 빨라 O는 그 내용까지 알아듣지는 못했었다. 한데, 시종이 채찍을 휘두르기도 전에 마들렌이 냉큼 무릎을 꿇더니, 검정 타이즈 속 아직 깨어나지 않은 성기를 백옥처럼 흰 두 손으로 살금살금 어루만지다가, 결국엔 밖으로 꺼내 반쯤 벌어진 입을 갖다대는 것이었다. 결국 그녀는 채찍질을 당하지 않았다. 게다가, 당시 구내식당의 유일한 감시자였던 그 시종이 애무를 받으면서 눈을 감고 있었기 때문에, 다른 여자들은 마음놓고 수다를 떨 수 있었다. 말하자면, 시종들을 얼마든지 구워삶을 수가 있었다는 얘기다. 하지만 그래봤자 무슨 소용인가? 정작 O가 지켜나가는 데 어려움을 겪고, 실제로 완벽하게 지켜본 적이 없는 규칙이라면 바로 남자의 얼굴을 쳐다봐선 안 된다는 규칙인 걸 말이다. 워낙 얼굴을 보고 싶어하는 호기심이 강했기에, O는 항상 벌받을 위험성이 다분했다. 실제로 심심치 않게 채찍질을 당했는데, 딱히 시선을 들켜서라기 보다는 (막상 규칙을 적용할 땐 상당한 융통성을 발휘했 거니와, 무엇보다 눈동자나 입술을 보았다가도 이내 성기 와 채찍, 손으로 옮겨오기 마련인 여자들의 시선을 군이 과도한 규칙 적용을 내세워 문제삼고 싶지 않다는 게 남자 들의 속내였다) 그저 욕보이고 싶은 생각이 남자들 머릿속 에 떠오를 때마다 그랬다는 편이 옳다. 그들이 아무리 혹 독하게 다루겠다고 나서도 그 앞에 무릎 꿇고 편법을 활용 할 만한 배짱 혹은 비굴함이 O에게는 아예 없었다. 즉, 그 들이 시키면 하되, 자기 쪽에서 구걸하듯 먼저 그 짓을 하 는 일은 없었다. 침묵의 규칙에 대해서는, 애인과 마주할 때를 제외하면 전혀 어려울 게 없어서, 단 한 번도 위반한 적이 없었다. 심지어 감시가 소홀한 틈을 타 다른 여자가 말을 걸 때조차도 자신은 철저하게 수신호나 다른 몸짓으 로 대응했다. 아까 잔느를 돌아봤던 키 큰 시종의 안내로 들어선 장소에서 식사를 하는 동안 종종 그런 상황이 벌어 지곤 했다. 그곳은 사방 벽이 온통 검정이었고, 바닥도 검 은색 타일이며, 길쭉한 식탁도 두껍고 검은 유리로 된 것이었다. 여자들은 등받이가 없고 검은 가죽쿠션이 깔린 둥근 걸상에 착석하게끔 되어 있었다. 거기 편하게 앉으려면 치마를 추어올려야 했는데, 매끄럽고 차가운 가죽이 허벅지에 닿자, 애인의 지시대로 스타킹과 팬티를 벗고 자동차 뒷좌석에 앉았던 바로 그 첫 순간이 퍼뜩 O의 머릿속에 떠올랐다. 반대로, 성을 떠나 보통 사람들처럼 옷을 갖춰 입되 아랫도리만큼은 실오라기 하나 걸치지 않은 상황이라면, 그래서 애인이든 다른 남자 곁이든 자동차 시트나 카페 좌석에 슬립과 치마를 까뒤집고 앉아야 할 경우라면, 실크 코르셋 위로 돌출한 젖가슴과 무엇에든 동원될 준비가 된 손과 입, 끔찍한 침묵 등등, 성에서 지낸 자신의 모습이 머릿속에 고스란히 떠오를 터였다. 사실, 쇠사슬에 묶이는 걸 뺀다면, 침묵만큼 O에게 든든한 지원군이 되어주는 것은 없었다. 쇠사슬과 침묵은 그녀를 뿌리 깊숙이 결박하고, 숨막히게 하며, 목을 졸라야 마땅한 것임에도 불구하고, 오히려 그녀 자신으로부터 해방시켜 주었다. 애인이 그녀를 고의적으로 다른 남자 품에 내돌리고 그걸 구경하며 즐기는 동안, 만약 그녀 자신이 말을 할 수 있고 자유자재로 행동할 수가 있었다면 과연 어떤 일이 벌어졌을까? 사실 온갖 고초를 겪는 동안에도 입을 연 건 사실이지만, 기껏해야 신음과 비명인 걸 과연 말을 했다고 할 수 있을까? 더욱이 툭하면 재갈을 물려 입을 다물게 하지 않았던가! 숱한 시선들과 손들, 성기들, 채찍들로 인해 닥치는 대로 유린당하는 가운데 그녀는 터무니없는 자아상실 상태에 빠져, 사랑의 노리개가 될 뿐 아니라 어쩌면 죽음의 나락으로 점점 다가갔던 것이다. 그녀는 일개 계집일 뿐이었다. 무방비로 자신을 열어놓은 채 유린당하는 다른 계집들과 하나 다를 것 없는 존재.

이틀째 되던 날 (하지만 성에 도착한 지 24시간이 채 지나지 않았을 때) O는 식사 후 커피와 불 시중을 들러 서재로 안내되었다. 검은 머리 시종이 다시 데리고 온 잔느 그리고 모니크라는 이름의 또 다른 여자가 그녀와 동행했다. 검은 머리 시종은 그들 모두를 서재 안까지 에스코트했고, O가 묶인 적 있는 기둥 가까이 자리를 잡고 섰다. 서재는 아직 썰렁한 분위기였다. 창문 겸 출입문들이 서향(西向)으로 열려 있었고, 구름이 거의 없는 평화로운 창공에는 가을 태양이 천천히 지나가고 있었다. 서랍장 위에는 유황빛깔 나는 수북한 국화다발이 흙과 죽은 이파리 향내를 풍기고 있었다.

"어젯밤 피에르가 당신 몸에 자국을 남겼던가요?"

시종이 O에게 물었다.

그녀는 그렇다고 고개를 끄덕였다.

"그렇담 그걸 드러내놓고 있어야 합니다. 치마를 걷어 주시죠."

전날 밤 잔느가 시킨 대로 O가 치마 뒷부분을 돌돌 말아 올려 고정할 때까지, 시종은 잠자코 기다렸다. 그러고는 불을 지필 것을 지시했다. 허리에서 엉덩이에 이르는 O의 뒤태, 허벅지와 섬세한 다리가 폭포처럼 양쪽으로 휘늘어진 초록색 실크와 흰색 한랭사 옷자락 안쪽으로 훤히 드러나 있었다. 다섯 줄의 채찍 자국은 검은색 흉터로 변해 있었다. 벽난로 아궁이 속은 준비가 다 된 상태였다. O는 잔가지 아래 지푸라기에다 성냥만 그어 넣으면 됐고, 이내 불길이 확 붙어 올랐다. 먼저 사과나무 가지들에 불이 붙었고, 그 다음 참나무 장작들이 타닥타닥 소리를 내며 밝게 타올랐는데, 무색의 불꽃은 강한 냄새만 날 뿐 햇빛 속에서는 거의 보이지 않았다. 또 다른 시종이 한 명 들어와 커피와 잔들을 얹은 쟁반을 콘솔 위에 내려놓은 뒤 나갔다. O가 콘솔로 다가갔고, 모니크와 잔느는 벽난로 양쪽에 섰다. 그제야 남자 두 명이 나타났고, 검은 머리 시종은 밖으로 나갔다. 목소리만으로 O는, 그 중 한 명이 전날 자신을 유린한 다음, 뒤를 쑤시기가 좀더 수월해져야 되겠다며 투덜댔던 자임을 알 것 같았다. 그녀는 금박이 씌워진 검은색 작은 잔들에 커피를 따랐고, 그것을 설탕과 함께 모니크가 돌리는 동안, 슬그머니 남자의 얼굴을 훔쳐 보았다. 영국인 티가 물씬 풍기는, 마른 체격의 무척이나 젊은 청년이었다. 지금도 무슨 말을 하고 있는데, 영락없 는 전날 그 남자가 틀림없었다. 다른 한 명 역시 금발이었 고, 다부진 체격에 퉁퉁한 얼굴이었다. 두 남자는 불 쪽으 로 발을 뻗은 채 큼직한 가죽 안락의자에 앉아 조용히 담 배를 피우면서 신문을 읽고 있었다. 여자들에 대해서는, 마치 거기에 있지도 않은 것처럼, 전혀 안중에 없는 눈치 였다. 이따금, 신문지 부스럭거리는 소리와 툭툭 숯덩이들 무너져 내리는 소리만 들렸다. O는 가끔 가다 장작 하나 씩을 불에 얹어주었다. 그녀는 장작바구니 바로 옆 바닥에 방석을 깔고 앉아 있었고, 그에 마주하여 모니크와 잔느 역시 바닥에 앉아 있었다. 펼쳐진 그들의 치맛자락이 서로 뒤엉켜 있었다. 모니크의 치마는 짙은 빨간색이었다. 한 시간이 지날 즈음 금발 청년이 느닷없이 잔느와 모니크를 불렀다. 그러고는 의자를 가져오라고 했다(전날 O가 배를 깔고 엎어졌던 바로 그 오토만 의자였다). 모니크는 더 이 상의 지시를 기다리지 않았다. 털썩 무릎을 꿇고 상체를 숙이더니, 모피쿠션에 젖가슴을 뭉개 엎드리고는 의자 양 쪽 귀퉁이를 잔뜩 그러쥐었다. 청년이 잔느를 시켜 빨간 치마를 들추게 하는 동안 모니크는 꼼짝도 하지 않았다.

더없이 무뚝뚝한 말투로 이어지는 청년의 지시에 따라, 이제 잔느가 그의 아랫도리를 내리고, O를 적어도 한 번 이상 무자비하게 쑤셔댄 그 '살덩이 검(劍)'을 두 손으로 모아 쥐어야 할 차례였다. 이내 딱딱하게 부푼 그것은, 한껏 벌려진 모니크의 사타구니 중앙 깊은 지점을 툭툭 건드리는가 싶더니, 단번에 쑥 파고들었다. 한편 모든 광경을 말 없이 구경하던 다른 남자는 O에게 다가오라 손짓한 뒤, 자기가 앉아 있는 안락의자 한쪽 팔걸이에 배를 걸치고 엎드리게 했다. 들춰진 치마로 인해, 엉덩이를 포함한 아랫도리가 적나라하게 드러났다. 남자는, 옆에서 벌어지는 상황에 계속 시선을 고정한 채, 음부 전체를 덥석 움켜잡았다. 그로부터 1분이 지나 문을 열고 들어선 르네의 눈에 바로 그런 O의 모습이 고스란히 포착됐다.

"하던 거 계속하십쇼."

그렇게 말한 뒤, 그는 O가 앉았던 벽난로 옆자리로 가 같은 방석을 깔고 앉았다. 남자의 손이 갈수록 더 헤벌어지는 음부와 항문을 동시에 들락날락 점점 더 깊숙이 쑤셔대고, 그때마다 도저히 억제할 수 없는 여자의 신음이 연신 터져 나오는 동안, 그는 입가에 미소를 지으며 모든 걸 뚫어져라 지켜보고 있었다. 모니크는 이미 일어나서 자세를 추스른 지 오래였고, 잔느는 O 대신 불을 뒤적거리고 있었다. 그녀가 위스키를 한 잔 갖다주자 르네는 손에 입을 맞춰준 뒤, O에게서 눈을 떼지 않고 단번에 잔을 들이켰다. 음부를 틀어쥐고 농락하던 남자가 말했다.

"이 여자가 당신 거죠?"

"그렇소."

르네가 대답하자, 남자가 말을 이었다.

"자크 말이 맞아요. 너무 타이트해…… 좀 넓혀놔야겠습니다."

그러자 자크가 끼어들었다.

"하지만 너무 넓어도 곤란해요."

"좋으실 대로! 나보다 판단력이 훨씬 나으시니까……"

르네는 자리에서 일어나 그렇게 말하고, 벨을 울렸다.

이후 8일 동안, 서재에서 시중드는 일이 끝나는 초저녁부터 독방으로 돌아가야 하는 여덟 시나 열 시쯤까지, O는 발기한 음경 모양의 에보나이트 막대를 엉덩이 중앙에 쑤셔 넣고 있어야 했다. 그것은 골반을 두르는 가죽띠에 세 개의 가느다란 쇠사슬로 고정되어 있어, 속살이 아무리 밀어내도 막대가 바깥으로 빠져나가지 않도록 고안된 것이었다. 쇠사슬 한 줄은 양 볼기 사이를 따라 등허리 쪽으로 연결되고, 나머지 두 줄은 허벅지에서 음부로 이어지는 삼각형의 양쪽 골을 따라 복부 쪽으로 연결되어, 따로 앞을 쑤시고 싶을 때 방해가 되지 않도록 처리되어 있었다. 르네가 벨을 울린 건, 종류별 가죽띠와 쇠사슬 세트 그리고 가장 가느다란 것에서 제일 굵은 것까지 다양한 크기의 음경막대가 구비된 상자를 가져오게 하기 위해서였다. 크기만 다양할 뿐 다들 뿌리 부분이 넓게 퍼져서 막대 전체가 몸 안으로 빨려 들어가는 일이 없게끔 되어 있었다. 자칫 그렇게 되면 강제로 구멍을 넓혀 놓으려는 의도완 달리, 다시 오므려질 수도 있었던 것이다. 결국 구멍은 날이 갈수록 점점 더 커질 수밖에 없었다. 자크가 O를 무릎 꿇게 하거나 완전히 엎드리게 해 놓으면 그 뒤에다가 잔느나 모니크 혹은 현장에 있는 다른 누구든 그가 고른 음경막대를 박아 넣기로 되어 있는데, 이때 자크는 상황을 봐가면서 매일매일 점점 더 굵은 막대를 골라 건네는 것이었다. 여자들이 목욕을 한 뒤 화장한 알몸으로 다 함께 구내식당에 모여 저녁식사를 할 때도 O만은 음경막대를 꽂고 있어야 했고, 겉으로 드러난 가죽띠와 쇠사슬로 인해 그녀의 그런 상태를 모두가 알 수 있었다. 그녀를 아무도 원하지 않는 밤에 벽에 묶어두거나, 다시 서재로 끌고 가기 위해 등뒤로 손을 결박해야 할 경우에만 시종 피에르가 나서서 음경막대를 빼주었다. 비록 다른 여자들과 비교하면 여전히 좁은 편이지만, 그래도 무척이나 빠른 속도로 여유를 찾아가는 그 뒤쪽 관통로에 아무도 관심을 보이지 않는 날은 드물었다. 마침내 여드레가 다 지나자 더 이상 어떤 인위적인 도구도 필요치 않았다. 애인은 O에게, 드디어 이중으로 몸이 개방되어 다행이라면서, 계속 그런 상태가 유지되도록 돌봐주겠다고 말했다. 아울러 자기는 잠시 떠나 있을 예정이라, 앞으로 7일간은 볼 수 없을 거라고 했다. 그 동안 성에서 얌전히 지내고 나면 자기가 다시 돌아와 파리로 돌려보내 주겠다는 얘기였다. 그러면서 이렇게 덧붙였다.

"사랑해, 너를 사랑해, 나를 잊지 마."

맙소사, 어떻게 그를 잊는단 말인가! 그녀의 눈을 가린 손이자, 시종 피에르의 채찍이었던 그. 침대 위로 늘어져 있던 쇠사슬이면서, 입으로 음부를 탐하던 낯선 사내였고, 그녀한테 지시를 내리던 모든 목소리의 주인공이 다름 아닌 그가 아니던가 말이다! O가 지치기라도 했나? 천만에. 채찍질을 당한다고 해서 채찍질에 익숙해지지는 못할지언정, 강간을 당하다 보니 강간에 익숙해지고, 애무를 받다 보니 그 애무에 익숙해져야만 했을 수는 있다. 고통과 희열의 끔찍한 포만감에 휘둘리다 보니 반수상태 내지는 몽유(夢遊)의 혼돈 속으로 부지불식간 거꾸러졌을 법도 한 것이다. 하지만, 실상은 그 반대였다. 거기에는, 자세를 지탱해준 코르셋이랄지, 다소곳함을 유지시켜준 쇠사슬들,

일종의 도피처이기도 했던 침묵이 어느 정도 한몫을 했을 것이다. 그녀처럼 애인에 의해 내맡겨지거나, 꼭 그렇진 않더라도 언제든 취할 수 있게끔 방치된 여자들의 몸뚱어리도 마찬가지. 요컨대, 눈앞에 보이는 모든 광경들과 더불어 그녀 자신의 육체에 대한 자의식이 심신(心身)을 끊임없이 깨어 있게 한 셈이다. 자신의 땀과 뒤섞이는 뭇 남자들의 땀, 정액, 타액을 뒤집어쓰는 가운데 의식을 치르듯 스스로를 더럽히면서, O는 글자 그대로 불순물을 받아내는 그릇이자, 성서에서 말하는 시궁창이 된 기분이었다. 그러면서도 가장 집요하게 유린당하고, 또 그래서 더더욱 깨어 있게 된 몇몇 신체 부위들은 오히려 더욱 아름다워지고, 고귀해진 것 같았다. 예컨대, 누구의 것인지도 모르는 성기를 물고 있는 입이랄지, 아무 손이나 덥석 움켜쥐고 제멋대로 집적거리는 젖꼭지, 쾌락의 공공도로 마냥, 활짝 벌려진 가랑이 사이 자궁에 이르는 통로가 모두 그랬다. 몸을 함부로 내돌림으로써 존엄해진다는 것은 분명 놀랄 현상이나, 거기 존엄한 무언가가 있는 건 사실이었다. 그녀는 자신의 내부로부터 어떤 광채를 일으켜 빛나는 듯했다. 모든 거동에서 침착함이 배어났고, 얼굴에선 알 수 없는 고요함과 더불어 은자(隱者)들의 눈빛에서나 떠오를 법한 내면의 미소가 은은하게 번지는 것이었다.

그녀를 놔두고 잠시 떠나 있겠다는 말이 르네 입에서 나올 때쯤, 밖은 이미 어둠이 내린 상태였다. O는, 누가 와 구내식당으로 데려다 주기를 독방에서 알몸으로 기다리고 있었다. 애인은 매일 시내에서 입던 평상시 복장이었다. 그가 포옹을 해오자, 트위드 재킷 기지가 여자의 젖꼭지에 까칠하게 닿았다. 그는 키스를 한 뒤, 여자를 침대에 눕히고 자기도 바짝 붙어 누워, 천천히 부드럽게 그녀를 품었다. 자신한테 개방된 육체의 두 경로를 오가며 왕복운동을 하던 그는 마침내 그녀의 입 안에 질펀히 싸지르고는 다시 입을 맞추었다. 그가 말했다.

"떠나기 전에 너를 채찍질하고 싶어. 이번에는 먼저 양해를 구하는 거야. 어때, 괜찮겠어?"

여자는 고개를 끄덕였다.

"사랑해. 자, 피에르를 불러."

여자가 호출벨을 눌렀다. 잠시 후, 피에르가 와서 그녀를 일으켜 세우고는 두 손을 머리 위로 올려 침대 머리맡 벽에 걸린 쇠사슬에 묶었다. 애인은 두 손을 들고 침대 위에 서 있는 여자에게 붙어 또 키스를 퍼붓더니, 다시 한 번 사랑한다 말하고는, 내려와 피에르에게 신호를 보냈다. 부질없이 몸부림을 쳐대는 그녀의 모습을 애인은 빤히 지켜보았다. 신음소리가 비명으로 변해가는 것을 그는 귀기울

여 듣고 있었다. 여자의 눈에서 눈물이 주르륵 흘러내리고
서야, 그는 피에르를 내보냈다. 여자는 남은 기운을 쥐어
짜, 애인에게 사랑한다고 말했다. 그는 눈물범벅이 된 여
자의 얼굴과 가쁜 숨을 몰아쉬는 입에 키스를 한 뒤, 묶인
손을 풀어주고 침대에 눕힌 다음, 떠났다.

애인이 곁을 떠난 순간부터 O가 그를 기다리기 시작했
다고, 그냥 그렇게 말하는 것은 어딘가 한참 부족하다. 그
녀는 어둔 밤과 기다림 그 자체 말고는 아무것도 아니었으
니까. 낮 동안―규칙을 엄격히 준수하는 유일한 시간대
다―그녀는 말간 피부와 얌전한 입술에 두 눈 다소곳이 내
리깐 인형처럼 지냈다. 벽난로 불을 지피고, 커피와 술을
따랐으며, 담배에 불을 붙여 주었다. 부모와 함께 사는 집
응접실에서 조신한 딸이 그러는 것처럼, 꽃을 다듬고 신문
을 정리했다. 가죽목걸이와 꼭 끼는 코르셋, 죄수용 팔찌
를 착용한 채 상큼한 가슴 훤히 드러낸 그녀를, 남자들은
다른 여자를 농락하는 동안 순서 기다리게 하듯 옆에 세워
두는 것으로 충분했다. 필경 그녀를 다루는 남자들 태도가
이전보다 더 매정해진 이유는 거기에 있을 터였다. 무슨
잘못이라도 한 걸까? 아니면, 다른 남자들이 좀더 제멋대
로 즐기게끔 자리를 피해주는 뜻에서, 아예 떠난 것일까?

어쨌든, 애인이 떠난 다음 날 어둠이 내릴 무렵, 옷을 홀라 당 벗고 욕실 거울 앞에 선 그녀가 이제는 거의 사라져가 는 넓적다리 앞쪽 승마용 채찍 자국을 물끄러미 들여다보 는데, 피에르가 불쑥 들어섰다. 저녁식사까지는 아직 두 시간이 남아 있었다. 그는 오늘 그녀가 공동식당에서 저녁 을 먹지 않을 것이라 하고는, 구석에 자리한 앉은뱅이 변 기를 가리키며 어서 준비하라고 했다. 피에르가 보는 앞에 서 그걸 해야 한다는 잔느의 귀띔을 떠올리며, O는 그곳에 쪼그려 앉았다. 과연, 여자가 변기 위에 쪼그려 앉아 있는 내내 피에르는 자리를 뜨지 않고 모든 걸 지켜보았다. 그 녀 역시 거울을 통해 그와 자신을 번갈아 바라보면서, 자 기도 모르게 몸 밖으로 배출되는 액체를 흘려보낼 수밖에 없었다. 피에르는 여자가 몸을 씻고 화장을 다 할 때까지 기다렸다. 마지막으로 하이힐과 붉은 망토를 가지러 가는 데 덜컥 멈추라고 하더니, 양손을 등뒤로 돌려 묶으며 하 는 얘기가, 그럴 필요 없다는 거였다. 대신 자기가 다시 올 때까지 잠깐 기다리라고 했다. 여자는 침대 귀퉁이에 걸터 앉았다. 바깥에선 비와 찬바람이 몰아쳤고, 창문 가까이 포플러나무는 돌풍에 휘말려 휘어졌다 펴졌다 난리였다. 그러는 가운데 창백한 빛깔의 젖은 잎사귀들이 이따금 유 리창에 달라붙기도 했다. 아직 저녁 일곱 시도 되지 않았는데 한밤중인 것처럼 캄캄했다. 가을이 깊어가고 있었기 때문에 날은 그만큼 짧아지는 게 당연했다. 다시 나타난 피에르의 손에는 첫날 저녁 그녀의 눈을 가렸던 눈가리개가 쥐어져 있었다. 또한 벽에 걸린 것과 유사한 긴 쇠사슬도 철컥거리며 그의 손에 들려 있었다. O가 보기에, 쇠사슬을 먼저 채울지 눈가리개를 먼저 씌울지 망설이는 것 같았다. 자신을 어찌하든 개의치 않는 심정으로 그녀는 내리는 빗줄기를 바라보고 있었다. 오로지 다시 돌아오겠다는 르네의 말 한마디, 아직 다섯 날 다섯 밤을 더 견뎌야 한다는 사실, 그가 지금 어디에 있는지, 혼자 있는지 누구랑 같이 있는지 아무것도 아는 게 없다는 생각만 머릿속을 어지러이 맴돌고 있었다. 어쨌든 그는 돌아올 것이다…… 피에르는 골똘한 생각에 빠져 있는 O를 내버려둔 채 침대 위에 쇠사슬부터 내려놓고는, 검정 벨벳으로 만든 눈가리개로 그녀의 눈을 가렸다. 안구 바로 밑이 약간 두툼해지면서 광대뼈에 정확하게 밀착되었다. 눈꺼풀을 들어올릴 수도 없었고, 시선이 샐 만한 약간의 틈새도 없었다. 나만을 위한 밤처럼 행복한 이 밤, 나를 해방시켜줄 이 축복어린 쇠사슬…… O는 오늘따라 밤과 쇠사슬 모두를 더없이 기쁘게 받아들이고 있었다. 피에르는 그녀의 목걸이 고리에 쇠사슬을 끼우더니, 자기와 동행해달라고 정중히 부탁했다.

O는 일어서서, 앞으로 끌어당기는 느낌에 따라 걸음을 내디뎠다. 타일바닥을 디디는 맨발이 얼얼했다. 적색동 복도를 따라 걷고 있었는데, 어느 순간 바닥이 차가우면서도 다소 거칠게 돌변하는 것을 느낄 수 있었다. 사암이나 화강암 포석 위를 걷고 있는 게 분명했다. 두 번에 걸쳐 시종이 그녀를 멈춰 세웠고, 열쇠 돌리는 소리와 문 열리고 닫히는 소리가 들렸다.

"계단 조심하십시오."

피에르의 목소리와 더불어 여자는 계단을 내려가기 시작했고, 한 차례 흠칫하며 발을 헛디딜 뻔했다. 피에르가 얼른 부둥켜안았다. 지금까지 쇠사슬로 결박하거나 채찍질할 때를 제외하고는 그녀 몸에 손댄 적이 단 한 번도 없는 그였다. 그런데 이제는 차가운 계단에 억지로 눕히면서 젖가슴까지 부여잡는 것이었다. 입으로 양쪽 젖가슴을 번갈아 더듬으며 몸이 밀착되어오는 가운데, 그녀는 남자가 서서히 발기하고 있음을 느꼈다. 그는 실컷 재미를 본 다음에야 여자를 부축해 일으켜주었다. 오한으로 부들부들 떠는 축축해진 몸으로, 그녀는 마지막 남은 계단을 마저 걸어 내려갔다. 또 다른 문이 열리는 소리가 들렸고, 그를 지나자마자 이번에는 두툼한 양탄자가 발 밑에 느껴졌다. 목에 고정된 쇠사슬이 조금 더 당겨지는가 싶더니, 피에르의 손이 다가와 묶인 양손과 눈가리개를 풀어주었다. 천장이 아치형인 무척 아담하면서 둥근 방이었다. 벽과 천장모두 아무런 포장 없이, 석재의 이음새가 그대로 드러나있었다. 목걸이에 달린 쇠사슬을 출입문 바로 맞은편 벽약 1미터 높이의 고리에 체결하자, 그녀는 두어 걸음밖에움직일 수 없는 상태가 되었다. 침대는커녕 침대 비슷한것이랄지 담요 한 장 없었고, 오직 모로코 방석 서너 개만손 닿지 않는 거리에 놓여 있었다. 한편 손이 닿을 만한 거리의 움푹 들어간 벽 한 구석에는 희미하게 방을 비추는흐린 조명과 함께, 물과 과일, 빵이 담긴 나무쟁반이 놓여있었다. 방 전체를 빙 둘러가면서 일종의 굽도리널처럼 벽하단부를 따라 매설된 난방장치의 방열 효과가 오래된 감옥이나 고성의 지하감방에서 날 법한 퀴퀴한 악취를 제거하기에는 크게 미흡했다. 아무런 소음도 파고들지 못하는훈훈하고 어둠침침한 공간에 들어서자마자, O는 시간 감각을 완전히 잃고 말았다. 그 안에서는 밤도 낮도 없었고,조명은 언제까지나 꺼지지 않은 상태 그대로였다. 피에르가—다른 시종 누구라도 상관없지만—가끔 들러 물과 과일, 빵을 보충해 주었고, 옆에 위치한 별도의 공간으로 데려가 몸을 씻겨주었다. 남자들이 들어오기 직전에 시종이먼저 와 항상 눈가리개를 씌워주고, 모두 자리를 뜬 다음에야 그것을 풀어주었기에, O는 시종을 제외하고 들락거리는 자들을 전혀 볼 수가 없었다. 뿐만 아니라 그들이 모두 몇 명인지도 알 수 없었다. 막연히 애무에 동원된 손과 입술은 자신이 접촉하는 몸뚱어리가 누구의 것인지 전혀 알 수가 없었다. 가끔은 여러 명이 동시에 달려들었고, 그보다 더 자주 한 명씩 다가왔는데, 매번 접근해오기 전 벽을 향해 무릎부터 꿇린 다음 채찍질이 가해졌다. O는 돌에 긁히지 않으려고 손바닥으로 벽을 짚은 채 손등에 얼굴을 기대고 있었다. 하지만 무릎과 젖가슴에 생기는 찰과상까지 막을 수는 없었다. 둥근 천장에 소리가 묻히는 바람에 몇 번이나 채찍질이 가해졌는지, 몇 번이나 비명을 질러댔는지 제대로 셈을 할 수도 없었다. 마냥 기다릴 뿐이었다. 그러던 중, 정지된 시간이 문득 다시 돌아가기 시작했다. 벨벳에 휩싸인 것만 같던 어둠 속에서 누군가 쇠사슬을 풀어주는 것이었다. 기다린 세월이 석 달인지, 사흘인지, 열흘인지, 아니 십 년인지 어찌 알겠는가. 별안간 두터운 천이 온몸을 싸안더니, 어깻죽지와 오금을 붙잡고 번쩍 들어올려 어디론가 옮겨가는 것이 느껴졌다. 얼마나 지났을까, 눈을 뜨자 독방이었다. 이른 오후, 검정 모피이불을 덮은 채 양손 모두 자유로운 상태. 르네가 곁에 앉아 머리를 쓰다듬어주고 있었다. 그가 말했다.

"옷을 입어야 해. 우린 이제 여길 떠날 거야."

여자는 마지막으로 몸을 씻었다. 그가 머리를 빗겨주고는, 파우더와 립스틱을 건넸다. 여자가 방으로 돌아오자 투피스와 블라우스, 슬립, 스타킹, 구두가 핸드백, 장갑과 함께 침대 발치에 얌전히 놓여 있었다. 심지어 날이 좀 서늘해질 경우 투피스 위에 걸치곤 하던 외투와 목에 두르는 스카프까지 있었는데, 유독 가터벨트하고 팬티만 보이지 않았다. 그녀는 천천히 옷을 입었다. 독방이 다소 후텁지근했기에 재킷은 입지 않았다. 첫날 저녁 그녀에게 요구되는 사항들에 대해 설명해 주던 남자가 불쑥 들어왔다. 그는 지난 2주간 여자를 구속해온 목걸이와 팔찌를 풀어주었다. 순간 그녀는 기분이 시원했을까? 아니면 뭔가 섭섭했을까? 아무 말도 하지 않았다. 손을 움직여 손목을 어루만져본다든지, 목을 더듬어볼 엄두조차 나지 않는 모양이었다. 남자는 비슷비슷하게 생긴 반지들이 빼곡이 담긴 작은 나무상자를 내밀면서, 왼손 약지에 어울릴 만한 반지를 하나 고르라고 정중히 권했다. 모두 묘하게 생긴 쇠로 된 반지들이었는데, 안쪽은 금테가 둘러져 있고, 문장(紋章) 반지의 그것처럼 큼직한 대가리에는 일종의 바퀴문양이 니엘로 세공법으로 상감처리 되어 있었다. 세 개뿐인 바큇살이 모두 나선형으로 굽어져 있어, 켈트신화에 등장하는 태양바퀴와 비슷하게 생겼다. 두 번째 반지를 약간 힘주어 끼우자 딱 맞았다. 약간 무겁게 느껴지기도 했지만, 반들반들한 쇠테의 잿빛 속에서 은밀한 금장식이 빛나고 있었다. 하필 왜 쇠로 만들었으며, 금을 입힌 이유는 무엇인지, 이해할 수 없는 상징은 또 무엇을 의미하는지⋯⋯? 하지만, 붉은 벽이 사방을 에워싸고, 침대 머리맡에는 아직 쇠사슬이 늘어져 있으며, 검은 이불은 바닥에 헝클어진 채 뒹구는 이 방, 시종 피에르가 얼토당토않은 오페라 복장으로 11월의 희부연 빛 속을 언제 또 들이닥칠지 모르는 이곳에서 말을 한다는 건 여전히 불가능한 일이 아닐까? 한데 그 점에선 O의 예상이 빗나갔다. 피에르는 들어오지 않았다. 르네는 그녀에게 투피스의 재킷을 마저 입혔고, 소매까지 덮는 긴 장갑을 끼워주었다. 그녀는 스카프와 핸드백을 집어들었고, 외투는 팔에 걸쳤다. 복도 바닥을 울리는 구두소리는 하이힐 샌들이 만들어내던 소리만큼은 요란하지 않았다. 문들은 모두 닫혀 있었고, 대기실은 텅 비어 있었다. O는 애인의 손을 꼭 붙잡고 있었다. 두 사람을 수행한 낯선 남자가, 전에 잔느가 통제구역이라고 귀띔해준 철문을 열어주었다. 그 앞을 지키던 시종과 개는 더이상 보이지 않았다. 낯선 자는 이어서 초록색 벨벳 휘장마저 들추어 두 사람을 지나가게 했다. 휘장이 다시 내려지고, 철문 닫히는 소리가 등뒤에서 들렸다. 정원이 곧바로 내다보이는 현관. 두 사람 말고는 아무도 없었다. 앞에 보이는 계단을 내려가기만 하면 되는 상황. 저만치 눈에 익은 자동차가 O의 시야에 들어왔다. 그녀는 애인 옆자리에 앉았다. 애인은 핸들을 붙잡고 시동을 걸었다. 대문이 활짝 열린 정원을 빠져나간 뒤 몇백 미터를 더 갔을까, 애인이 문득 차를 세우더니 여자에게 키스를 퍼부었다. 잠시후 다시 출발한 자동차는 어느 작고 평화로운 마을을 관통해 나아갔고, 그곳 표지판에 새겨진 '루아시(Roissy)'라는 마을이름을 O는 놓치지 않았다.

II. 스티븐 경(卿)

    O가 거주하는 생루이 섬의 아파트는, 센 강을 굽어보는 남향의 어느 낡은 건물 지붕 바로 밑에 자리하고 있었다. 망사르드식의 다락방들은 천장은 낮지만 다들 널찍한데, 그 중 건물 앞쪽 방 두 개에는 지붕의 경사면을 따라 별도의 발코니가 조성되어 있었다. 그 두 방 중 하나가 바로 O의 침실이었고, 바닥부터 천장까지 벽 하나가 서가로 꾸며진 가운데 벽난로가 위치한 나머지 방은 응접실이나 서재, 때로는 그 자체로 또 다른 침실처럼 활용되었다. 거기 창문 두 개를 마주보고 큼직한 소파가 놓여 있었고, 벽난로 맞은편에는 고풍스런 대형 테이블이 자리하고 있었다. 안뜰을 향한 아담한 크기의 식당이 너무 비좁게 느껴질 정도로 손님이 많은 날에는 그 방에서 저녁식사를 들기도 했다. 안뜰을 향한 다른 방은 르네가 자기 옷방처럼 사용하

고 있었다. 노란색 욕실은 두 사람이 함께 사용했다. 마찬가지로 노란색인 주방은 아주 작았다. 매일 가정부가 왔다. 안뜰 쪽으로 향한 방들의 붉은 바닥재는, 파리의 오래된 건물 3층 이상부터 대개의 계단과 층계참 바닥을 수놓고 있는 바로 그 6각형 모양의 고풍스런 타일들이었다. 그것을 다시 보게 된 O의 가슴이 덜컥 내려앉았다. 루아시의 성(城) 복도들에도 똑같은 타일들이 깔려 있지 않았던가. 그녀의 침실은 아담한 크기였고, 분홍과 검정이 어우러진 친츠(chintz) 커튼이 쳐져 있었다. 불막이용 금속판 너머 불꽃이 환하게 타오르는 가운데, 침대와 이불이 말끔하게 정돈되어 있었다.

르네가 말했다.

"너 주려고 나일론 가운 하나 사놓았어. 너 아직 그런 거 없잖아."

실제로, 이집트 여인상(像)들에서 볼 수 있는 옷처럼, 몸에 자연스레 붙으면서 주름이 들어가고 속이 훤히 비치는 백색의 나이트가운이 침대 가장자리에 가지런히 놓여 있었다. 허리춤에 가느다란 띠를 두르도록 되어 있는 나일론 재질의 그 가운은 워낙 하늘하늘해서 젖가슴의 돌출부위가 분홍빛으로 내비칠 정도였다. 커튼과 침대머리 쪽 패널들, 마찬가지 친츠 천으로 단장된 두 개의 소형 안락의자를 제외한 방 안의 모든 것, 즉 벽면과 마호가니 기둥을 갖춘 침대의 침대보 그리고 바닥에 깔린 곰가죽 등등이 죄다 흰색이었다. O는 하얀 가운을 걸친 채 불 앞에 앉아 애인의 말에 귀를 기울였다. 그는 우선 그녀 스스로 이제부터 자유의 몸이라 생각해서는 안 된다고 말했다. 단, 자기를 더 이상 사랑하지 않거나 떠나버리는 것은 언제든 자유라고 했다. 하지만 자기를 사랑하는 한, 그 어떤 점에서도 그녀에게 자유란 없다는 얘기였다. 애인이 하는 말을 잠자코 들으면서 그녀는, 방법이야 어찌됐든, 눈앞의 여자가 자기 것임을 그토록 확인하고 싶어하는 남자의 모습이 그저 흐뭇하기만 했고, 그런 거라면 굳이 거추장스럽게 확인할 필요조차 없다는 걸 왜 모를까라는 생각이 들기도 했다. 혹시 잘 알고 있으면서 티를 내지 않고 남몰래 즐기는 것은 아닐까? 그녀는 감히 남자와 눈을 맞추지 못하고 불길만 바라보며 이야기를 듣고 있었다. 남자는 자세를 곧추세운 채 이리저리 서성이고 있었다. 별안간 그가, 이야기를 듣는 동안에는 다리를 벌리고 팔을 풀어야 한다고 말했다. 여자가 오므린 무릎을 팔로 감싼 채 앉아 있었던 것이다. 그녀는 가운자락을 걷어올리고 무릎을 꿇었다. 카르멜 수녀나 일본여자들처럼 발뒤꿈치를 깔고 앉아 기다렸다. 한데 무릎을 벌리고 있다 보니, 흰색 모피의 까칠한 촉감이 반쯤 벌어진 허벅지 안쪽으로 고스란히 전해져오는 것이었다. 남자는 그녀가 충분히 다리를 벌리지 않았다고 지적했다. 애인의 입에 실려 나오는 '다리를 벌려'라는 명령 자체가 어찌나 강력한 울림을 동반하는지, 여자는 애인이 아닌 신의 말을 받들어 모시듯, 깊은 내면에서 성심을 다해 납죽 엎드리기라도 할 태세였다. 그녀는 손바닥을 위로한 채, 무릎 양쪽에 손을 가지런히 놓고 앉아 꼼짝도 하지 않았다. 애인이 그녀에게서 원하는 건 간단했다. 요컨대, 즉각적이면서 한결같은 가용(可用)상태를 유지하는 것. 사실상 그녀의 상태가 그렇다는 것만으론 부족했다. 일말의 거리낌 없이 그래야 할 뿐더러, 경험 많은 눈으로 보았을 때 여자의 차림새라든가 자세에서 벌써 그 전형적인 느낌이 우러나야만 했다. 남자의 말에 의하면, 그것은 곧 다음 두 가지를 의미했다. 첫째는 성에 도착하자마자 내려졌던 지침사항 그대로, 다리를 포개면 안 되고, 입술은 항상 반쯤 벌리고 있어야 한다는 것. 분명 그걸 별로 대수롭지 않게 생각했을 테지만, 문제의 지침을 준수하기 위해서는 실제로 끊임없는 주의력이 필요하며, 그런 노력을 기울이다 보면 자신이 처한 현실적 조건을 늘 상기할 수밖에 없을 거라고 했다. 차림새에 관해서는, 루아시로 가는 차 안에서처럼 반벌거숭이 상태를 억지로 강요할 필요가 더 이상 없게끔, 옷을 고르거나 만드는 일까지 모두 그녀가 알아서 할 문제라고 했다. 내일이라도 옷장이든 서랍이든 뒤져 드레스와 속옷들을 모조리 끄집어내, 가터벨트와 팬티, 끈을 잘라 벗겨내야만 했던 브래지어, 가슴까지 다 가린 슬립, 앞섶이 터져 있지 않은 블라우스, 단번에 걷어올리기 어려울 만큼 타이트한 치마 등등은 재량껏 처리하라는 거였다. 그러고는 다른 브래지어, 다른 블라우스, 다른 스타일의 드레스를 만들어 입으라고. 그럼 스웨터나 블라우스만 걸친 채 노브라 상태로 코르셋 전문점을 찾아가라는 얘긴가? 그렇다, 맨가슴으로 나다니라는 거다. 누군가 그걸 눈치챌 경우, 내키는 대로 설명을 해주든가 그냥 무시하면 될 터. 무슨 상관이랴, 자기만 좋으면 그뿐인걸. 나머지 가르쳐줄 것들을 위해서 애인은 며칠을 더 두고 볼 생각이라고 했다. 적절한 복장이 다 갖춰질 때까지 기다리겠다는 거였다. 그는 개폐식 책상의 작은 서랍을 열어보면 필요한 돈이 들어 있을 거라고 귀띔해주었다. 남자가 말을 마치자, 여자가 꼼짝 하지 않고 입으로만 중얼거렸다.

"당신을 사랑해……"

남자가 벽난로 속에 장작을 보충해 넣더니, 분홍빛 반투명 침대등에 불을 켰다. 그러고는 O에게, 자기도 그녀와 함께 잘 테니 일단 누워서 기다리라고 했다. 그가 다시 돌아오는 걸 보면서, O는 불을 끄기 위해 왼손을 뻗었다. 어둠이 모든 걸 지우기 직전 그녀의 눈에 마지막으로 비친 건, 바로 그 왼손에 낀 쇠반지의 흐릿한 광택이었다. 어중간한 자세에서 모로 누워 있는데, 애인의 나지막한 목소리가 이름을 불렀다. 활짝 편 그의 손이 여자의 아랫도리를 휘어잡듯 하면서, 자기 쪽으로 끌어당겼다.

다음 날, O가 가운을 걸치고 초록색 식당에서 혼자—아침 일찍 외출한 르네는 여자를 데리고 외식을 하기 위해 저녁에야 돌아올 터였다—막 점심식사를 마치는데 문득 전화벨 소리가 울렸다. 전화기는 침대 머리맡 전등 아래에 있었다. O는 바닥에 주저앉아 수화기를 들었다. 르네였다. 가정부가 나갔는지를 알고 싶어했다. 점심을 차려놓고 방금 나갔다고 대답해주었다. 내일 아침에야 다시 올 거라고. 르네가 재차 물었다.

"옷 정리는 시작한 거야?"

여자가 대답했다.

"곧 시작하려던 참이야. 실은 너무 늦게 일어났거든. 목욕하고 이것저것 하다 보니 정오가 다 됐지 뭐야."

"옷은 입었나?"

"아니. 잠옷에 가운만 걸친 상태."

"수화기 잠깐 내려놓고, 잠옷하고 가운 벗어."

O는 즉각 시키는 대로 했다. 침대 위에 내려둔 수화기가 갑자기 미끄러지더니 바닥의 흰색 양탄자에 떨어졌다. 통화가 끊기는 줄 알고 O는 깜짝 놀랐지만, 다행히 연결상태 그대로였다.

"다 벗었나?"

르네의 목소리에 여자가 응답했다.

"응. 근데 어디서 전화하는 거야?"

남자는 질문엔 대답하지 않고, 이렇게 덧붙였다.

"반지는 그대로 끼고 있지?"

반지는 왼손 약지에 얌전히 잘 있다. 남자는, 처분해야 할 옷가지들부터 가방에 챙겨두고, 자기가 돌아올 때까지 기다리라고 한 뒤, 전화를 끊었다. 오후 한 시가 지났고, 날씨는 화창했다. O가 벗으면서 바닥에 팽개쳐놓은, 연초록의 날 아몬드 껍질 빛깔 나는 줄무늬 벨벳 가운과 흰색 잠옷 위로 화사한 햇살이 쏟아지고 있었다. 그녀는 옷가지들을 주워 모아 벽장 안에 가지런히 걸었다. 문득, 문에 부착된 거울과 벽에 걸린 다른 거울 그리고 또 다른 문에 부착된 거울이 일종의 삼면거울처럼 서로 연결되면서 여자의 모습을 입체적으로 담아냈다. 몸에 걸친 거라고는 가운과 같은 초록빛 계통의—루아시에서 신었던 것보다 약간 더 짙은 색깔이다—가죽샌들과 반지가 다였다. 목걸이도 팔찌도 더 이상 착용하지 않았고, 홀로 자기 자신의 구경꾼이 되어 있었다. 그럼에도 불구하고 지금처럼 철저하게 자신을 벗어난 의지에 내맡겨진 적이 없었고, 지금보다 완벽한 노예상태에 빠진 적도 없었을 뿐더러, 그렇게 된 것 자체를 지금만큼 행복하게 받아들인 적 또한 없었다. 서랍을 열기 위해 몸을 숙이자, 부드럽게 출렁이는 젖가슴이 눈에 들어왔다. 가방에 챙겨 넣어야 할 옷가지들을 골라 침대 위에 늘어놓는 데만 거의 두 시간이 걸렸다. 팬티를 정리하는 건 대수롭지 않았다. 침대기둥 가까이 한데 몰아 소복이 쌓아두는 것으로 끝났으니까. 브래지어의 경우 역시 남겨둘 건 하나도 없었다. 모두 다 뒤에서 끈이 교차해 옆으로 고정하게끔 된 것들이었다. 한데 가만히 살펴보니, 똑같은 모델을 유지하면서 어떻게 하면 체결부위를 앞쪽 중앙 가슴 골 바로 아래로 옮길 수 있는지 알 것 같았다. 가터벨트들도 그다지 결정이 어려운 건 아니었다. 다만, 뒤로 묶게 되어 있고 루아시에서 입었던 것과 너무도 비슷하게 생긴 분홍빛 돋을무늬천 코르셋까지 함께 처치할 것인지는 다소 망설여졌다. 결국 서랍장 위에 따로 놓아두었다. 결정은 르네가 대신 하리라. 머리부터 집어넣어 목에서 착 달라붙게 되어 있는 두툼한 스웨터에 대해서도 결정은 르네의 몫이었다. 따로 터진 곳이 없긴 하지만, 몸통 부위를 둘둘 말아 걷어올리면 젖가슴을 드러낼 수 있지 않겠는가. 슬립들은 죄다 침대에 한 무더기로 쌓아놓았다. 이제 서랍 속에 남은 거라곤, 주름장식 밑단과 앙증맞은 발랑시엔 레이스가 달린 페티코트 한 장뿐이었다. 속이 훤히 비칠 만큼 가벼운 질감의 검정 주름치마 속에 받쳐입기 적당한 것이었는데, 이제 그녀에게 필요한 페티코트는 보다 밝은 색깔의 짧은 스타일이었다. 아울러, 딱 달라붙는 원피스 입는 걸 아예 포기하든지, 아니면 위에서 아래까지 단추로 풀고 채울 수 있는 스타일을 입든지 결정해야 한다는 걸 깨달았다. 단, 그 경우 슬립 역시 원피스와 마찬가지로 앞을 동시에 개방할 수 있는 것이어야 함은 물론이었다. 페티코트나 원피스를 새로 주문하는 문제는 그다지 어렵지가 않았다. 문제는 속옷류인데 매장 주인이 과연 무어라 하겠는가? 워낙 추위를 잘 타는 체질이라 붙였다 떼었다 할 수 있는 안감을 원한다고 설명할 작정이다. 실제로 O는 추위에 약했다. 문득, 옷을 허술하게 입으면 겨울의 냉기를 어떻게 견뎌낼까 막막한 생각이 들었다. 마침내 모든 정리가 끝나고, 앞을 단추로 여닫을 수 있는 블라우스와 검정 주름치마, 외투 몇 벌 그리고 루아시에서 나올 때 입었던 투피스만 옷장 속에 남고서야, 그녀는 차를 끓이러 갔다. 주방에 들어가자마자 난방장치의 온도 조절기를 올렸다. 가정부가 거실 벽난로용 장작바구니를 채워놓지 않은 상태였다. 저녁 때, 애인이 거실 벽난로 가까이 있는 자신을 보고 싶어할 것을 O는 알고 있었다. 그녀는 복도 궤짝에서 장작을 꺼내 바구니를 채운 뒤, 거실 벽난로 옆에 갖다 놓고 불을 지폈다. 큼직한 안락의자에 동그랗게 몸을 웅크리고 차 쟁반을 가까이 놓아둔 채, 그녀는 애인이 오기를 기다렸다. 예전과 다른 점이라면, 이번엔 그가 지시한 대로 벌거벗은 몸으로 기다린다는 사실이었다.

O는 자신의 직장에서 처음으로 난관에 부닥쳤다. 사실 '난관'이라는 건 좀 지나친 표현이고, '예기치 않은 상황' 정도가 더 정확할 듯싶다. O는 모 사진전문관의 패션 분야 담당으로 일하고 있었다. 말하자면, 패션 디자이너에 의해 모델로 뽑힌 아가씨들이 수 시간 동안 스튜디오에서 각종 포즈를 취하는 가운데, 가장 이국적이면서 아리따운 사진작품들이 그녀의 손을 거쳐 탄생되는 것이었다. 그런 O의 입장에서 가을에 이르기까지 휴가를 연장하고, 새로운 유행의 출현을 코앞에 둔 시점이라 일이 가장 많은 하필 이 때 자리를 비운 것은 사람들을 더없이 당혹케 만들고 있었다. 하지만 그 정도 문제는 약과였다. 무엇보다 O가 너무도 많이 변한 것에 사람들은 경악을 금치 못했다.

첫눈에 딱히 꼬집어 지적할 수는 없었지만, 사람들은 그녀의 변화를 느꼈고, 자세히 보면 볼수록 그 느낌은 확신으로 굳어졌다. 그녀는 이전보다 자세가 훨씬 더 꼿꼿해졌고 눈빛도 초롱초롱해졌는데, 그보다 더 놀라운 건 움직이지 않을 때는 정말 손가락 하나 꼼짝하지 않는다는 점 그리고 모든 동작이 극도로 절제되어 있다는 점이었다. 예전 그녀는, 남자들이 하는 일과 유사한 작업에 종사하는 여자들이 다 그러하듯, 매우 소박한 옷차림을 하고 있었다. 그런데 지금은 아무리 교묘하게 티를 내지 않으려 해도, 직업적으로나 적성으로나 옷차림에 예민할 수밖에 없는 모델들 눈에 그녀의 달라진 면모가 고스란히 포착되고 마는 것이었다. 속에 아무 것도 입지 않아 가슴 윤곽이 은은하게 드러나는 스웨터 차림이랄지—급기야 르네가 스웨터는 허용을 한 모양—툭하면 몸에 착 달라붙어 휘감기곤 하는 주름치마는, O가 자주 입고 다닐 만큼, 그나마 무난한 유니폼 축에 들었다. 하루는 슬라브 혈통 특유의 도드라진 광대뼈와 그에 어울리는 까무잡잡한 피부, 초록 눈동자에 금발인 모델 한 명이 말을 걸어왔다.

"아주 어려 보이세요…… 근데 밴드를 사용하는 건 잘못이에요. 다리에 자국이 남을 수 있거든요."

O가 무심코 대형 가죽안락의자 팔걸이에 비스듬히 걸

터앉았을 때 튀어나온 말이었다. 앉음과 동시에 치맛자락
이 훌렁 들춰졌고, 그 순간 키 큰 모델아가씨의 시선이 정
확히 무릎까지만 스타킹이 올라온 O의 넓적다리 맨살에
내리꽂혔던 것이다. 입가에 번지는 아가씨의 묘한 미소를
바라보며, O는 그녀가 대체 무슨 상상을 한 건지, 무엇을
깨달은 건지 궁금했다. O는 한쪽씩 번갈아 스타킹을 당겨
올렸다. 넓적다리 중간까지 올라오게 해서 가터벨트로 고
정시켰을 때보다 스타킹을 깔끔하게 관리하기가 분명 까
다로웠다. O는 변명을 하듯 자클린에게 대꾸했다.

"이게 편리해요."

"무엇에 편리하다는 거죠?"

자클린의 질문에 O는 이렇게 대답했다.

"저는 가터벨트가 싫더라고요."

한데 대답은 듣는 둥 마는 둥, 자클린은 O의 손가락에
끼어 있는 쇠반지만 골똘히 바라보는 것이었다.

그 후 며칠에 걸쳐 O는 자클린의 사진을 50여 장 찍었
다. 그 모두는 이전에 찍었던 그 어떤 사진과도 닮지 않았
다. 어쩌면 모델이 워낙 특별해서 그런 건지도 몰랐다. 아
무튼, 하나의 얼굴이나 몸에서 그처럼 감동적인 의미를 이
끌어낸 적이 없었다. 그렇더라도 사진작업의 목표는, 호사
스런 밍크를 두르든 단순한 블라우스를 걸치든, 거울 속

요정 같은 미모를 자랑하는 자클린의 모습을 통해 실크, 모피, 레이스 등등 패션 아이템들을 최대한 돋보이게끔 연출하는 데 있었다. 그녀는 살짝 웨이브 진 짧은 금발머리를 툭하면 왼쪽 어깨 쪽으로 기울이곤 했는데, 모피코트를 입고 있을 경우 그때마다 외투 깃에 볼을 기대는 것이었다. 한번은 그러고 있는 순간을 카메라로 포착했다. 사진 속 그녀는 바람이 스치고 지나는 것처럼 머릿결이 살랑거리고 있었고, 다정히 웃는 얼굴의 부드럽게 솟은 광대뼈는 이제 막 불꽃이 잦아든 숯덩이처럼 은은한 청회색빛 밍크 모피에 살포시 묻혀 있었다. 게다가 반쯤 벌어진 입술과 그윽하게 내리뜬 눈매…… 차갑게 반들거리는 광택인화지 속 그녀의 모습은 흡사 물에 잠겨 행복하게 죽어가는 창백한 여인처럼 보였다. O는 그 사진을 최대한 가벼운 회색톤으로 현상해 보았다. 그 외 또 다른 각도로 포착한 자클린의 사진은 더더욱 놀랄 만한 결과를 가져다주었다. 올 성근 검정 베일이 드리워진 얼굴과 한 줄기 연기처럼 머리 꼭대기에서 하늘거리는 깃털장식 그리고 맨살을 드러낸 어깨가 역광 속에 예사롭지 않은 자태로 각인되어 있었다. 옷은 중세 때 새색시가 입는 의복처럼, 내부 골조가 가슴을 받쳐주면서 허리를 꼭 조이며 내려가 둔부에서 풍성하게 확대되어 발까지 덮어버리는, 붉은빛의 두툼한 수

단(繡緞) 드레스였다. 디자이너들이 보통 갈라(gala) 드레스라 부르는 의상인데, 요즘은 아무도 이런 걸 입지 않는다고 했다. 굽이 무척 높은 샌들도 붉은 실크 재질이었다. 그런 의상과 샌들 그리고 가면의 전초처럼 느껴지는 베일을 드리우고 포즈를 취한 자클린을 바라보면서, O는 속으로 그 모든 걸 개조, 보완해 나가고 있었다. 사소한 몇 가지만 손본다면―가령 몸통을 더 조인다든지, 가슴을 좀더 드러내는 식―루아시에서 잔느가 입었던 옷과 똑같아지는 것이었다. 지시가 떨어지기 무섭게 까뒤집듯 얼른 치맛자락을 들어올려야 하는, 바로 그 뻣뻣하고 두툼한 실크 드레스 말이다…… 아니나다를까, 자클린 역시 15분 동안 포즈를 취하고 있던 단상에서 그만 내려오기 위해 그 풍성한 치맛자락부터 들어올렸다. 마른 낙엽을 밟을 때 나는 부서석거리는 소리까지 똑같았다. 이런 갈라 드레스를 아무도 입지 않는다고? 천만에 말씀! 그러고 보니, 자클린은 목에 꼭 맞는 금빛 목걸이를, 손목에는 금팔찌를 각각 착용하고 있었다. 목걸이와 팔찌가 가죽으로 되었다면 훨씬 멋졌을 거라는 생각이 문득 O의 뇌리를 스쳤다. 마침내 그녀는 스튜디오에 인접한 널찍한 대기실까지 자클린을 따라 들어갔는데, 일을 해오면서 이제까지 그런 적은 한번도 없었다. 거기는 모델들이 옷을 갈아입고 화장을 하는 곳으로, 다들 일을 마치고 나가면 옷가지와 화장품들만 덩그러니 남는 장소였다. O는 문틀에 기대서, 드레스를 입은 채 화장대 거울 앞에 앉아 있는 자클린의 모습을 그 거울을 통해 골똘히 바라보고 있었다. 거울이 워낙 커서—벽 전체를 다 차지하는 크기였고, 화장대는 그 앞에 돌출한 검은색 유리판에 불과했다—그 안으로 자클린은 물론 그녀의 깃털장식과 베일을 벗겨주는 의상 담당자 그리고 O 자신의 모습까지 들여다보였다. 자클린은 스스로 목걸이를 푸느라, 맨살이 드러난 두 팔을 화병 손잡이처럼 올리고 있었다. 제모한 겨드랑이 아래로 약간의 땀이 번들거렸다(도대체 왜 털은 제거한 걸까? 안타깝다, 그토록 화사한 금빛 털을!). 그곳의 섬세하면서도 시큼한, 식물성분이 느껴지는 냄새가 O의 후각을 자극했다. 자클린은 어떤 향수를 사용할지 문득 궁금해졌다. 목걸이에 이어서, 그녀는 팔찌를 풀어 유리 화장대 위에 올려놓았다. 순간적으로 철커덕거리는 쇠사슬 소리 비슷한 소음이 울렸다. 머리칼이 하도 화사한 빛깔이어서, 그러지 않아도 바닷물 빠져나가고 난 직후의 모래사장 같은 황갈색 피부가 한결 짙게 보였다. 사진에서 붉은 비단은 거무스름하게 나올 것이었다. 자클린의 짙은 속눈썹이 별안간 반짝 치켜 올라가면서, 거울을 통해 이쪽을 바라보는 O와 시선이 마주쳤다.

미동조차 없이 똑바로 쏘아보는 듯한 그녀의 눈빛을 O는 감히 피할 엄두도 내지 못한 채, 서서히 얼굴이 달아오르는 것을 느꼈다. 그게 전부였다.

"미안하지만, 제가 옷을 좀 벗어야하거든요."

"아, 네……"

O는 얼떨결에 그렇게 더듬거리며 문을 닫았다. 다음날 그녀는 전날 찍은 사진들을 집으로 가지고 왔다. 저녁 외식을 함께하기로 되어 있는 애인에게 그것들을 보여주고 싶은지 아닌지, 자신의 마음을 알 수가 없었다. 화장을 하는 내내 그녀는 사진들을 들춰보았고, 이따금 특정 사진을 찬찬히 뜯어보면서 손가락으로 그 속의 눈썹라인이라든지 입가의 미소를 더듬어보곤 했다. 그러다 문득 출입문 열쇠 돌리는 소리가 들리자, 사진들을 모두 서랍 속에 쓸어 넣었다.

지난 2주 동안 O는 완벽한 가용(可用)상태를 갖추었으면서도 왠지 그것에 익숙해지지 못하고 있었다. 그러던 중, 하루는 스튜디오에서 돌아와 보니, 친구 한 명과 합석해 저녁식사를 할 텐데 여덟 시쯤 준비하고 있으라는 메모가 눈에 띄었다. 자동차가 그녀를 픽업하러 와서, 운전기사가 직접 에스코트할 거라고 했다. 아울러 추신을 통해, 모피재킷을 입되 전체를 검정으로 통일할 것이며('전체'

를 강조했다), 화장에 공을 들이고, 루아시에서처럼 향수를 뿌릴 것을 명시하고 있었다. 저녁 여섯 시. 외식을 위해 검정으로 의상을 통일할 것. 때는 12월 중순으로 추운 날씨였다. 다시 말해서, 검은 나일론 스타킹에 검은 장갑, 부채꼴 모양의 주름치마에다, 반짝이가 뿌려진 두터운 스웨터나 물결무늬 실크 재킷을 입어야 한다는 뜻이었다. O는 물결무늬 실크 재킷을 선택했다. 그 옷은 속을 넣고 넉넉하게 박음질하여 누빈 데다, 칼라에서 허리까지 꼭 맞도록 후크를 채우게 되어 있는 방식이, 16세기 남성용 상의인 푸르푸앵을 연상시키는 스타일이었다. 특히 그 옷을 입으면 가슴라인이 선명하게 부각되는데, 재킷 안쪽에 브래지어 형태의 단단한 안감이 내장되어 있기 때문이었다. 전체 의상을 통틀어 유일하게 반짝이는 것은 아이들의 눈장화에 달린 것 같은 큼직한 금빛 후크들이었다. 그것들은 넉넉한 고리들과 쌍을 이루어 요란한 소리를 내면서 체결되게끔 만들어져 있었다. 일단 침대 위에는 옷가지들을, 침대 발치에는 검정 쉬에드 가죽으로 만든 하이힐을 챙겨 내놓자, 루아시에서처럼 몸을 씻고 공들여 화장하고 향수까지 뿌리는 모든 과정을 이렇듯 혼자서 자유롭게 처리할 수 있다는 사실이 O는 마냥 낯설게 느껴지는 것이었다. 그녀가 가지고 있는 화장품들은 루아시에서 사용하던 것과는 달랐다. 화장대 서랍을 뒤져보니 붉은 빛깔의 볼연지가 눈에 띄었다. 여태껏 한 번도 써보지 않은 그것을 가지고 O는 젖꼭지 주위를 동그랗게 찍어눌렀다. 살에 닿는 순간에는 그다지 눈에 띄지 않다가, 시간이 지날수록 붉은빛이 살아나는 제품이었다. 처음에는 너무 많은 양을 바른 것 같아 알코올로 약간 지웠다가—여간해선 잘 지워지지 않는다—다시 시도했다. 잠시 후 그녀의 젖꼭지에선 짙은 분홍빛 모란이 살그머니 피어나고 있었다. 내친김에 음부의 수북한 털이 가리고 있는 음순에도 좀 찍어 바를까 싶었지만 소용이 없었다. 거기엔 화장품 자체가 전혀 묻어나질 않았다. 계속 뒤진 끝에, 같은 서랍 속에 있는 립스틱 중 소위 키스프루프(kiss-proof) 립스틱이라고 하는 종류를 하나 발견했다. 성분이 너무 건조한 데다, 한 번 바르면 지나치게 오래 가기 때문에 별로 손이 안 가던 녀석이었다. 한데 아래쪽 '그곳'에는 더없이 안성맞춤이었다. O는 머리와 얼굴을 마저 매만진 뒤, 향수로 마무리를 했다. 일전에 르네가 짙은 향수입자를 분사하는 스프레이를 선물한 적이 있는데, 아직까지도 정체는 모르지만, 왠지 습지식물과 마른 장작이 한 데 뒤섞인 것 같은 시큼하고도 야성적인 냄새가 그로부터 우러나왔다. 운무처럼 퍼지는 방향입자가 피부에 닿자 촉촉이 젖으며 흘렀고, 겨드랑이와 음부의 터럭과 만나고서는 미세한 방울들로 맺혔다. O가 루아시에서 배운 것 중 하나가 바로 느림의 미덕. 세 차례 향수를 뿌리면서 그녀는 매번 몸에 닿은 습기가 마를 때까지 기다렸다. 그녀는 스타킹과 하이힐, 속치마와 치마 그리고 재킷 순으로 옷을 입었다. 마지막으로 장갑을 끼고 핸드백을 들었다. 핸드백 속에는 콤팩트와 립스틱, 빗, 열쇠, 돈천 프랑이 들어 있었다. 장갑 낀 손으로 옷장에서 모피코트를 꺼내고는, 침대 머리맡에 놓인 시계를 보았다. 여덟시 15분 전이었다. 침대 가장자리에 비스듬히 걸터앉은 그녀는 자명종시계를 뚫어져라 바라보면서, 초인종이 울리기만을 꼼짝도 하지 않고 기다렸다. 마침내 초인종이 울렸고, 벌떡 일어난 그녀는 소등하기 직전 화장대 거울에 비친 자신의 부드럽고 온순하면서도 어딘지 열에 들뜬 눈빛을 보았다.

자동차가 멈춘 바로 앞의 아담한 이탈리안 레스토랑 문을 밀고 들어서면서 제일 처음 눈에 띈 건, 바에 앉아 있는 르네의 모습이었다. 그는 다정한 미소를 지으면서 손을 잡아주었고, 곧이어 스포츠맨 타입에 머리색이 잿빛인 어느 사내를 돌아보며 영어로 소개를 했다. 스티븐 H 경(卿)······ 두 남자 사이에 O를 위한 등받이 없는 의자가 권해졌고, 거기 그녀가 앉으려 하자 치마 구겨지지 않게 조심하라는 르네의 나지막한 음성이 귓전을 건드렸다. 의자 밖으로 치맛자락이 펼쳐지도록 그가 도와주는 사이, 가죽 시트와 금속 테두리의 차가운 기운이 여자의 허벅지 안쪽을 고스란히 파고들었다. 안정감 있게 털썩 앉다 보면 자칫 다리 꼬고 싶은 충동을 느낄까봐 어중간하게 걸터앉았던 것이다. 치맛자락이 사방으로 둥그렇게 펼쳐졌다. 오른쪽 하이힐 굽이 의자 다리 가로대에 걸쳐 있고, 왼쪽 구두코는 바닥을 가볍게 짚은 상태였다. 아무 말 없이 고개만 숙여 인사했던 영국인은 그녀에게서 눈을 떼지 않고 있었다. 무릎과 손을 거쳐 입술을 더듬는 남자의 눈길이 느껴졌는데, 어쩌나 침착하고 집요하면서 확신에 가득 찬 시선인지 O는 자신이 무슨 악기라도 되듯 이리저리 성능을 측정당하는 기분이었다. 마침내 그 시선에 이끌려, 즉 자기도 모르게 그녀는 장갑을 벗었다. 맨손을 내보이면 남자가 무슨 말이라도 할 것이라 생각한 것인데, 그도 그럴 것이, O의 손은 여자보다는 소년의 손을 닮았다고 할 만큼 독특한 느낌을 주는 데다, 삼중으로 나선형 금테가 둘러진 쇠반지를 왼손 약지에 끼고 있었으니 말이다. 근데 아니었다. 남자는 아무 말도 하지 않았고, 반지를 보더니 그냥 웃었다. 르네는 마티니를 한 잔 들이켰고, 스티븐 경은 위스키를 마셨다. 르네가 두 번째 마티니를, O가 자몽주스를 마시는 동안, 천천히 잔을 비우던 스티븐 경은 O만 괜찮다면 1층 바에 딸려 있는 식당보다 훨씬 조용하고 아늑한 지하에서 저녁을 드는 것이 어떻겠냐고 제안했다.

"물론 좋죠."

O는 바에 올려놓았던 핸드백과 장갑을 냉큼 집어들며 대답했다. 의자에서 일어서는 걸 부축하기 위해 스티븐 경이 내민 오른손을 여자가 붙잡았다. 그제야 남자가 직접 말을 붙여왔는데, 쇠반지를 착용하기에 딱 알맞은 손을 가졌고, 정말 쇠가 잘 어울린다는 내용이었다. 문제는 영어로 말했기 때문에 약간의 혼동의 여지가 있었다는 점이다. 단지 쇠에 대한 이야기인지, 쇠반지를 언급하려는 것이었는지 헷갈릴 수가 있었다. 지하공간은 석회로 투박하게 초벽(初壁)을 했을 뿐인데도 제법 상큼하고 쾌적한 분위기였다. 테이블은 단 네 개였는데, 그 중 하나에만 사람들이 앉아 식사를 거의 끝내가고 있었다. 벽에는 바닐라, 딸기, 파스티슈 아이스크림 색깔들처럼 부드러운 색채를 사용해 그린 이탈리아의 요리 및 관광지도가 프레스코화처럼 펼쳐져 있었다. 그것을 본 O는 식후 디저트로 프랄린에 생크림을 가미한 아이스크림을 주문해야겠다는 생각이 퍼뜩 들었다. 테이블 아래로 르네의 무릎이 와 닿았기에, 그녀는 마냥 들뜨고 행복한 기분이었다. 그의 입에서 나오는

이야기가 모두 자신을 향하고 있음을 그녀는 실감했다. 그 역시 여자의 입술을 주시하고 있었다. 스티븐 경은 O와 르네에게 커피만큼은 자기 집에 가서 마시자고 청했다. 모두 아주 가볍게 식사를 했는데, O는 남자들이 술을 거의 마시지 않으면서 그녀 역시 되도록 적게 마시게끔 하려고 무척 신경 쓰는 것을 진작부터 감지하고 있었다. 셋이서 키안티 반 병을 마셨다. 식사도 신속하게 끝냈다. 이제 겨우 저녁 아홉 시였다. 스티븐 경이 말했다.

"운전기사는 내가 돌려보냈으니, 르네 당신이 운전해 주시오. 제일 간단한 건 곧장 내 집으로 가는 겁니다."

결국 르네가 운진대를 잡았고, O는 그 옆에, 스티븐 경은 그녀 옆에 붙어 앉았다. 자동차가 중형 뷰익이라 앞좌석에 세 명 나란히 착석하기는 어려운 일이 아니었다.

알마 광장을 지나 쿠르라렌가(街)는 가로수에 잎이 남아 있지 않아서인지 환한 편이었다. 그리고 콩코르드 광장은, 눈이 잔뜩 웅크린 채 아직 떨어질 생각을 않고 있는 꾸물 꾸물한 하늘 아래 불빛들로 반짝이고 있었다. O는 딸깍하는 소리와 함께 다리를 거슬러 올라오는 훈훈한 기운을 느꼈다. 스티븐 경이 자동차의 히터 스위치를 누른 것이었다. 르네는 센 강 우안을 따라 가다가, 좌안으로 건너가기 위해 퐁루아얄로 접어들었다. 석조 교각 사이로 내려다보이는 검은 강물은 돌처럼 언 것 같았다. O의 머릿속에 문득 새카만 헤마타이트가 떠올랐다. 그녀가 열다섯 살 때 아주 친한 친구이면서 사랑의 대상이기도 했던 서른 살 먹은 여자가 있었는데, 미세한 다이아몬드가 여럿 박힌 헤마타이트 반지를 끼고 있었다. 다이아몬드는 빼고라도, 그 검은 돌로 된 목걸이가 불현듯 갖고 싶었던 걸까, 목에 딱 맞는, 어쩌면 목을 조를 듯한 것도 괜찮을 텐데…… 하지만 이제 와 그녀에게 주어지는 목걸이들을 과연 꿈 같은 헤마타이트 목걸이로 바꿔달랄 수 있을까? 마리옹의 손에 이끌려 들어갔던 투르비고 사거리 뒤쪽의 허름한 방이 O의 눈앞에 다시 떠올랐다. 마리옹이 옷을 벗기고 쇠로 된 침대에 눕히는 동안, 양 갈래로 땋은 학생머리를 그녀 스스로 어떻게 풀어헤쳤는지 낱낱이 떠올랐다. 애무를 받는 동안 마리옹은 정말 아름다웠고, 사람의 눈동자가 별빛을 머금을 수 있다는 건 사실이었다. 그녀의 두 눈은 분명 파르르 떠는 푸른 별들과도 같았으니까…… 르네가 차를 세웠다. 위니베르시테가(街)와 릴가(街)를 가로로 이어주는 작은 길들 중 하나인데, O는 도무지 낯설기만 했다.

스티븐 경의 아파트는 공터 깊숙한 곳 오래된 저택의 한쪽 측면에 자리하면서, 모든 방들이 일렬로 통하게 되어 있었다. 그 중에서도 제일 끄트머리에 위치한 방은 가장

크면서 편안했고, 어둔 색의 마호가니 가구와 연노랑 및 회색빛 비단 휘장이 드리워져 있었다. 스티븐 경이 O에게 말했다.

"불을 피워달라고는 하지 않겠습니다. 대신 이 소파가 당신 자리이니, 여기 앉으십시오. 커피는 르네가 준비할 테니, 당신은 그저 내가 하는 얘기를 경청해 주었으면 합니다."

밝은 빛깔의 다마스커스 비단을 입힌 널찍한 소파는 벽난로와 직각 방향으로 놓여 정원 쪽 창문을 바라보고 있었고, 소파 뒤쪽으로는 공터로 향한 창문들이 자리했다. O는 모피코트를 벗어 소파 등받이에 걸쳐놓았다. 문득 뒤돌아보자, 집주인의 권유에 순순히 응하기를 기다리며 나란히 서 있는 애인과 스티븐 경이 눈에 들어왔다. O는 핸드백을 모피코트에 기대놓고, 장갑을 벗기 시작했다. 도대체 언제가 되어야, 아무도 눈치채지 못할 만큼 은밀하게 치마를 들추며 앉는 동작을 터득할 수 있을까? 심지어 밑에 아무것도 입지 않았다는 사실을, 그 복종의 태도를 언제쯤 되어야 자기 자신조차 의식하지 않을 수 있겠는가 말이다. 모르긴 해도, 르네와 저 낯선 남자가 지금처럼 말없이 그녀를 바라보고 있는 한, 결코 그 날은 오지 않을 터였다. 마침내 시키는 대로 소파에 앉자, 스티븐 경이 불을 지폈다. 갑자기 르네가 소파 뒤로 다가와 O의 목과 머리채를 붙잡더니 머리를 등받이 너머로 한껏 젖혔다. 그리고 키스를 해왔는데, 얼마나 깊게 오랫동안 지속하는지, 그녀는 숨이 가빠오면서 아랫도리가 후끈 달아오르는 걸 느꼈다. 얼마나 지났을까, 잠깐 입을 떼는가 싶더니 남자는 곧바로 사랑한다는 말을 내뱉기 무섭게 다시 키스를 재개했다. O는 앉은 주위로 꽃부리처럼 펼쳐진 검정치마 위에 양손을 놓은 채 속수무책으로 당하고만 있었다. 급기야 르네가 여자에게서 완전히 떨어지자, 언제 다가왔는지 이번에는 영국인의 집요한 회색 눈동자와 대적해야 할 판이었다. 행복에 겨워 숨이 가쁘고 정신이 아득한 상황에서도 O는 스티븐 경이 자신한테 홀딱 빠져 무척이나 갈망하고 있음을 어렵지 않게 간파할 수 있었다. 하긴 반쯤 벌어진 채 축축하게 부푼 그 입술을 누가 외면할 수 있겠는가! 검은 재킷 칼라 속에서 한껏 뒤로 젖혀진 그 백옥 같은 목줄기, 한층 더 맑고 커진 그 눈망울을 누가 거부할 수 있겠는가 말이다! 하지만 스티븐 경이 취한 동작은 손가락 끝으로 여자의 속눈썹과 입술을 부드럽게 건드리는 것뿐이었다. 그런 다음, 벽난로를 사이에 두고 그녀의 맞은편에 자리잡고 앉더니, 르네까지 안락의자에 착석하기를 기다렸다가 이렇게 입을 여는 것이었다.

"내 생각엔 아마 르네가 자기 가족 애기를 하지 않은 것 같은데…… 혹시 그의 부모가 서로 부부의 연을 맺기 전에 모친께서 어떤 영국인과 결혼을 한 적이 있었다는 건 알고 계신지 모르겠습니다. 그 영국인에게는 이미 첫 번째 결혼 생활에서 얻은 아들이 한 명 있는 상태였죠. 그게 바로 나랍니다. 결국 나라는 사람은 새엄마가 아버지를 버리고 떠나기 직전까지 그 슬하에서 자란 셈이죠. 요컨대, 나와 르네는 서로 피를 나눈 사이는 아니더라도, 어떤 의미로는 형제나 다름없다고 할 수 있습니다. 르네가 당신을 사랑한다는 건 나도 알고 있습니다. 그가 굳이 말을 하거나 행동으로 보여주지 않아도, 아마 그 정도쯤은 알았을 거예요. 당신을 바라보는 그의 눈빛만으로도 충분하니까요. 당신이 루아시에 소속된 여자들 중 하나라는 것도 나는 알고 있습니다. 결국 그곳으로 당신이 돌아갈 거라고 생각해요. 원칙적으로 당신이 끼고 있는 반지는, 그 의미를 아는 모든 남자들에게 그런 것처럼, 나에게도 당신을 마음껏 처분할 수 있는 권리를 주고 있습니다. 하지만 그건 덧없는 약속일 뿐이고, 우리가 당신에게서 기대하는 것은 보다 진지한 것이죠. 내가 '우리'라고 말하는 이유는, 보다시피 르네가 입을 다물고 있기 때문입니다. 그는 내가 나 자신뿐 아니라 자기를 대신해서도 당신에게 이야기해주기를 바라고 있죠. 아까 우리 사이를 형제나 다름없다고 했는데, 말하자면 내가 그보다 열 살이 많은 형님입니다. 근데 우리가 워낙 오랜 세월 허물없고 유연한 관계로 지내다보니, 그의 것은 언제나 내것이기도 했고, 내것 역시 항상 그의 것이나 다름없었지요. 어떻습니까, 당신도 우리의 이런 관계에 동참해보시겠습니까? 부디 바라건대, 당신 자신을 있는 그대로 자백(自白)해 주십시오. 복종이란 인위적인 태도일 뿐, 자백하는 것이야말로 보다 책임감 있는 자세일 테니까요. 대답하기 전에, 나라는 사람은 아마도 당신 애인의 또 다른 유형에 불과할 거라는 점을 잘 헤아려보길 바랍니다. 당신에겐 언제나 단 한 명의 주인만이 있을 거란 뜻이지요. 모름지기 당신은 루아시에서 같이 뒹굴었던 자들보다 훨씬 더 가공할 존재를 상대하게 될 겁니다. 나는 하루도 빠짐없이 곁에 있을 뿐 아니라, 의식(儀式)과 습관을 즐겨 탐하는 사람이거든요(그는 맨 마지막 문장을 영어로 말했다)……"

스티븐 경의 차분하고 안정감 있는 목소리가 적막 가운데 오롯이 떠오르고 있었다. 벽난로 속 불길조차 그 어떤 소음도 없이 타오르고 있었다. O는 핀으로 고정된 나비표본 마냥 소파에 파묻혀 있었다. 말과 시선으로 이루어진 보이지 않는 핀은 그녀의 몸뚱어리 한복판을 꿰뚫었고, 실오라기 하나 걸치지 않은 아랫도리를 따스한 비단커버에 더욱 밀착시켰다. 그녀는 이제 자신의 젖가슴이, 목덜미가, 두 손이 어떤 상태인지도 느끼지 못했다. 다만 방금 거론된 습관과 의식이란 것이, 그녀의 신체 부위에서도 특히 나른해질 대로 나른해진 검정 치마 속 허벅지를 염두에 두고 있음은 분명히 알 것 같았다. 두 남자가 그녀를 정면으로 마주하고 있었다. 르네가 담배를 피웠지만, 바로 옆 불 켜진 스탠드의 검은 갓 속으로 대부분의 담배연기가 빨려 들어갔고, 벽난로 불에 정화된 실내공기에선 신선한 밤의 향내가 풍겨나고 있었다.

"자, 이제 대답을 하실 차례인데…… 아니면 더 알고 싶은 게 있나요?"

스티븐 경의 말에, 르네가 거들었다.

"수락한다면, 스티븐 경이 선호하는 것에 대해서는 내가 직접 설명해줄게."

순간, 스티븐 경이 말을 바로잡았다.

"선호라기보다는 요구지."

O는 정작 힘든 건 제안을 수락하느냐 마느냐가 아니라고 속으로 중얼거렸다. 제안이 거부당할 수 있다는 생각을 셋 중 누구도 하지 않고 있다는 건 그녀 자신이 잘 알고 있었다. 지금 가장 어려운 건 그저 말을 하는 일이었다. 입술

이 타오르고 입안이 바짝 말라 있었다. 침이 마르고, 욕망과 두려움으로 인한 불안감이 목을 조여왔다. 다시 감각을 되찾은 두 손은 축축하고 차가웠다. 차라리 눈이라도 감을 수 있다면…… 하지만 어림없는 일이었다. 자신의 눈동자를 쫓는 두 남자의 시선을 그녀는 피할 수도, 피하고 싶지도 않았다. 그들은 그녀 스스로 오랜 기간, 어쩌면 영원히 루아시에 버리고 왔다 믿었던 무언가를 향해 그녀를 다시 끌어당기고 있었다. 사실, 루아시에서 돌아온 뒤부터 르네는 정상적인 애무를 통해서만 그녀를 품었으며, 비밀을 아는 모든 남성에게 몸을 허락해야 한다는 반지의 의미도 점점 무색해지고 있었다. 비밀을 아는 사람을 전혀 만나지 못했거나, 비밀을 아는 사람들이 모르는 척했거나 둘 중 하나였을 터. 딱 한 명, 의심 가는 사람이 바로 자클린이었던 것이다(만약 자클린이 루아시에 체류한 적이 있다면 왜 손가락엔 반지가 없었을까? 또 자클린이 비밀에 대해 아는 게 있다면 대체 O에게는 어떤 권리를 행사할 수 있단 말인가? 여하한 권리든 부여받기는 한 걸까?). 그나저나 말을 하기 위해서는 입이라도 움직여야 하는 게 아닐까? 하지만 O는 자기 의지대로 움직일 수가 없는 입장이었다. 한마디 지시가 당장이라도 그녀를 벌떡 일으켜 세울 만했으나, 지금 그들이 원하는 것은 지시에 따르는 행동이 아니라 지시를 앞서는 태도, 즉 그녀 스스로 노예임을 직시하고, 노예로서 처신하는 자세였다. 그들이 '자백'이라 부르는 게 결국은 그런 거였다. 그녀는 르네에게 '당신을 사랑해'와 '나는 당신 거야' 말고는 그 어떤 말도 해본 적이 없다는 사실을 기억해냈다. 근데 오늘 르네는 왠지 그녀가 말을 하길 바라고, 지금껏 침묵 속에서 수긍해온 것까지 아주 세밀하고 꼼꼼하게 말로 되짚어가기를 원하는 것 같았다. 급기야 O는 자세를 바로 하면서, 무슨 말을 하려다가 숨이라도 막힌 사람처럼, 재킷의 앞섶 후크를 가슴 골 있는 데까지 풀어헤쳤다. 그러고는 벌떡 자리에서 일어났다. 무릎과 두 손을 부들부들 떨고 있었다. 마침내 르네를 향해 그녀가 말했다.

"나는 당신 거야. 나는 당신이 원하는 존재가 될 거야……"

순간, 르네가 말을 끊었다.

"아니지. 우리 둘의 것이지. 따라 해봐. '나는 당신들 거야. 나는 당신들이 원하는 존재가 될 거야.'……"

르네는 물론 스티븐 경의 강렬한 회색 눈빛은 O에게서 한시도 떠나지 않았다. 그녀는 정신이 혼미해짐을 느끼면서, 마치 문법 숙제라도 하듯, 남자가 불러주는 문장들의 인칭을 바꾸어가며 천천히 되뇌었다.

"너는 나와 스티븐 경의 권리를 인정하고……"

르네가 말을 하면 O는 최대한 또렷하게 그 말을 되풀이
했다.

"나는 당신과 스티븐 경의 권리를 인정하고……"

어디서 어떤 식으로든 두 남자가 내키는 대로 그녀의
육체를 사용할 권리, 그녀를 묶을 권리, 잘못을 응징하기
위해서든 재미를 위해서든 죄인이나 노예한테 하듯 그녀
에게 채찍질을 가할 권리, 설사 그녀가 울고불고 난리를
친다 해도 그런 건 전혀 개의치 않을 권리 등등…… 르네
가 말을 이었다.

"아무래도 이쯤에서 스티븐 경은 자신의 요구사항들에
대해 내가 브리핑해 주기를 바라는 것 같군."

애인의 말에 주목할수록 O의 머릿속에는 루아시에서
그가 해준 이야기들이 되살아나고 있었다. 그도 그럴 것
이, 거의 같은 얘기들이었다. 단지 그때는 애인과 바짝 붙
어, 꿈이라도 꾸는 듯 비현실적인 분위기와 마치 다른 삶
을 사는 것 같은, 어쩌면 삶이 아닌 것 같은 기분에 취해
귀담아들었다는 사실만 달랐다. 꿈이었는지 악몽이었는
지, 감옥처럼 연출된 환경과 해괴하고도 요사스런 복장들,
가면 쓴 인물 등등, 모든 것이 그녀를 정상적인 삶의 감각
에서 떼어내 시간에 대한 불확실성으로까지 치닫게 만들

었던 것이다. 루아시에서 그녀는 밤의 깊숙한 중심에 처박혀, 같은 꿈을 계속해서 꾸는 기분이었다. 엄연히 실재하되 이내 막을 내리리라 확신하면서도, 계속 견디기가 힘겨워 어서 중단되기를 원했던 꿈, 그러면서도 결말이 궁금해 끝까지 가보기를 바랐던 꿈 말이다. 한데, 이젠 더 궁금할 필요조차 없어진 그 결말이 이렇게 불쑥 고개를 내밀다니 (정녕 이것이 결말이라면, 이것 뒤에 다른 결말이, 그 뒤에 또 다른 결말이 숨어 있지 않다고 할 수 있을까), 그것도 가장 예기치 않던 모습으로…… 루아시에서 시작된 꿈의 결말은 이제 그녀를 추억에서 끄집어내 현실 속으로 내동댕이치려 하고 있었다. 하나의 단힌 원, 폐쇄된 세계 속에서만 의미를 갖던 것이 별안간 일상생활의 모든 습관과 우연들에까지 침투해 감염시키려 하고 있었다. 그녀의 내부에서 더 이상 상징에 만족하지 않고—아무것도 걸치지 않은 아랫도리라든지, 단추를 풀어놓은 윗도리, 약지에 착용한 쇠반지 등등—현실적인 충족을 요구하고 있었다. 르네가 O를 구타한 적이 단 한 번도 없다는 것은 분명한 사실이었다. 그녀를 루아시에 데리고 가기 전까지의 시기와 거기서 돌아온 지금까지의 시기를 비교해볼 때, 르네의 유일하게 달라진 점이라면, 예전에는 (물론 지금도 하지만) 그녀의 음부에다 하던 짓을 지금은 입과 항문을 통해서도 종종 한다는 점이었다. 루아시에서 툭하면 당하던 그 숱한 채찍질들 중 단 한 차례라도 애인의 손에 의한 것이 있었는지는(이를테면 그녀가 눈가리개를 했든지, 그녀를 채찍질하던 남자가 복면을 한 경우) 확실히 알 수 없지만, O는 그런 일은 없었을 걸로 믿고 있었다. 하지만 뭇 남자들 손에 내맡겨진 채 꽁꽁 묶여 울부짖고 발버둥치는 그녀의 모습에서 르네가 느꼈을 쾌락은 분명 그에 동참한 입장에서 초연함만을 유지하기에는 너무도 강렬한 것이었을 터이다. 사실상 르네는 그걸 고백하고 있는 거나 마찬가지였다. 푹신한 안락의자에 다리를 꼬고 느긋하게 기대앉아, 그는 지금 스티븐 경의 의지와 지시에 그녀를 내맡기는 것이, 아니 스스로를 내맡기는 그녀의 모습을 바라보는 것이 자기에게는 얼마나 흐뭇하고 행복한 일인지를 너무도 다정다감하고 부드럽게 이야기하는 것이었다. 아울러, 스티븐 경이 집에서 그녀와 함께 밤새도록 혹은 단 한 시간이라도 즐기고 싶어한다든가, 파리 시내나 외곽지대의 레스토랑과 극장으로 같이 나들이를 하고 싶어할 때는, 자기가 즉각 그녀에게 전화를 할 것이며, 직접 데리러 오지 못할 경우 차를 보내 픽업할 것이라고 했다. 그런데 오늘, 지금 이 순간은 그녀가 말할 차례 아니었던가? 과연 수락을 할 것인가? 하지만 O는 아무 말도 할 수가 없었다. 이들이 난데

없이 그녀의 입을 통해 직접 확인하길 원하는 어떤 의지가 있다면, 그건 스스로를 내팽개치겠다는 의지, 적어도 채찍질처럼 몸은 거부하지만 마음만은 언제라도 응할 용의를 갖춘 모든 것에 대해 선험적으로 '네'라고 답할 의지였다. 채찍질을 제한 나머지에 대해서라면, 스티븐 경의 눈빛에 담긴 욕망이 어찌나 강렬하게 와 닿는지 O는 자신을 도저히 속일 수 없는 상태였다. 가슴이 온통 두근거리는 가운데, 어쩌면 바로 그 두근거린다는 이유 때문에, 그녀는 오히려 자기 쪽에서 스티븐 경의 손길과 입술을 더 간절히 원하고 있음을 잘 알고 있었다. 물론 결정적인 순간을 앞당기는 것은 그녀가 어떻게 나오느냐에 달린 문제였다. 한데 아무리 용기가 생기고 욕망이 들끓었다 해도, 막상 입을 열어 대답하려는 순간, 갑자기 기운이 빠지면서 바닥에 주저앉는 것이었으니…… 그녀 주위로 동그랗게 꽃이 피듯 펼쳐진 치맛자락을 바라보며, 스티븐 경은 나지막이 중얼거렸다.

"두려움에 사로잡힌 모습도 잘 어울리는걸……"

여자가 아니라 르네한테 들으라고 한 말이었다. 선뜻 다가오지 않고 자제하는 스티븐 경의 태도가 O는 못내 섭섭했다. 그러면서도 시선은 르네에게 고정시킨 채 스티븐 경 쪽은 쳐다보지도 않고 있었다. 사실, 자신의 서운해하

는 눈빛 속에서 르네가 배신의 기색이라도 읽어낼까봐 그
녀는 마음이 조마조마했다. 하지만 딱히 배신이라고 할 것
도 없었다. 스티븐 경의 여자가 되고픈 욕망과 르네의 여
자가 되고픈 욕망을 서로 저울질하는 문제를 놓고, 그녀는
조금도 망설일 이유가 없었던 것이다. 르네가 애당초 허락
하지 않았다면, 아니 어느 정도까지 강요한다는 인상마저
주지 않았다면, 그처럼 삐딱한 욕망에 휘둘릴 일도 없었을
테니까 말이다. 다만 르네 입장에서 자기 뜻이 그토록 신
속하게 관철되는 것에 혹시라도 당혹해하진 않을까 염려
스럽기는 했다. 극히 미세한 낌새라도 보이면 조마조마한
마음이나마 가시겠는데, 그는 어떤 낌새도 드러내지 않고
오로지 대답만을 요구하고 있었다. 여자는 더듬더듬 입을
열었다.

"저는 당신들이 원하는 모든 것에 동의합니다……"

그녀는 무릎 사이로 힘없이 떨군 자신의 손을 내려다보
면서 또 이렇게 중얼거렸다.

"제가 채찍질을 당할 것인지 알고 싶어요……"

경솔하게 질문한 것을 수도 없이 후회할 만큼의 긴 시
간이 흐르는 동안, 두 남자 중 누구도 대답을 해주지 않았
다. 그러다가 결국 스티븐 경의 입에서 천천히 흘러나온
대답은 이런 것이었다.

"가끔은."

이어서 성냥 긋는 소리와 함께 잔 부딪는 소리가 O의 귀에 들렸다. 필경 둘 중 한 명이 다시 위스키를 들이켜는 모양이었다. 르네는 O를 부축하지 않고 내버려두었다. 그는 아무 말도 하지 않았다.

"지금 제가 동의를 하고 약속을 한다 해도, 아마 채찍질을 견뎌내지는 못할 거예요."

O의 말에 스티븐 경이 대답했다.

"당신한테는 그냥 당하고 있으라는 요구를 할 뿐입니다. 나중에는 울고불고 하겠지만, 그래봤자 소용없다는 사실에 미리 동의하라는 얘기지요."

그러면서 몸을 일으켰고, O는 자기도 모르게 소리쳤다.

"오, 제발! 아직 아니에요!"

르네도 자리에서 일어나더니, 그녀의 어깨를 잡아주며 이렇게 말했다.

"자, 이제 대답하지. 수락하는 거야?"

마침내 그녀는 수락한다고 말했다. 르네는 천천히 그녀를 일으켜 세운 다음, 커다란 소파에 앉더니 그 옆 바닥에 무릎을 꿇게 했다. O는 두 팔을 축 늘어뜨린 채 얼굴과 상체를 소파에 기대고는 눈을 감았다. 몇 해 전에 보았던 어떤 이미지가 문득 뇌리를 스치고 지나갔다. 어딘가 묘한 구석이 있는 복제 판화였는데, 한 여인이 타일이 깔린 방의 안락의자 앞에 지금 그녀처럼 무릎을 꿇고 있었다. 한쪽 구석에는 아이와 개가 놀고 있었고, 여자의 치마는 홀렁 들춰진 상태. 그 바로 옆에 서 있는 남자의 치켜든 손에는 회초리 한 묶음이 쥐어져 있었다. 모두가 16세기 말엽의 복장이었는데, 「가정교육」이라는 다소 황당한 판화 제목이 아직도 기억에 선명했다. 르네는 한 손으로 여자의 양 손목을 틀어쥔 다음, 다른 손으로는 치맛자락을 홀렁 들추었다. 주름이 들어간 치마 질감이 가볍게 볼을 스쳤다. 잠시 엉덩이를 쓰다듬던 그는 스티븐 경을 향해, 두 개의 움푹한 보조개가 각각 새겨진 여자의 볼기짝과 그 사이 부드럽게 파인 골짜기를 구경하라며 주의를 환기시켰다. 그는 엉덩이가 좀더 탐스럽게 보이도록 같은 손으로 이번에는 허리춤을 쓸어 내렸고, 여자에게 무릎을 좀더 벌려보라고 지시했다. O는 군말 없이 복종했다. 여자 몸을 돋보이게 한답시고 르네가 취하는 행동과 그에 대한 스티븐 경의 반응, 두 남자가 서로 주고받는 대화 속의 노골적인 언어들은 그녀를 예상치 못할 만큼 극심한 수치심으로 몰아넣고 있었다. 그 바람에 스티븐 경의 여자가 되고 싶다는 O의 욕망은 순식간에 사라져 버렸고, 이제는 해방을 바라듯 채찍질을, 정당화를 원하듯 고통과 비명을 갈구하는 심정이 되었다. 그러나 스티븐 경의 두 손은 어느새 그녀의 음부를 헤집고 있었으며, 항문을 쑤시다가는 손을 뗐다가 다시 쑤시는 동작을 반복했다. 여자의 입에서 굴욕적인 신음이 터져 나오다 못해 맥없이 늘어지기까지, 집요한 애무가 계속되었다. 마침내 르네가 말했다.

"너를 스티븐 경에게 맡기고 갈게. 그대로 얌전히 있어. 그가 마음이 내키면 너를 돌려보낼 테니까."

루아시에서도 얼마나 자주 이런 식으로 무릎을 꿇고 뭇 남자의 처분에 내맡겨졌던가! 그나마 그때는 양손이 팔찌로 결박당한 상태에서, 모든 일이 부탁이나 권유가 아닌 강요에 의해 진행되었고 또 그걸 기꺼이 감수하는 입장이었다. 그런데 지금 여기선 그녀 자신의 뜻으로 반벌거숭이가 되어 있는 것이다. 간단한 동작, 그냥 자리에서 일어서는 것만으로도 충분히 옷을 걸칠 수 있을 텐데 말이다. 이제는 그녀가 한 약속이 가죽팔찌와 쇠사슬만큼이나 강력한 구속력으로 그녀 자신을 옭아매고 있는 셈이었다. 글쎄, 단지 약속뿐일까? 아무리 능욕을 당한다지만, 아니 오히려 능욕을 당하고 있기에, 바로 그 능욕을 통해 존재가치를 인정받는 데서 오는 일종의 감미로움이 있는 게 아닐까? 스스로 굴복을 자처하기에 느끼는 기쁨, 자신을 순순히 개방함으로써 얻는 즐거움 같은 것 말이다. 르네가 떠

나는 것을 스티븐 경은 문 앞까지 배웅했다. 홀로 남은 O
는 미동도 하지 않고 기다렸다. 고독감 때문인지 더욱 무
방비 상태에 내던져진 것 같았고, 두 남자와 함께 있을 때
보다 훨씬 더 매춘부가 되어 앉아 있는 기분이었다. 뺨에
닿는 소파의 비단커버가 미끌거렸다. 두터운 양탄자의 질
감이 나일론 스타킹을 통해 고스란히 무릎까지 전해졌다.
스티븐 경이 장작 세 토막을 보충해 넣은 벽난로 속 활활
타는 불의 열기가 왼쪽 넓적다리를 뜨겁게 데우고 있었다.
서랍장 위에 있는 오래된 괘종시계에선 주위가 조용해져
야 겨우 들릴 만큼의 여린 소리로 초침이 재깍거리고 있었
다. O는 그 소리에 잔뜩 귀기울인 채, 담백하면서도 세련
되게 꾸며진 거실에서 이런 기묘한 자세로 꼼짝 않고 있는
자기 자신을 멍하니 떠올려보고 있었다. 닫힌 덧창들 너머
로 자정을 넘긴 파리 시가지의 조는 듯한 소음이 들려왔
다. 아침이 밝을 때쯤이면, 소파의 쿠션 어디쯤 얼굴을 기
대고 있었는지 알아볼 수 있을까? 과연 밝은 대낮에도 똑
같은 일을 겪으려고 다시 이곳을 찾을까? 스티븐 경은 한
참 만에야 아주 느긋한 태도로 돌아왔다. 루아시에서 낯선
남자들의 쾌락을 위해 마냥 기다려본 경험이 있는 O는 이
제 머잖아 이 새로운 남자가 본격적으로 자신을 건드려줄
거라는 기대감으로 목이 메이는 것을 느꼈다. 하지만 예상

하던 것과는 전혀 다른 상황이 펼쳐지는 것이었다. 우선 그가 문을 열고 방을 가로질러 다가오는 소리가 들렸다. 그는 잠시 벽난로를 등지고 선 채 물끄러미 여자를 바라보더니, 아주 낮은 목소리로 일어나 소파에 앉으라고 말했다. 그녀는 얼떨떨한 기분에, 거의 당황한 기색으로 지시에 따랐다. 그는 지극히 깍듯한 태도로 한 잔의 위스키와 담배를 갖다주었고, 그녀는 둘 다 사양했다. 그러고 보니 남자는 자기 머리색하고 똑같은 회색 홈스펀 실내가운을 아주 단정하게 걸치고 있었다. 깡마른 손은 매우 길었고, 평평하고 새하얀 손톱들은 짧게 깎은 상태였다. 그는 발갛게 날아오르는 O의 눈을 쏘아보았다. 조금 전까지 그녀의 몸을 탐했던 바로 그 단단하고 집요한 손이 분명했다. 마냥 두려우면서도 왠지 갈망을 불러일으키는 손이었다. 한데도 그는 도무지 다가오지를 않고 있었다.

"당신이 완전히 발가벗으면 좋겠습니다. 단, 우선은 일어서지 말고 그냥 윗도리만 벗으십시오."

남자의 말에 O는 큼직한 금빛 후크들을 풀었고 몸에 꼭 맞는 검정 재킷을 어깨 너머로 벗어, 모피코트와 장갑, 핸드백을 놓아둔 소파 반대편에 내려놓았다.

"젖꼭지를 조금 애무해보세요."

스티븐 경은 그렇게 말하고는, 곧이어 덧붙였다.

"다음부터는 색을 좀더 짙게 발라야겠습니다. 당신 젖꼭지는 빛깔이 너무 밝아요."

움찔한 O는 어느새 단단히 일어서기 시작한 젖꼭지를 손가락 끝으로 만지작거리다가, 이내 손바닥으로 가렸다.

"아, 안 돼!"

스티븐 경이 얼른 나무라자, 그녀는 손을 치우고 소파 등받이에 기대어 나른하게 몸을 젖혔다. 가녀린 가슴골격에 비해 유방이 상당히 묵직한 편이었다. 두 개의 젖가슴이 양 겨드랑이 쪽으로 부드럽게 늘어졌다. 목덜미를 뒤로 한껏 젖히면서 그녀는 양손으로 제각각 골반을 짚었다. 도대체 스티븐 경은 왜 몸을 숙여 입을 갖다대지 않는 걸까? 단단히 일어서는 걸 보고 싶어했으면서, 왜 젖꼭지 쪽으로 손을 내밀지 않는 것일까? 숨 한 번 쉴 때마다 이토록 파르르 떨고 있는 싱싱한 젖꼭지인데 말이다. 그는 천천히 다가오더니, 소파 팔걸이에 비스듬히 앉았을 뿐 여자의 몸에는 손끝 하나 대지 않았다. 대신 담배를 피웠는데, 손이 움직이면서 아직 온기가 남아 있는 담뱃재를 여자의 젖가슴 쪽으로 슬금슬금 날려보내는 것이었다. 그것이 의도된 동작인지 아닌지 O로선 알 수가 없었다. 그가 경멸의 눈빛으로, 침묵으로, 초연한 태도로, 사람을 모욕하고 있다는 생각이 들었다. 그러면서도 조금 전이나 지금이나 그가 자신을 욕망하고 있다는 걸 그녀는 탱탱하게 부푼 가운 앞섶을 통해 잘 느낄 수 있었다. 맙소사, 이젠 상처를 받아도 좋으니 어서 이 몸을 취하시라! O는 자신의 욕정이 역겨웠고, 끝내 자제하고 있는 스티븐 경이 얄미웠다. 제발 그가 사랑해주기를 바랐다. 자기 앞에 헤벌어진 입술을 건드리고 싶어 안달이 나고, 몸뚱어리를 관통하고 싶어 미치겠으면 싶었다. 필요하면 얼마든지 망가뜨려도 좋을 것 같았다. 다만, 여자 앞에서 쾌락을 자제하고 냉정을 고집하지만 말았으면 좋겠다고 생각했다. 그녀는 루아시에서 자신을 가지고 놀았던 남자들이 어떤 감정상태였는지에 대해서는 아무런 관심도 없었다. 그들은 애인이 그녀에게서 쾌락을 얻기 위해 활용한 도구에 불과했으며, 애인이 바라는 존재가 되기 위해 그녀한테 꼭 필요했던 수단에 지나지 않았다. 그들의 손길은 곧 애인의 손길이었고, 그들의 명령 또한 애인이 내리는 명령이나 마찬가지였다. 하지만 지금 이곳은 상황이 달랐다. 르네가 그녀를 스티븐 경에게 양도한 건 맞지만, 어디까지나 그녀를 함께 공유하기 위해서였던 것이다. 그건 그녀에게서 무언가를 더 얻기 위함도 아니고, 단순히 그녀를 내돌리는 데 따른 쾌감 때문도 아니었다. 옛날부터 스티븐 경과 함께 여행을 하고, 배를 같이 타고, 말을 서로 공유하면서 자신이 가장 좋아하는 것을 기꺼이 나누었던 것과 똑같이, 이번에는 그저 여자를 나눠 갖자는 것뿐이었다. 요컨대, 이번의 경우에는 그와 그녀의 관계보다 그와 스티븐 경의 관계 속에서 공유의 의미가 더 커지는 셈이었다. 두 남자가 각자 그녀 안에서 구하는 것은 상대의 흔적, 상대가 거쳐간 표식일 터였다. 아까 스티븐 경이 O의 사타구니를 두 손으로 열심히 집적대는 동안, 르네는 그 뒷구멍이 왜 그렇게 넉넉한지, 그렇게 단련을 시켜놓아 얼마나 만족스러운지를 그에게 자세히 설명하고 있었다. 그건 분명 선호하는 신체 부위를 마음놓고 탐할 수 있다는 것이 스티븐 경에게 얼마나 크나큰 희소식일지를 잘 알기에 나오는 행동이었다. 그는 심지어 스티븐 경이 원한다면 그곳의 단독 사용권까지 양도하겠다고 덧붙이기까지 했다.

"아, 나야 고마울 뿐이죠……"

스티븐 경은 그렇게 대꾸하면서도, 자칫 O의 그곳이 찢어지지 않을까 걱정된다고 했다.

"O는 당신 겁니다."

아무렇지도 않게 대꾸하면서, 르네는 그녀에게 몸을 기울여 두 손에 입을 맞추었다. O는 그런 식으로 르네가 자신의 신체 일부를 간단히 포기할 수 있다는 생각만으로도 기가 막혔다. 그것은 곧 애인이 그녀보다 스티븐 경을 더

중하게 생각한다는 증거나 다름없었다. 물론 그동안 애인이 사랑한 것은 그녀의 완벽한 가용성이며, 마치 가구를 맘대로 처분할 수 있는 것처럼, 심지어 그것을 소유할 때보다 남한테 주어버릴 때가 더 즐거울 수 있는 것처럼, 그녀라는 존재를 물건처럼 자유자재로 부릴 수 있어 좋아한다는 사실은 본인의 입을 통해 익히 들어온 터였다. 한데 이제 와 생각해보니, 그 모든 이야기를 O는 단 한 번도 곧이곧대로 믿은 적이 없었던 것이다. 아울러, 마치 건강상태를 증명하기 위해 말의 주둥이를 열어 보이듯 O의 몸을 열어 보이고는, 그것을 만족스럽고 편리한 선물쯤으로 여겨 받아주는 자에게 모든 걸 맡긴 채 그토록 쉽사리 자리를 뜨고 마는 르네의 모습은 한마디로 스티븐 경에 대한 무한한 존앙(尊仰)의 표시라고밖에 달리 이해할 수가 없었다. 르네가 누구인가, 뭇남자의 몸뚱어리와 채찍질에 시달리는 O의 모습에 그토록 심취하고, 눈물 범벅이 된 그 눈망울과 비명을 토해내는 입을 한없이 감탄하며 지켜보길 좋아하던, 둘도 없는 애인이 아니던가! 하지만, 모욕적이랄 수도 있는 그 같은 행동이 르네를 향한 O의 사랑에는 아무런 변화도 가져오지 않았다. 하느님이 주는 시련을 신자들이 오히려 감사해하듯, 그녀는 자신을 함부로 취급하는 걸 즐기는 애인의 뜻을 충실히 배려하면서 마냥 행복감을 느끼는 것이었다. 반면, 스티븐 경에게서는 욕정이 개입할 수 없을 만큼 차갑고 완고한 의지만이 느껴질 뿐이었다. 그 앞에서는 아무리 남자의 마음을 움직일 만큼 다소곳한 미덕을 갖춘 그녀라 해도 전혀 힘을 쓸 수 없는 것 같았다. 그렇지 않고서야 그녀가 왜 이토록 겁을 내겠는가? 루아시의 시종들이 허리띠에 차고 다니던 채찍이라든지, 거의 항상 결박상태에 있던 쇠사슬조차, 지금처럼 손끝 하나 대지 않고 젖가슴에 꽂혀만 있는 스티븐 경의 고요한 시선보다는 두렵지 않았던 것 같았다. 그 팽팽하고 반들반들한 눈빛이 가녀린 어깨와 상체에 실리면서 얼마나 기운이 빠져나가고 있는지 그녀는 고스란히 느끼고 있었다. 온몸이 부들부들 떨리는 것을 멈출 수 없었고, 굳이 멈추려면 숨을 쉬지 않는 수밖에 없었다. 이런 연약한 상태로 인해 스티븐 경의 태도가 누그러지기를 바라는 것은 헛된 일이었다. 오히려 상황은 반대로 진행될 것임을 O는 너무나도 잘 알고 있었다. 덮어놓고 드러낸 연약함은 애무보다 상처를, 입술보다는 손톱, 발톱을 부를 공산이 컸다. 문득, 담배를 쥔 스티븐 경의 오른손 중지 끄트머리가 그러지 않아도 바짝 긴장한 살갗을 살짝 건드린다는 착각이 들었다. 그게 사실이었다 해도, 스티븐 경에게 그런 동작은 일종의 놀이이거나, 이를테면 기계의 작동 여부를 검사하는 방법에 불과할 것임을 O는 의심치 않았다. 스티븐 경은 의자 팔걸이에 걸터앉은 그대로, 이제 치마를 벗으라고 말했다. O의 손이 땀으로 축축했기 때문에 치마 후크가 자꾸 미끄러졌고, 치마 속 검정 페티코트를 벗는 데까지 두 번에 걸쳐 애를 써야만 했다. 마침내 굽 높은 에나멜 샌들과 무릎 위까지 둘둘 만 검정 나일론 스타킹으로 각선미와 새하얀 허벅지 피부가 돋보이는 가운데 완전히 벗은 상태가 되자, 스티븐 경 역시 자리에서 일어나 여자의 음부를 한 손으로 움켜잡더니 소파로 밀어붙였다. 이어서 소파를 등진 채 무릎을 꿇게 했는데, 몸통보다는 어깨 쪽이 의자에 닿게끔 넓적다리를 넓게 벌리도록 했다. 그 결과, O는 두 손으로 발목을 각각 짚은 상태에서 음부가 벌어지고, 한껏 드러낸 젖가슴 위로는 고개를 잔뜩 젖힌 자세가 되었다. 감히 스티븐 경의 얼굴을 쳐다볼 엄두는 나지 않았지만, 가운 허리띠 매듭을 푸는 그의 손은 눈에 들어왔다. 마침내 그는 무릎 꿇은 O의 바로 앞에 어중간히 다리를 벌리고 서서 그 목덜미를 부여잡고는, 입 안에다 깊숙이 쑤셔 박았다. 그가 노린 건 자신의 세로 사이즈를 따라 진행되는 입술의 애무가 아니라, 목구멍 깊숙한 지점의 감촉이었던 것이다. 그는 오랫동안 O의 입을 쑤셨다. 살점덩어리로 이루어진 재갈은 점점 단단하게 부풀면서 숨을 턱턱 막히게 했다.

그 천천히 반복되는 충격으로 그녀는 눈물을 찔끔찔끔 쏟고 있었다. 스티븐 경은 좀더 원활하게 파고들기 위해, 여자의 얼굴 양쪽 소파 쿠션을 무릎으로 짚었다. 그의 엉덩이가 이따금 O의 젖가슴에 닿았고, 완전히 무시된 채로 방치된 그녀의 음부는 하릴없이 달아오르고 있었다. 아무리 오랜 시간 여자 입 안을 헤집었어도 스티븐 경은 절정에 도달하지 못했다. 마침내 조용히 몸을 뗀 그는 가운 앞자락을 풀어헤친 채 자세를 추스르며 말했다.

"O, 당신은 헤픈 여자요. 당신은 르네를 사랑하지만, 워낙 헤픈 여자란 말이지. 당신을 갈망하는 모든 남정네에게 당신 역시 성욕을 느낀다는 사실을 르네는 간파하고 있는 겁니다. 그가 당신을 루아시로 보내거나 다른 남자 품에 맡기는 건, 모두 당신 자신의 헤픈 성향에 대한 핑곗거리를 제공하기 위해서 아니겠습니까?"

"저는 르네를 사랑해요."

O의 대답에, 스티븐 경이 말을 이었다.

"당신은 르네를 사랑하면서도 내게 성욕을 품었죠."

그랬다, 그녀는 분명 스티븐 경에게 성욕을 품었다. 하지만, 르네가 그 사실을 알게 된들 변할 무엇이 있을까? O는 그저 입을 다물고 두 눈을 내리깔 수밖에 없었다. 스티븐 경과 눈이 마주쳤다면 그것만으로도 속마음은 고스란히 노출됐을 터였다. 스티븐 경은 몸을 숙여 O의 어깨를 붙잡고는 바닥 양탄자에 상체를 쓰러뜨렸다. 결국 그녀는 등을 대고 누워 두 다리를 잔뜩 구부린 자세가 되었다. 방금 전까지 여자가 기대고 있던 소파 쿠션에 걸터앉은 스티븐 경은, 그녀의 오른쪽 무릎을 붙잡아 자기 쪽으로 끌어당겼다. 여자의 자세가 자연스럽게 벽난로 쪽을 향하자, 환한 불꽃이 음부와 항문의 벌어진 골짜기들을 낱낱이 비추게 되었다. 그녀를 붙든 채 스티븐 경은 느닷없이 자위를 하라고 명령했다. O는 고분고분 오른손을 음부 쪽으로 내밀어, 벌써부터 후끈 달아올라 음모 밖으로 돌출해 나온 살점과 섬세하게 부푼 음순의 만나는 지점에 손가락을 갖다 댔다. 하지만 이내 맥없이 떨어지는 손길…… 그녀가 힘겹게 더듬거렸다.

"아…… 못하겠어요……"

정말 할 수가 없었다. 지금껏 자위는 항상 아늑하고 어둑한 침대 속에서 혼자 잠들기 전 은밀하게 해본 것이 전부이며, 그나마 절정까지 가본 적은 한 번도 없었다. 대신 시간이 한참 지난 꿈속에서 이따금 절정을 맛보았고, 그토록 강렬하면서 또 덧없이 사라져버리는 쾌감에 실망하며 깨어나곤 했었다. 스티븐 경의 시선은 여전히 집요했다. 그걸 O는 견뎌낼 수 없었고, 또다시 "못하겠어요……"라고 되뇌고는 눈을 감아버렸다. 그러자, 아직도 벗어나지 못하고 있는 어떤 기억 속 이미지, 예전과 똑같이 아찔한 거부감을 느끼게 만드는 누군가의 모습이 생생히 떠올랐다. 그것은, O가 열다섯 살 때, 호텔 방 가죽안락의자에 널브러져 있는 마리옹, 한쪽 다리는 의자 팔걸이에 걸친 채 고개를 반대편으로 반쯤 떨구고는 O 앞에서 자위를 하며 신음을 토해내는 마리옹의 기이한 모습이었다. 마리옹은, 언젠가 사무실에서 혼자인 줄 알고 그 짓에 열중하는 동안 사장이 불쑥 들이닥쳤던 경험을 이야기해준 적이 있었다. 기억하기로 마리옹이 일하는 사무실은 먼지가 뽀얗게 낀 북향(北向)의 유리창으로 햇살이 새어들면서 연초록 벽면들을 비추는 썰렁한 공간이었다. 거기엔 방문객용으로 안락의자가 딱 하나 책상을 마주하고 있었다.

"그래 어떻게 됐어?"

당시 이야기를 듣고는 O가 묻자, 마리옹의 대답은 이랬다.

"문을 아예 열쇠로 잠그더니 내게 다시 해보라는 거야. 팬티까지 벗으라고 하고는 안락의자를 창문 앞으로 밀어 옮기더라고."

O는 마리옹의 대담함에 감탄하면서도 동시에 두려움을 느꼈고, 자기는 마리옹이 보는 앞에서는 물론, 그 누구

앞에서도 결코 자위 같은 건 하지 않으리라 단호히 맹세했었다. 그러자 마리옹은 히죽 웃으며 이렇게 말했다.

"애인이 요구하는 데도 안 하는지 어디 두고 봐라."

르네는 그런 걸 요구한 적이 없었다. 만약 요구했다면, 들어줬을까? 아, 물론이다! 하지만 마리옹 앞에서 자기가 그랬듯, 울컥 치솟는 거부감을 르네의 눈빛에서 읽게 된다면 얼마나 끔찍하겠는가! 당치 않은 일이다. 더구나 지금은 상대가 스티븐 경이니, 더더욱 당치 않다. 한데, 이 자가 거부감을 느끼든 말든 O한테 뭐가 그리 대단한 문제일까?…… 아무튼 안 된다. 그녀는 할 수가 없다. 세 번째로 그녀가 중얼거렸다.

"못하겠어요……"

무척 작은 소리였는데도 남자는 정확히 알아들었고, 여자를 놓아주었다. 의자에서 일어난 그는 가운 앞자락을 여민 뒤, O에게 일어서라고 지시했다.

"그게 복종하는 태도입니까?"

그렇게 내뱉고는, 왼손 하나로 여자의 양 팔목을 붙잡더니 오른손을 휘둘러 양쪽 따귀를 갈겼다. O는 금세 휘청거렸고, 남자가 붙잡아주지 않았다면 그대로 쓰러졌을 것이었다.

"무릎을 꿇고 내 말을 귀담아들으시오. 아무래도 르네

가 당신을 제대로 훈련시키지 못한 것 같구려."

그의 말에, 여자가 더듬거렸다.

"르네한테는 늘 복종했어요……"

"사랑과 복종을 혼동하고 있구만. 당신은 나를 사랑하지 않고, 내가 당신을 사랑하지 않는 가운데, 내 말에 복종해야 합니다."

순간, O는 지금 자신의 귀에 들리는 모든 말들, 자신의 입으로 내뱉은 복종과 노예생활의 약속들, 자기 자신의 동의와 욕망, 나체상태, 땀, 후들거리는 다리, 퀭한 눈자위까지 모든 것을 내면 깊숙한 곳으로부터 부정하고픈 묘한 반발심이 느껴졌다. 스티븐 경이 납작 엎드리게 해서 팔꿈치로 바닥을 짚게 하고, 얼굴을 팔에 묻고 엉덩이를 들어올리게 만든 다음, 르네가 말한 것처럼 찢어발기듯 뒤꽁무니를 쑤시는 동안, 그녀는 이를 악다물고 몸부림쳤다. 첫 동작에는 비명을 지르지 않았다. 두 번째로 보다 거센 동작이 가해지자, 드디어 비명이 터져 나왔다. 그러고는 매번 몸을 뺐다가 다시 들이밀 때마다, 즉 여자의 몸을 찢을 때마다, 그녀 입에선 비명이 터져 나왔다. O는 고통만큼이나 반항심이 치밀어 소리를 질러댔는데, 스티븐 경 역시 그 사실을 모르지 않았다. 그런가 하면, 어쨌든 여자를 굴복시키고 있다는 점, 즉 비명을 지르게 만듦으로써 흡족해

하는 남자의 심정을 O는 충분히 이해하고 있었다. 볼일을 마친 스티븐 경은 여자를 부축해 일으킨 다음, 돌려보내기 직전, 귀띔해주는 것을 잊지 않았다. 요컨대, 방금 자기가 여자 몸 속에 쏟아 부은 내용물은 그 역시 자기가 만든 상처의 피와 섞이면서 몸 밖으로 조금씩 빠져나올 텐데, 그 구멍이 적절하게 자리잡지 못한 상태에서는 계속 통증이 있을 것이고, 앞으로 완벽한 통로가 구축될 때까지 자기는 줄기차게 그곳을 쑤셔댈 생각이라는 것이었다. 그런 식으로 여자 몸을 다루는 걸 이미 르네로부터 위임받은 입장이라 자기는 결코 그걸 포기하지 않을 것이며, 그녀도 적당히 넘어가길 바라지는 않는 게 좋을 거라고도 했다. 그는 또, 그녀 스스로 르네와 자기의 노예가 되는 데 동의했음을 환기하고는, 그런데도 결정한 내용을 정작 그녀 자신은 제대로 파악하고 있지 못한 것 같다며 우려를 표명했다. 아울러, 그걸 깨달아도 결정을 되돌리기에는 너무 늦을 거라고 했다. 모든 얘기를 들으며 O는 생각했다. 그렇게 빨리, 뜻대로 되지는 않을 터이기에, 그대 역시 자신이 다루는 몸뚱어리에 매혹당하고야 말 것이며, 그땐 이미 사랑의 감정을 철회하거나 부정하기엔 늦을 것이라고…… 그도 그럴 것이, 지금 O가 드러내고 있는 거부감과 내적인 저항에는 오로지 단 하나의 존재 이유, 말하자면 르네의 경우

와 마찬가지로, 스티븐 경도 그녀를 무언가 의미 있는 존재로 바라보고, 그녀를 향해 욕정 이상의 무엇을 느끼도록 만들고야 말겠다는 저의(底意)가 도사리고 있는 것이었다. 그녀 자신이 사랑에 빠져서가 아니었다. 단지, 동성인 연장자를 흠모하는 청년 특유의 열정으로 르네가 스티븐 경을 사랑하고 있으며, 스티븐 경의 변덕을 만족시키기 위해 자기 여자쯤 얼마든지 희생할 용의가 있다는 걸 그녀 입장에서 확연하게 느끼기 때문이었다. 필경 르네는 스티븐 경의 태도를 그대로 따를 것이고, 아무리 사랑하는 여인이라 해도 스티븐 경이 비호감으로 대하면 자기도 거기에 전염되고 말 것임을 그녀는 본능적으로 감지하고 있었다. 만약 스티븐 경이 아닌 루아시의 남자들이 문제였다면, 르네에게 그런 상황이란 꿈에도 상상할 수 없을 터였다. 루아시에서는 그녀를 둘러싼 문제의 주인이 항상 르네 자신이었고, 그녀를 취하는 모든 남정네들의 태도 역시 르네의 태도에 따라 좌우되는 것이었다. 하지만 이곳에서의 주인은 더 이상 르네가 아니었다. 스티븐 경은 르네 자신이 확연하게 깨닫지 못하는 가운데 그의 주인 행세를 하고 있었다. 다시 말해서, 르네는 그를 존경했고, 모방하고 싶어했으며, 경쟁하길 원하고 있었다. 그와 함께 모든 것을 공유하고, O까지 선뜻 내어준 이유가 바로 거기에 있었다. 이

번에야말로 그녀를 정말로 내어준 셈이었다. 스티븐 경이
O를 사랑할 가치가 있는 여자로 판단하고 실제로 사랑의
감정까지 품는 한, 그녀에 대한 르네의 사랑은 언제까지나
지속될 것이 분명했다. 그런 상황에서, 르네의 생각이 어
떻든, 스티븐 경이 그녀의 주인이라는 점, 그것도 엄밀한
주종관계에서의 유일한 주인임엔 이론의 여지가 없었다.
O는 어떠한 동정심도 기대하지 않았다. 다만 약간의 사랑
조차 바라지 않을 수가 있을까? 벽난로 가의 큼직한 안락
의자에 느긋이 기대앉은 남자는 여자를 알몸 상태로 세워
둔 채 다음 지시를 기다리라고 말했다. 여자는 아무 말 없
이 기다렸다. 잠시 후, 의자에서 일어난 남자는 여자더러
따라오라고 말했다. 여전히 발가벗은 상태에 굽 높은 샌들
과 검정 스타킹 차림의 여자는 남자의 뒤를 따라 계단을
올라갔고, 어느 작은 방으로 들어갔다. 구석에 침대가 하
나 놓여 있고, 그 침대와 창문 사이에 의자 하나와 화장대
가 전부인 비좁은 방이었다. 그 작은 방은 보다 큰 스티븐
경의 침실과 통해 있었고, 두 방 모두 같은 욕실을 쓰도록
되어 있었다. 샌들과 스타킹을 벗은 O는 몸을 씻고 닦은
뒤―수건에 발간 얼룩이 묻어났다―차가운 이불 속으로
들어가 누웠다. 커튼은 활짝 열려 있었지만, 밖은 캄캄한
어둠뿐이었다. 옆방으로 통하는 문을 닫기 전 스티븐 경은

O에게 다가오더니, 아까 바에서 그녀의 쇠반지를 칭찬했을 때처럼, 손가락 끝에 입을 맞추었다. 손과 성기를 들이대며 입과 항문을 그토록 유린했으면서, 정작 입술로는 손가락 끝만 살짝 건드리는 셈이었다. O는 흐느껴 울었고, 새벽이 되어서야 겨우 잠들었다.

다음날, 정오가 조금 못 된 시각, 스티븐 경의 자가용 운전기사가 O를 집까지 태워다주었다. 오전 열 시 그녀가 잠을 깼을 때, 흑백 혼혈인 노파가 커피를 한 잔 갖다주었고, 목욕 준비를 해주었으며, 아래층 거실 소파에 원래 놓아둔 대로 있는 모피코트와 장갑, 핸드백을 제외한 나머지 옷가지들을 챙겨주었다. 덧문과 커튼이 모두 열려진 채, 거실은 썰렁한 분위기였다. 이제야 눈에 들어오는 거지만, 소파 맞은편 수족관처럼 푸르고 아담한 정원에는 송악과 호랑가시나무, 참빗살나무만 무성했다. O가 코트를 걸치자, 노파는 스티븐 경이 외출하면서 남겼다며 겉봉에 그의 이니셜이 새겨진 편지 한 통을 내밀었다. 하얀 편지지에는 단 두 줄의 문장만 적혀 있었다.

오후 여섯 시에 스튜디오로 당신을 데리러 가겠다고 르네가 전화했습니다. — S

추신 : 다음에 오시면 승마용 채찍이 기다리고 있을 겁니다.

    O는 주위를 둘러보았다. 전날 스티븐 경과 르네가 앉아 있던 두 개의 안락의자 사이에 탁자가 하나 있는데, 그 위 노란 장미 다발이 꽂힌 화병 옆에 가늘고 기다란 승마용 가죽채찍이 놓여 있었다. 문 앞에는 아까부터 하인이 대기하고 있었다. O는 핸드백에 편지를 넣고 밖으로 나갔다.

    결국 르네는 O가 아닌 스티븐 경에게 전화를 한 거였다. 집에 돌아온 그녀가 실내가운으로 갈아입고 점심을 먹고 나자, 오후 세 시까지 스튜디오로 가기 위해 화장과 머리를 고치고 옷을 갈아입을 시간이 아직 남아 있었다. 전화벨은 울리지 않았다. 르네한테서 따로 연락이 없었다. 왜일까? 스티븐 경이 그에게 무어라고 했을까? 그녀에 대해 둘이서 무슨 이야기를 나누었을까? 자기들 욕구에 비추어 그녀의 육체가 갖는 편의성에 대해 당사자를 앞에 두고도 너무나 자연스럽게 이야기를 나누던 두 남자의 언어가 기억 속에 고스란히 남아 있었다. 영어로 나눈 대화라 그런 종류의 어휘에 별로 익숙한 입장은 아니었지만, 적어도 그에 견줄 만한 프랑스어는 엄청 저속할 수밖에 없을 거라는 게 O의 직감이었다. 하긴 웬만한 매음굴 창녀 못지않게 이 손 저 손 옮겨다니며 닳고 닳은 여자를 두고, 누군들 다른 식으로 이야기할 이유가 있을까? O는 외로움 속에서 낮은 목소리로 연신 애인을 불러보고 있었다.

"르네, 당신을 사랑해, 당신을 사랑한다고…… 당신을 사랑해…… 나를 가지고 얼마든지 당신 원하는 대로 해도 좋아…… 다만, 나를 버리진 말아줘, 제발 부탁이야, 나를 버리지 마……"

기다리는 사람을 누가 동정할까? 그런 사람은 단번에 알아볼 수 있다. 그 온화한 모습, 집중하는 척하는 눈빛―그래, 집중은 하지만 실제 생각은 시선과는 무관한 방향으로 향해 있지―딴 생각하고 있는 속마음 등등…… 스튜디오에서 아담한 체격의 포동포동한 빨강머리 모자 모델과 작업을 하는 세 시간 내내, O는 바로 그렇게 딴 생각에 빠져 있었다. 빨리 시간이 지났으면 하는 속내와 알 수 없는 초조감에 빠져 헤어나지 못하고 있었던 것이다. 빨간 실크 페티코트와 블라우스 위에 체크무늬 치마와 짧은 기장의 스웨드 가죽재킷을 입은 모습. 자연스레 열린 재킷 속으로 드러나 보이는 빨간 블라우스가 그러지 않아도 창백한 그녀의 얼굴을 더욱 창백하게 만들고 있었다. 아담한 체격의 빨강머리 모델이, 왠지 팜므파탈 분위기가 난다며 한마디 건넸다. O는 '누구를 위한 팜므파탈일까?'라며 속으로 중얼거렸다. 만약 지금이 2년 전, 즉 르네를 만나 사랑에 빠지기 전이라면, 아마 이렇게 단언했을지도 모른다. '스티븐 경을 위한 팜므파탈이야. 어디 두고보라지!' 하지만 르네를 향한 사랑과 르네로부터 받은 사랑은 그녀를 완전히 무장해제시킨 지 오래였다. 그녀에게 새로운 가능성의 근거를 가져다주는 대신 그나마 가지고 있던 활력마저 제거해 버린 사랑이라고나 할까. 예전에 그녀는 늘 쿨하고 활기찼으며, 자기한테 반하는 사내들 마음을 말 한마디 제스처 하나로 후리는 데 재미를 느끼는 아가씨였다. 절대 자기를 완전히 내어주는 법이 없었고, 그저 극진한 정성에 보답하는 차원에서 장난삼아 한 번씩 몸을 허락하는, 그러면서도 상대의 달뜬 열정에는 더욱 불을 지펴 가혹한 희생자로 만들어버리는 그런 타입의 여자였던 것이다. 한번은 그녀한테 빠진 남자들 중 하나가 자살을 시도한 적이 있었다. 실려갔던 병원에서 겨우 회복한 그 남자가 집으로 돌아오자 그녀는 거길 찾아가서, 절대로 손 안 대겠다는 약속을 받은 뒤 옷을 전부 벗고 소파에 누워 알몸을 감상하게 해주었다. 남자는 어쩔 수 없는 욕정과 그걸 참는 고통으로 창백하게 질리면서도, 이미 해버린 약속에 옴짝달싹 못한 채 무려 두 시간 동안을 말없이 바라보기만 했다. 물론, 그녀 쪽에서 그 남자를 또 다시 볼 일은 없었고 말이다. 그렇다고 해서 그녀가 남자 가슴에 불지핀 욕망 자체를 하찮게 여기는 것은 아니었다. 그녀 자신도 여자친구라든지 낯 모르는 젊은 아가씨들을 향해 (그녀 생각에) 비슷한 욕망을 느껴도 보았지만, 남정네의 욕망에 대해서는 어쩌면 그 이상으로 잘 이해하고 있거나, 이해한다고 믿는 입장이었다. 한때는, 옆방 소음이 죄다 들릴 만큼 비좁고 열악한 환경의 싸구려 호텔로 끌어들인 몇몇 여자들 중 일부가 그녀의 욕망에 장단을 맞춰준 적도 있거니와, 기겁을 하며 뿌리친 경우 또한 적지 않았다. 어쨌든, 그녀 생각에 욕망 혹은 욕정이란 정복 욕구 이상의 그 무엇도 아니었으며, 못된 망나니 같은 그녀의 행실이랄지, 그간 몇 명의 애인을—애인이라 부를 수 있다면 말이지만—거느렸다는 사실, 매정한 심성과 심지어 대담성까지 르네를 만난 순간부터는 아무런 도움도 되지 못했다. 일주일 동안 그녀가 배운 것은 공포이자 확신이었고, 불안이자 행복이었다. 르네는 먹잇감을 노리는 강도처럼 그녀에게 달려들었고, 행복에 겨운 그녀는 기꺼이 먹잇감이 되어주었다. 머리카락보다 가늘고 걸리버를 묶은 소인국 사람들의 밧줄보다 질긴 끈으로 손목 발목 포함한 사지는 물론 신체의 가장 은밀한 부분과 심지어 마음까지 꽁꽁 묶인 상태에서, 그녀는 애인의 눈빛 하나가 당겼다 늦추었다 하는 장단에 즐겨 놀아났던 것이다. 그럼 자유가 없지 않느냐고? 신이여, 감사하게도 그녀에겐 자유가 없나이다! 대신, 구름 위의 요정이자 물 만난 고기처럼, 한없이 가벼워졌고 행복 속에 두둥실 떠다니게 되었지 않은가! 르네가 한 손에 틀어쥐고 있는 그 가느다란 머리카락, 질긴 밧줄들이야말로 그녀 안에 생기의 유입을 보장해줄 마법의 거미줄이나 마찬가지였으니, 어찌 행복 속에 두둥실 떠다니지 않겠는가! 따라서, 그녀를 묶은 그 모든 끈들을 르네가 놓아버릴 때—혹은 그녀 스스로 그렇게 상상할 때—그가 부재하는 것 같거나 O가 느끼기에 무관심으로 해석될 만한 분위기 속에서 그가 멀어질 때, 혹은 편지나 연락 없이 찾아봐주지도 않을 때, 더 이상 그녀를 보고 싶어하지 않는다든지, 사랑이 식어가거나 이미 사랑하지 않는다는 느낌이 들 때, 그녀가 숨막혀하고 그녀 안의 모든 것이 질식해버리는 것은 당연한 현상이었다. 풀들이 까맣게 타들어가는 가운데, 낮은 낮이 아니고 밤은 밤이 아니어서, 시간은 그녀에게 고통을 주려고 빛과 어둠을 번갈아 뿌려대는 지옥의 메커니즘일 뿐이었다. 신선한 물도 그녀에겐 구토를 유발했다. 고모라의 소금기둥처럼 저주받은 잿더미가 된 기분이었다. 죄를 지었으니 어찌 안 그렇겠는가. 신을 사랑하지만, 신에 의해 어둠 속에 버려진 사람들은, 그 버려졌다는 사실 하나로 늘 죄지은 기분에 시달리기 마련이다. 그들은 기억을 되짚어가며 잘못의 정체를 찾는다. 그녀 역시 마찬가지. 한데 그렇게 해서 찾아낸 잘못이라고 해봐야, 르네가 아닌 다른 남자들의 욕망에 그나마 소소하게 반응해주었다는 것뿐이다. 그것도 구체적인 행동이라기보다는 기질상의 반응들. 만약 스스로 르네의 여자라는 확신과 그에 대한 사랑으로 충만한 상태가 아니었다면, 그에게 완전히 바친 몸이라 어딜 내놔도 당당하고 흔들리지 않을 자신이 없었다면, 르네 아닌 다른 남자들에게 추호의 관심도 주지 않았을 터다. 만에 하나 어떤 행위가 있었던들, 대체 거기 무슨 의미가 있었겠는가? 그녀는 덧없는 잡념이나, 순간적인 유혹 말고는 자신을 비난할 그 무엇도 발견할 수 없었다. 그럼에도 불구하고 죄의식에 시달리면서, '헤프다' 는 스티븐 경의 말 한마디로 정의된 잘못 때문에 (르네 본인의 의사와는 별개로) 르네를 생각하며 벌을 받고 있다는 것은 분명한 사실이었다. 르네가 채찍질을 가하고 매춘을 시키는 건 O로서는 그저 행복한 일이었다. 열정적으로 나를 내던짐으로써 애인의 소유임을 증명할 수 있는 데다, 채찍질의 고통과 수치는 물론, 내 몸을 유린하면서 쾌락을 강요하는 자들의 횡포를 통해 결국 그간의 죄가 상쇄된다고 여겨지기 때문이었다. 실제로 뭇남자들의 포옹이 역겹게만 느껴지기도 했고, 젖가슴을 주물러대는 손들이 견딜 수 없는 모욕으로 여겨질 때도 많았다. 입술과 혀를 빨아 대는 입들은 꼭 징그럽고 더러운 거머리들 같았고, 끈적거리는 혀와 성기로 항문과 음부를 죽자고 쑤셔대거나 입 안을 들락날락할 때는 온몸 격렬한 거부감으로 잔뜩 경직되기도 했었다. 그럴 땐 차라리 매서운 채찍질이 긴장을 누그러뜨리는 데 효험을 발휘하기도 했고, 결국에는 그 모든 것 앞에서 가증스런 비굴과 굴욕을 무릅쓴 채 자신을 개방하고야 말았던 것이다. 그런데 만약 스티븐 경의 판단이 옳다면? 그녀가 타락의 감미로움 자체를 즐겨온 거라면? 그 경우, O의 태도가 저열하면 저열할수록 그녀를 쾌락의 도구로 삼겠다는 르네의 결정은 자비로움을 더하는 셈이된다. 어렸을 적에 O는 웨일즈 지방의 어느 방에서 두 달간 살았는데, 그곳 흰 벽에는 개신교도 집에 가면 흔히 볼수 있는 것처럼 붉은 글씨로 다음과 같은 성서 구절이 적혀 있었다.

살아 계신 신의 손 안에 떨어지는 것이 무섭도다

지금 그녀는 속으로 중얼거리고 있다. '천만의 말씀! 정말 무서운 건 살아 계신 신의 손 밖으로 떨어져나가는 것이지……' 요즘처럼 르네가 매번 그녀 만나는 자체를 뒤로 마루거나 약속시간에 늦을 때마다―이미 여섯 시를 넘겨, 여섯 시 반이었다―O는 절망감과 광증에 휩싸이고 마는 것이었다. 그것도 아무 이유 없는 광증과 아무 근거 없는 절망감…… 그 무엇도 사실이 아닌데…… 르네는 오고 있고, 멀쩡하고, 여전히 그녀를 사랑한다. 다만, 회사 미팅 때문에 발목이 잡혔거나 처리할 잡일이 있는 걸 미처 예상하지 못했을 뿐. O는 질식할 것만 같은 자기만의 공간에서 단번에 빠져나온다. 하지만 조금 전까지 자신을 휘감아 돌던 두려움들이 이미 마음 깊숙한 곳에 불운의 전조처럼 자국으로 남은 상태. 늦는다고 기별할 생각조차 깜빡했든지, 아니면 골프나 카드게임에 정신이 팔렸든지, 어쩌면 다른 여자 때문인지도 모르니까. 아무리 O를 사랑한다 해도, 워낙 자유분방한 데다 자기 여자를 만만하게 생각하는 남자가 아닌가. 바람둥이, 바람둥이 같으니…… 이러다가 결국에는 모든 광증의 이유가 낱낱이 밝혀질 죽음과 재의 그 날이 도래하는 건 아닐까? '아, 제발 기적이 지속되기를! 은총의 나날이 이어지기를! 르네가 나를 떠나지 않기를!' O는 오늘을 넘어 다음날, 그 다음날을 결코 알고 싶지가 않다. 이번 주가 지나면 다음 주, 그 다음 주에 무엇이 펼쳐져 있을지 보기가 두렵다. 그녀에게는 르네와 함께하는 하루 하루의 밤이 곧 영원한 밤이거늘.

마침내 저녁 일곱 시가 돼서야 르네가 도착했다. 그녀를 보자 얼마나 기쁜지, 조명을 수리하던 전기공과 분장실에서 방금 나선 빨강머리 모델이 보는 앞인데도 거침없이 껴안으며 키스를 퍼부었다. 난데없는 하이힐 소리 요란하게 스튜디오로 들어선 자클린도 때마침 그 광경을 보게 되었다.

"어머, 멋진데요! 지나가다가 들렀어요. 전에 찍은 사진들 다 나왔나 싶어서요⋯⋯ 근데 지금은 때가 아닌 것 같군요. 나중에 다시 올게요."

순간, O의 허리를 부둥켜안은 채 르네가 소리쳤다.

"잠깐만 아가씨, 가지 마세요!"

O는 얼른 르네를 자클린에게, 자클린을 르네에게 소개했다. 빨강머리 모델은 금세 삐친 표정이 되어 분장실로 다시 들어갔고, 전기공은 일에 몰두하는 척 딴전을 피웠다. O는 자클린을 이리저리 살펴보면서도, 자신의 시선을 따라 움직이는 르네의 눈빛을 감지하고 있었다. 자클린은 직접 스키를 타지는 않는 여배우들 스타일로 스키복을 입고 있었다. 몸에 딱 맞는 검정 스웨터는 양쪽으로 벌어진 자그마한 젖가슴을 한층 도드라지게 했고, 끝으로 갈수록 좁아지는 바지는 길고 날씬한 다리를 더욱 돋보이게 하고 있었다. 구석구석 눈의 향취가 느껴지는 모습이었다. 잿

빛 바다표범 가죽재킷의 푸르스름한 기운에선 그늘 속에 쌓인 눈의 느낌이 났고, 서릿발처럼 반짝이는 머리와 눈썹에서는 햇살에 비친 눈이 떠올랐다. 한련꽃 색깔에 가까운 입술로 방긋 웃는 그녀와 눈이 마주치자, 이 세상 누구라도 그 서릿발 반짝이는 눈썹 너머 어른거리는 초록빛 물을 들이켜고 싶어할 것이며, 스웨터를 벗겨 앙증맞은 젖가슴 주무르고픈 욕망에서 자유롭지 못할 거라는 생각이 O의 뇌리를 스쳤다. 아니나다를까, 르네가 다시 돌아오기 무섭게 O는, 단지 그가 곁에 있다는 확신만으로도, 자기 자신과 이 세상 모든 것에 대한 흥미를 회복하는 것이었다. 셋은 함께 밖으로 나갔다. 루아얄 가(街), 두 시간 동안 줄기차게 내리던 함박눈이 지금은 미세한 눈발로 흩날리며 얼굴을 따끔거리게 했다. 길 위에 뿌려진 소금은 구두에 밟힐 때마다 바스락거리면서 눈을 녹였고, 그로부터 솟구치는 냉한 기운이 O의 다리를 따라 벌거벗은 허벅지까지 휘감아 올랐다.

젊은 여자들에 흥미를 느끼는 자신의 성향에 대해, O는 명확한 소견을 가지고 있었다. 일단 그것은, 남자들과 경쟁한다는 느낌 때문도 아니고, 남성적인 행동과 취향을 통해 여성으로서의 열등감을 보상받고자 하는 뜻도 아니었다. 그런 열등감 따위는 가져본 적이 없었다. 스무 살 때였나, 친구 중 가장 예쁘장한 애한테 모자를 살짝 쳐들며 인사를 하고, 깍듯한 제스처로 길을 비켜주는가 하면, 손을 내밀어 택시에서 내리는 걸 부축하는 자신을 발견하면서 그녀 스스로도 적잖이 놀랐던 게 사실이다. 같이 차를 마실 때는 당연히 자신이 찻값을 지불하지 않고는 배길 수 없었다. 그 애의 손에 입을 맞추는 것은 예사였고, 길거리에서도 가능만 하다면 입에까지 키스를 하곤 했다. 실은 거기까지만 해도 그저 좀 튀는 행동에 불과하거나, 어떤 신념보다는 치기 어린 장난이라 치부할 수도 있었다. 하지만, 키스할 때 살포시 와 닿는 그 빨갛고 부드러운 입술의 감미로움이랄지, 오후 다섯 시쯤 커튼을 내리고 벽난로 위 램프에 불을 켠 은은한 분위기 속에서 그윽한 눈매 사이로 반짝이던 진주 혹은 에나멜 느낌의 눈빛들, "아, 조금 더! 제발 조금만 더! 아……" 그렇게 연신 속삭이는 목소리와 손가락을 따라 두고두고 남아 있던 비릿한 바다 냄새, 그런 모든 것에 대한 취향만큼은 정말로 생생하고 심오한 것이었다! 헌팅이 주는 즐거움 또한 강렬하기 그지없었다. 아무리 재미나고 흥미진진하다 해도 아마 헌팅 그 자체보다는, 거기서 느끼는 자유로움을 더 좋아하는 건지도 몰랐다. 게임의 룰을 관장하는 건 당연히 그녀였다(남자와 함께 있을 땐 결코 그러지 않았고, 마지못해 간접적으로 참

여하는 식이었지만). 대화든 데이트 약속이든, 심지어 키스까지 그녀가 주도했다. 상대가 먼저 시도하는 포옹은 그리 달가워하지 않았다. 애인들을 거느린 다음부터는, 자기가 애무하는 여자가 애무로 답을 해오는 것조차 대부분 용납하지 않았다. 서둘러 여자친구를 발가벗기고는 싶어도, 자신이 옷을 벗을 필요는 별로 느끼지 않았다. 감기에 걸렸다든지, 생리 중이다라는 식으로, 툭하면 그럴듯한 핑계를 대서 옷 벗는 걸 피하곤 했다. 돌이켜 생각하면, O가 보기에 일말의 아름다움도 찾아보기 어려운 여자는 거의 없었다. 고등학교 졸업하고 얼마 안 되었을 때인데, 좀 못생기고 항상 기분이 언짢은 계집애를 꼬시려 했던 적이 있다. 이유는 단 하나, 제멋대로 엉키고 떡진 금발머리 아래 얼굴 피부만큼은, 윤기 흐르는 건 아니어도, 대단히 부드럽고 탄력 있으면서 무척이나 가무잡잡했기 때문이다. 한데 그 계집애한테서 O는 결국 질리고 말았다. 언젠가 그 못생긴 얼굴이 쾌감에 들떠 환해졌을지언정 그건 O가 원하는 게 아니었던 것이다. O가 열정적으로 확인하고 싶어하는 건, 여자들 얼굴에 저 몽롱한 안개가 뒤덮여 반들반들 젊게 변화하는 광경이었다. 어린 시절로의 회귀가 아니라 시간성을 벗어나는 젊음으로 화하는 것, 이를테면 입술이 한껏 부풀고, 화장한 것처럼 눈도 확장되면서, 홍채가

부시도록 반짝거리는 변화 같은 것. 거기엔 자긍심보다 순수한 경탄의 감정이 더 큰 몫을 차지하는데, 자신의 애무가 빚은 결과물이기에 감동하는 것이 아니기 때문이다. 루아시에서 낯선 사내에게 당하고 있는 어느 아가씨의 일그러진 얼굴을 보았을 때도 O는 똑같은 감동을 경험한 적이 있었다. 몸을 내어주는 태도, 알몸을 보여주는 행위는 그녀를 온통 뒤흔들어놓기 일쑤였다. 여자친구들이 어느 닫힌 공간 안에서 옷을 벗고 알몸을 보여주는 데 동의하는 것만으로도 그녀는 도저히 갚을 수 없는 특별한 선물을 받는 느낌이었다. 반대로 화창한 햇살, 탁 트인 해변이 정의하는 휴가철의 누드는 그녀에게 아무런 감흥도 주지 못했다. 공개적이라는 것 자체 때문이 아니라, 공개적이되 절대적이지 못하기에, 어느 정도 보호받는 행위라고 판단했기 때문이다. 다른 여자들의 아름다움에 대해서 O는 늘 자기보다 우월하게 바라보는 경향이 있는데, 그것은 결국 그녀 자신의 미모를 보장해주는 결과로 이어지곤 했다. 일련의 특별한 거울들을 통해서 스스로를 바라볼 때, 거기 다른 여자들이 가진 아름다움의 잔상이 비쳐 보이는 것이었다. 같은 논리로, 자신에 대한 여자친구들의 영향력을 의식하면서 그녀는 남자들에 대한 자신의 영향력 또한 그와 같으리라는 확신을 갖게 되었다. 여자들을 상대로 자신이 요구하던 것을 남자들이 기를 쓰고 똑같이 요구하는 걸 보면, 무척 자연스럽게 느껴지고 기분이 뿌듯해졌다. 그런 식으로 O는 남자와 여자 공히 꾸준한 공모관계를 맺어오면서, 양 진영 모두로부터 이득을 취해왔던 셈이다. 힘든 게임도 물론 있었다. 다른 많은 여자들에게 그랬던 것처럼, O가 자클린에게 홀딱 반했다는 것은— '반했다' 라는 표현(이건 정말 중요한 의미인데)이 적절하다는 걸 인정한다면 말이지만—전혀 의심의 여지 없는 사실이다. 그런데 왜 그걸 애써 숨기려는 것인지……

둑길에 늘어선 포플러나무들이 싹을 틔울 무렵, 현저히 길어진 낮 덕분에 퇴근하는 연인들이 모처럼 공원에 나와 앉아 여유를 부려도 될 즈음, O는 드디어 자클린 앞에 솔직해질 용기가 생긴 걸 깨달았다. 겨울 내내 당당한 모피로 몸을 가린 자클린은 마치 빛을 휘감은 듯, 그야말로 가까이 하기엔 너무 먼, 범접할 수 없는 여인이었고, 그걸 자클린 자신도 의식하고 있었다. 그랬던 그녀에게 봄은 다시금 단화와 스웨터, 정장 투피스를 입혔다. 요컨대, 열여섯 살 여고생인 O가 우악스레 손목을 낚아채 텅 빈 라커룸으로 말없이 끌고 가 거기 걸려 있는 외투에 밀어붙이곤 했던 순진한 여고생들과 별 다름없는 모습으로 화한 셈이다. 옷걸이에서 툭툭 떨어지는 외투들을 내려다보며 O는 얼마나 웃어젖혔던지! 투박한 면직물 교복 차림의 계집애들, 저마다 한쪽 가슴엔 빨간 실로 이름 이니셜을 새겨 넣었고…… 말하자면 3년 후배인 건가, 3킬로미터 떨어진 다른 고등학교 학생으로서 자클린 역시 그와 같은 교복 차림이었다. 그 사실을 O는 우연히 알게 되었는데, 하루는 최신 고급의상으로 포즈를 취하던 자클린이 한숨을 내쉬며 이러는 것이었다.

"에휴, 고등학생 시절 이런 예쁜 옷들을 좀 입어봤더라면 얼마나 행복했을까! 아예 아무것도 입지 않고 그냥 교복만 걸칠 수 있었어도……"

"아무것도 입지 않다니요?"

O가 묻자, 자클린이 대답했다.

"속에 입는 옷 말이에요."

순간, O의 얼굴이 빨개졌다. 알몸에 원피스만 걸친 상태가 익숙하지 않은 상황에서, 조금만 애매한 말도 모두 자신의 상황을 빗대는 걸로 들렸다(옮긴이 주 : 당시 여학생 교복은 작업복처럼 헐렁한 스타일의 원피스. 그 안에 별도의 옷을 받쳐 입은 다음, 겉옷처럼 교복을 껴입도록 되어 있었다. 자클린은 그런 답답한 복장을 불평한 것인데, O는 속옷을 입지 않는 상황을 떠올리고 있다). 원래 옷 속에 아무것도 입지 않는 거라고 아무리 되풀이해 자기암시를 해도 소용이 없었다. O는, 고향인 베로나를 구하겠다는 일념으로 외투 속에 아무것도 입지 않은 채 포위군 대장에게 몸 바치러 갔다는 이탈리아 여인처럼, 자신의 벌거벗은 상태를 첨예하게 의식하고 있었다. 그 이탈리아 여인이 그랬듯, 자기도 어떤 대가를 치르기 위해 벌거벗은 것만 같았다. 하지만 어떤 대가? 자클린은 워낙 자신만만한 여자라 남한테 대가 같은 것을 치러야 할 문제가 없었다. 거울 하나만 있으면 되지, 따로 무얼 보장받을 필요도 없는 여자였다. 그녀를 다소곳한 눈길로 바라보면서 O는, 저 여인에게 갖다 바쳐도 좋을 만한 꽃은 목련이나 동백밖에는 없을 거라는 생각을 했다. 목련의 두툼한 백색 꽃잎은 시들면서 아주 자연스럽게 흑갈색의 색조로 변해가고, 동백의 분홍 빛깔에는 이따금 새하얀 수액이 번지는 법이니까. 햇살의 은은한 입김을 간직해온 자클린의 금빛 피부는 겨울이 잦아들면서 하얀 눈의 기억과 함께 지워지고 있으니, 이제 머잖아 동백만이 그녀에게 어울리리라…… 문득 그따위 멜로드라마적인 꽃들을 들이댔다가 비웃음만 사는 게 아닐까 두려웠다. 하루는 푸른 히아신스를 한 다발 사 가지고 온 적이 있는데, 월하향처럼 강한 꽃 냄새가 그렇게 어지러울 수 없었다. 끈적끈적 독하고 오래 가는 그 냄새는 어쩌면 동백에 너무나도 어울릴 것 같았다. 자클린은 그 싱싱하고 억센 꽃다발 속에 2주

전부터 분홍 립스틱만 발라온 입술과 앙증맞은 코를 파묻 듯 갖다 대더니 이랬다.

"제 건가요?"

주위 모든 사람들로부터 허구한 날 선물을 받는 여자나 할 수 있는 말투였다. 그녀는 고맙다고 한 뒤, 르네가 O를 데리러 올 거냐고 물었다.

"네, 그럴 거예요."

'네, 그럴 거예요'라고 O는 속으로 또 한 번 되뇌었다. 사람을 정면에서 제대로 쳐다보는 일이 없는 자클린…… 짐짓 말이 없는 척, 다소곳한 척 서 있다가, 문득 그 차갑고 촉촉한 시선을 흘끔 들어올린다면 그건 분명 르네를 향해서일 터다. 누구도 그녀한테 무얼 가르쳐줄 필요가 없다. 입 다물고 있는 것, 양손 가지런히 옆구리에 붙이고 가만히 있는 것, 고개를 반쯤 뒤로 젖히는 것 등등. O는 다소 지나치게 빛나는 저 금발 머리채를 한 움큼 그러쥐고 싶다. 다소곳한 머리를 후딱 뒤로 젖혀서, 손가락으로 그 가녀린 속눈썹을 쓰다듬고 싶어 미치겠다. 르네도 아마 그러고 싶을 것이다. 옛날엔 대담했던 자신이 왜 이렇게 소심해졌는지, 자클린을 원하고 있으면서 왜 지난 두 달간 말이든 행동이든 전혀 내색을 못했는지, 그런 자신의 태도를 왜 엉터리 이유를 만들어 정당화해왔는지 O는 잘 알고 있었다. 자클린이 신성불가침의 존재인 건 결코 아니었다. 장애물은 자클린이 아니라, O의 내부 깊숙이 도사리고 있었다. 지금껏 한 번도 경험해보지 못한 장애물. 르네가 그녀를 자유롭게 내버려두고 있는데, 그녀 자신은 그 자유가 너무도 싫다는 게 문제였다. 그녀 입장에서 자유는 그 어떤 쇠사슬보다 나빴다. 자유가 그녀와 르네 사이를 갈라놓고 있었다. 다짜고짜 두 손으로 자클린의 어깨를 붙잡아, 마치 나비를 핀으로 고정시키듯, 수도 없이 벽에 밀어붙일 수도 있었다. 그럼 자클린은 꼼짝도 하지 못하고, 심지어 미소조차 짓지 못했을 것이다. 하지만 이제부터 O는 붙잡힌 야생동물처럼 굴 것이다. 사냥꾼에게 미끼 역할을 하든, 그를 위해 사냥감을 몰아, 그의 명령이 떨어지고 나서야 와락 달려들 것이다. 이따금 그녀는 벽에 기댄 채 창백한 얼굴로 부들부들 떨고 있다. 침묵으로 스스로를 못박고, 침묵에 묶인 채, 침묵을 즐기고 있다. 그러면서 허락보다 나은 무엇을 기다리고 있다. 허락은 이미 가진 것이니, 이제는 명령을 기대하는 것이다. 르네가 아닌 스티븐 경이 내리는 명령을.

르네의 손에 이끌려 스티븐 경의 소유물이 된 이후, O는 시간이 지날수록 애인의 눈에 그 남자가 점점 더 중요한 존재로 거듭나고 있음을 놀라는 심정으로 확인하고 있었다. 그러면서도 상황이나 감정 자체가 그런 식으로 무르익어 감을 느끼는 게 혹시 착각이 아닐까 싶기도 했다. 상황이든 감정이든, 실제로 무르익어 가는 것은 그에 대한 자신의 이해도일 뿐인데 말이다. 어쨌든 O는, 르네가 자신과 밤을 같이 지내기로 하는 경우, 반드시 스티븐 경의 저녁 초대가 있는 날을 고른다는 걸 신속하게 간파해냈다 (스티븐 경은 르네가 파리를 비웠을 때만 아침까지 O를 데리고 있었다). 뿐만 아니라, 그 저녁시간을 르네도 함께하는 경우에는, 스티븐 경의 편의를 봐주기 위해서만 그녀 몸에 손을 댄다는 것도 알게 되었다. 예컨대 O가 저항이라도 하면, 더 이상 발버둥치지 못하게 붙잡아주는 식이다. 그가 두 사람과 저녁시간을 함께하는 경우는 극히 드물었다. 스티븐 경이 노골적으로 요청했을 때만 그런 일이 있었다. 그 때도 옷은 다 입은 상태로, 처음에 그랬던 것처럼, 아무 말 없이 담배만 연거푸 피워댔고, 가끔 벽난로에 장작을 던져 넣든지 스티븐 경에게 술을 따라줄 뿐이었다―자기는 마시지 않았다. O가 느끼기에, 훈련시킨 짐승이 얼마나 완벽하게 복종하는지를 지켜보는 조련사처럼 여자를 감시하는 것 같았다. 보다 정확하게는, 군주를 보위하는 신하나 보스를 모시는 부하가 길에서 쓸 만한 매춘부를 데려와 바친 뒤, 얼마나 잘 해드리는지를 눈여겨 살피는 느낌이었다. 여자보다는 스티븐 경의 얼굴 표정을 더 주의 깊게 바라본다는 것이 곧 그가 하인의 소명에 전념한다는 사실을 증명하고 있었다. 그런 르네의 눈빛을 감지할 때마다, O는 쾌감 속을 허우적대다가도 이내 그것을 박탈당하는 기분이었다. 반면 르네의 얼굴엔 그 쾌감에 대한 감탄과 경의는 물론, 그걸 불러일으킨 스티븐 경을 향한 감사의 표정까지 어른거리는 것이었다. 자신이 선사한 무언가에서 그가 즐거움을 취하기로 하자, 행복에 겨워 어쩔 줄 모르는 표정이었다. 필경 스티븐 경이 남자를 좋아했다면 모든 게 훨씬 간단해졌을 것이었다. 르네가 남자를 좋아하는 건 아니지만, 스티븐 경에게만큼은 아마 열정을 다 바쳐 자신을 던질 것이고, 아무리 까다롭고 세세한 요구에도 정성을 다해 응할 것임을 O는 의심치 않았다. 그러나 스티븐 경은 여자만 좋아했다. 그러고 보니 르네와 스티븐 경은 함께 공유하고 있는 O라는 여자의 육체를 통해, 어쩌면 서로를 사랑하는 것보다 더 신비롭고 강렬한 경험을 나누고 있는지도 몰랐다. 그것은 뭐랄까, O가 이해하기엔 다소 힘겹지만, 그 존재와 위력을 부정할 순 없는 어떤 합일의 경지라 할 수 있었다. 한데, 왜 두 사람의 공유방식은 이토록 난해하고 모호한가? 루아시에서 O는 르네와 다른 남자들에게 같은 장소, 같은 시간 동안 자신을 내어주었다. 그런데 스티븐 경 앞에서 르네는 왜 그녀를 품는 것은 물론, 명령조차 내리지 않는 것인가(그는 자신의 명령이 아닌 스티븐 경의 지시를 전달할 뿐이었다)? O는 어떤 답이 나올지 미리 예상하면서도 직접 그에게 물어보았고, 르네는 이렇게 대답했다.

"존중하기 때문이야."

"하지만 난 당신 거잖아."

"우선 스티븐 경의 것이지."

르네 스스로 친구에게 여자를 넘긴 것이 절대적인 의미를 갖는다는 점에서, 그건 사실이었다. 아울러, 그녀에 대한 스티븐 경의 아무리 사소한 욕망도 르네의 결정과 요구에 우선한다는 점에서도 마찬가지였다. 르네는 O와 단둘이 저녁식사를 한 뒤 극장을 가기로 했으면서도, 일단 그녀를 요청하는 스티븐 경의 전화가 걸려오면, 약속대로 스튜디오에서 픽업하고는 레스토랑이나 극장이 아닌 스티븐 경의 집으로 직행해, 문 앞에 그녀를 떨궈놓는 것이었다. 딱 한 번, 스티븐 경에게 날을 좀 바꿔달라는 부탁을 해보라고 O가 르네를 조른 적이 있었다. 남녀동반으로 초대받은 모처의 저녁 파티에 꼭 르네와 함께 가고 싶었기 때문이었다. 하지만 르네는 일언지하에 거절했다.

"이런 딱한 아가씨 봤나, 당신 몸이 이젠 당신 게 아니라는 걸 아직도 모르는 거야? 나 또한 더 이상 당신 주인이 아니라는 걸 모르겠어?"

거절했을 뿐만 아니라 스티븐 경에게 O의 요구를 일러바쳤고, 더는 요령 피울 생각을 못하게끔 충분히 혹독한 벌을 내려주라고, 그녀가 보는 앞에서, 부탁까지 하는 것이었다.

"여부가 있겠소."

스티븐 경이 짧게 대답했다. 대화는 쪽매붙임 공법으로 바닥이 단장된 타원형 방에서 이루어졌다. 유일한 가구라고는 나전상감으로 장식된 검은색 원탁이 전부이고, 노랑과 회색이 주조를 이룬 넓은 거실이 바로 코앞에 위치해 있었다. 르네는 O를 일러바치고 스티븐 경의 답변을 듣기 위해 필요한 3분간만 머물렀다. 스티븐 경과는 악수를, O에게는 미소를 보내는 걸로 인사를 대신한 르네는 곧바로 자리를 떴다. 마당을 가로질러 가는 그의 모습을 O는 창문을 통해 바라보았다. 그는 한순간도 돌아보지 않았다. 잠시 후, 자동차 문소리와 엔진소리가 들렸고, 벽에 붙은 작은 거울 속에 비친 그녀 자신의 모습이 눈에 들어왔다. 두려움과 절망감으로 하얗게 질린 얼굴이었다. 스티븐 경이 넓은 거실로 통하는 문을 열어주었고, 그 앞을 스쳐지나가면서 O는 무의식적으로 그의 얼굴을 쳐다보았다. 그역시 그녀만큼 창백했다. 그가 사랑을 하고 있다는 생각이 섬광처럼 그녀의 뇌리를 스쳤다가는 사라졌다. 진정 믿는 것도 아니고 그런 생각이 들었다는 것 자체가 우스울 정도지만, 왠지 기운이 나면서 그녀는 남자의 제스처 하나만으로 순순히 옷을 벗었다. 가끔은 한 시간이 넘도록 알몸 상태로 대기한 뒤, 엄숙한 의식을 치르듯 매번 같은 순간 같은 지시만을 일방적으로 내리는 남자에 의해 온갖 애걸복걸이 무색해질 때까지 천천히 유린당해온 그녀…… 이제는 언제 입을 벌려 그를 애무해줘야 하는지, 언제 무릎 꿇고 소파 쿠션에 머리를 처박아, 너는 상처받지도 않을 만큼 활짝 벌어진 뒤꽁무니를 내어줘야 하는지 잘 알고 있는 그녀…… 방금 전 르네의 고자질로 인한 절망감과 두려움에도 불구하고—바로 그 절망감과 두려움 때문인지도 모르지만—그녀는 매주 두세 번씩 이곳에 불려온 이래 *처음*으로 자신을 완전히 내던졌다. 또한 이글거리는 남자의 눈동자를 바라보는 그녀의 순응하는 눈빛이 얼마나 다정다감했던지, 스티븐 경 역시 *처음*으로 프랑스어를 사용해 반말을 했다.

"O, 이제 너한테 재갈을 물릴 거야. 그리고 피가 나도록 채찍질을 해줄 거야. 허락해 주겠지?"

O는 곧장 이렇게 대답했다.

"저는 당신 거예요."

그녀는 거실 한가운데 똑바로 서 있었다. 거대한 샹들리에가 달려 있던 천장 고리에 쇠사슬로 연결된 루아시의 팔찌가 그녀의 양 손목을 한 데 묶어 머리 위로 끌어올린 상태. 그로 인해 젖가슴이 자연스럽게 돌출해 있었다. 스티븐 경은 그곳을 애무했고, 그곳에 입을 맞추었으며, 입에다 슬쩍, 그러고는 수도 없이 연거푸 키스를 해댔다(여태껏 입에 키스한 적이 없었다). 이어서 재갈을 욱여 넣자, 젖은 헝겊의 퀴퀴한 맛이 입 안을 가득 채웠다. 치아가 깨물 수 없을 정도로 혀를 목구멍 깊숙이 밀어넣은 다음, 그는 O의 머리채를 부드럽게 휘어잡았다. 쇠사슬에 매달리듯 서 있는 그녀의 몸 전체가 휘청거리고 있었다.

"O, 나를 용서해……"

그렇게 중얼거린 다음(용서를 구한 적 또한 한 번도 없었다) 그는 한 발 물러나 채찍질을 시작했다.

둘이 함께 동반하기로 했던 저녁 파티에 혼자 갔다가 자정을 넘겨 돌아온 O의 집에서, 르네는 흰 나이트가운을 걸친 몸으로 파르르 떨며 누워 있는 그녀를 발견했다. 스티븐 경이 직접 집에까지 데려다 주었고, 손수 잠자리에 눕힌 뒤 키스를 해주었다고 그녀가 이야기했다. 아울러, 그녀에겐 채찍질 당하는 자체가 감미로운 경험이며 (사실이지만, 그것만이 이유는 아니다) 고로 반드시 필요하다고 결론 내릴 게 뻔한 르네의 생각을 알면서도, 스티븐 경에게 저항할 마음이 더 이상 없다는 말도 했다. 이번에 분명하게 깨달은 사실이 하나 있는데, 자기가 매를 맞는 것이 르네한테도 꼭 필요한 일이라는 거였다. 지금까지 르네는 그녀를 때리기 싫어했고, 한 번도 구타를 가해본 적이 없지만, 그럴수록 그녀가 몸부림치며 울부짖는 모습을 보고 싶어한다는 얘기였다. 딱 한 번 그가 보는 앞에서, 스티븐 경이 O에게 승마용 채찍을 휘두른 적이 있다. 당시 르네는 그녀를 탁자 위로 숙이게 한 뒤 움직이지 못하게 붙들고 있었다. 치마가 흘러내리면, 그가 다시 걷어올렸다. 아마도 르네는, O와 함께 있지 않는 동안, 이를테면 혼자 산책을 하거나 일을 하는 동안에도, 그녀가 매서운 채찍질 속에 울고불고 몸부림치고, 결코 주어지지 않을 자비를 애걸하면서, 그런 모든 고통과 학대가 사랑하는 애인의 의도와 쾌락을 위해 가해지는 것임을 또렷이 인식하고 있기를 더더욱 바랄지도 모른다. 루아시에서 그는 시종들을 시켜 그녀를 채찍질하게 했다. 그런 그에게, 스티븐 경은 한마디로 자기가 결코 넘볼 수 없는 준엄한 주인 역할을 대신

해주는 셈이다. 세상에서 가장 존경하는 남자를 O가 좋아
하고, 기꺼이 그 앞에 굴종한다는 사실이 곧 그녀를 향한
르네의 열정을 배가시키고 있는 거다. 사실 그녀의 입을
범했던 모든 입들, 젖가슴과 음부를 유린했던 모든 손들,
아랫도리를 쑤시면서 그 창녀성을 여지없이 증명해 주었
던 모든 성기들은 어떤 의미에서 그녀를 신성한 존재로 만
들어준 것이나 다름없다. 하지만 그것도 르네가 보기에 스
티븐 경이 증명해 준 것에 비하면 아무것도 아니다. O가
스티븐 경의 품을 벗어나올 때마다 르네는 그녀에게서 신
의 흔적을 찾았다. 몇 시간 전 그가 고자질을 한 것도 보다
새롭고 혹독한 신의 흔적을 만들어내기 위해서라는 걸 O
는 잘 알고 있었다. 설사 그 흔적을 만들게 된 이유가 소멸
하더라도 스티븐 경은 이제 물러서지 않으리라는 것 또한
그녀는 알고 있었다. 딱한 일이면서도, 오히려 잘됐다는
게 그녀 생각이었다. 어깨, 등, 엉덩이, 골반, 젖가슴 할 것
없이 가녀린 몸뚱어리에 가지런히, 이따금 서로 어긋난 방
향으로, 줄무늬처럼 새겨진 굵직굵직한 자줏빛 흉터를 르
네는 당혹스런 표정으로 한참 동안 바라보았다. 이곳저곳
적잖은 핏방울이 맺혀 있기도 했다.

"아, 사랑해……"

마침내 그가 중얼거렸다. 후들거리는 손으로 옷을 벗은

다음, 그는 불을 끄고 O 옆에 바짝 붙어 누웠다. 그가 행위를 하는 내내 어둠 속 그녀의 신음소리가 끊이지 않았다.

　O의 몸에 난 흉터들이 지워지는 데 거의 한 달이 걸렸다. 그런데도 아직 곳곳의 터진 피부에는 아주 오래된 상처처럼 다소 허옇게 남은 줄무늬가 눈에 띄었다. 설사 상처의 기억을 잊는다 해도 르네와 스티븐 경을 대하다 보면 머릿속에 그 모든 것이 떠오를 터였다. 당연히 르네는 O가 사는 아파트 열쇠를 가지고 있었다. 지금까지 스티븐 경에게도 열쇠를 하나 줄 생각은 한 적이 없다. 그가 O의 집에까지 와보고 싶다는 뜻을 내비친 적이 한 번도 없었기 때문일 것이다. 한데 그 저녁 스티븐 경이 O를 집에까지 데려다 주었다는 사실을 전해 듣는 순간, 르네는 자신과 O만 열 수 있는 출입문이 어쩌면 하나의 장애물이나 바리케이드, 일종의 제한표시로 그에게 받아들여질 수 있겠다는 생각이 들었다. O의 집을 아무 때나 마음껏 드나들 수 있는 자유까지 선사하지 않는다면 그녀를 양도하는 게 무슨 의미가 있겠나 싶었다. 결국 르네는 열쇠를 하나 더 만들어 스티븐 경에게 건넸고, 그가 허락한 뒤에야 그 사실을 O에게 알렸다. 그녀는 전혀 나무랄 생각이 없었고, 스티븐 경의 내방을 기다리는 동안 불가해한 평온함에 젖어드

는 자신을 발견했다. 오랜 시간 기다리면서, 그녀 머릿속엔 과연 그가 한밤중에 불쑥 들이닥칠까, 르네가 없는 틈을 이용할까, 혼자 올까, 정말 오기는 하는 걸까 등등 온갖 궁금증이 맴돌았다. 하지만 그런 얘기들을 르네한테는 감히 하지 못했다. 하루는 아침에 가정부가 없는 상태에서 평소보다 일찍 일어난 적이 있었다. 오전 열 시쯤 옷을 다 입고 막 외출하려는데, 열쇠 돌아가는 소리가 들렸고, O는 부리나케 내달리며 외쳤다.

"르네!"(가끔 그렇게 들이닥치곤 했기에, 그 날도 르네라는 생각밖에는 들지 않았다)

한데 스티븐 경이 씩 웃으며 들어와 이렇게 말하는 것이었다.

"까짓, 르네도 부르지 뭐."

전화해 보니, 르네는 일 약속 때문에 한 시간 후에야 사무실을 벗어날 수 있다고 했다. 수화기를 내려놓는 스티븐 경을 바라보면서 (무슨 이유에선지 모르겠지만) O의 가슴은 맹렬히 뛰었다. 그녀를 침대에 앉힌 뒤, 남자가 두 손으로 얼굴을 붙잡고 입술을 벌려 다짜고짜 키스를 했다. 숨이 턱 막혔고, 그가 붙잡아주지 않았다면 그대로 쓰러졌을 것이었다. 스티븐 경은 얼른 여자를 부축했다. 왜 갑자기 그런 불안감과 거북스러움이 목까지 차 올랐는지 알 수가 없었다. 이미 겪을 만치 겪은 스티븐 경의 무엇을 더 두려워한단 말인가? 그는 O에게 옷을 벗으라고 부탁한 뒤, 순순히 따르는 그녀를 말없이 바라보았다. 그의 침묵, 그의 쾌락이 내리는 결정을 기다리는 데 익숙해졌다면, 그의 시선을 견디며 알몸이 되는 것에도 웬만큼 익숙해진 것 아닌가? O는 스스로 환상을 품어왔다는 것을 인정하지 않을 수 없었다. 이를테면 이 방에서 르네가 아닌 다른 남자를 위해 옷을 벗은 적이 없기에 지금이 혼란스러운 것 같지만, 정작 그 혼란의 중요한 원인은 항상 같은 문제에 있었다. 다름 아닌 자아상실감. 하나 달라진 점이라면, 평소 상실감을 맛보곤 하던 환경에서 더 이상 그런 기분이 느껴지지 않자, 오히려 상실감에 더욱 예민해지고 말았다는 사실이다. 밤이라는 시간 역시, 르네와 함께한 삶의 기간에 대한 루아시의 경험이 그렇듯, 낮의 시간에 비해 꿈이라든가 보다 은밀한 삶의 비중이 농후해져 자아상실감이 들어설 자리가 없다. 5월의 화창한 햇살은 은밀한 것을 공개적인 것으로 변화시키기 마련. 이제부터는 밤의 현실과 낮의 현실이 동일해질 것이었다. O는 생각했다, 결국에는 그렇게 될 거라고. 바로 그런 현실로부터 두려움 섞인 묘한 안정감이 솟아 나왔다. 그녀가 자신을 완전히 내맡긴다고 느끼고, 이해가 아닌 예감으로써 감지했던 것이 바로 그런 안정감이었다. 그렇다, 이제부터는 공백기라든가, 죽은 시간, 일시적 소강상태 따위는 더 이상 존재하지 않을 것이다. 기다릴 만하니까 기다려지는 남자는 이미 곁에 있는 것이고, 벌써 주인인 셈이다. 스티븐 경은 르네보다 훨씬 더 까다롭지만, 그만큼 더 확실한 주인이다. O가 르네를, 르네가 O를 아무리 열정적으로 사랑해도 둘 사이에는 일종의 대등함이 존재하고(단지 나이의 대등함일지라도), 그것은 곧 O의 마음 속에 순종의 감정, 복종의 의식을 말끔히 지워버리기 일쑤다. 그가 그녀에게 요구하는 것을 그녀는 곧장 스스로도 원하게 되는데, 이유는 오로지 그가 요구했기 때문이다. 다만 스티븐 경에 대해서만큼은, 르네가 자신만의 존경과 경탄의 감정을 O에게 일방적으로 불어넣었다 해도 과언은 아닐 것이다. 그녀는 스티븐 경의 명령을 명령 그 자체로 받아들여 복종했고, 그렇게 명령을 내려주는 것 자체에 감사했다. 그가 프랑스어로 말하든 영어로 말하든, 반말을 하든 존댓말을 하든, 그녀가 그를 부를 땐 항상 외국여자로서 혹은 일개 하녀로서 'Sir Stephen'이라고만 불렀다. 심지어, 그럴 용기만 있다면 아예 '주인님'이라고 하는 게 더 적절하겠다는 생각도 없지 않았다. 그녀한테는 그가 노예라고 부르는 것이 적절한 것처럼. O는, 무엇보다 르네가 스티븐 경의 노예인 자신을 사랑하고 싶어하기 때문에, 모든 게 잘되어 가는 셈이라고 생각했다. 그녀는 벗은 옷가지를 모아 침대 발치에 놓고, 하이힐 샌들을 다시 신은 다음, 창문에 기대선 스티븐 경 앞에서 눈을 내리깔고 대기했다. 물방울무늬 모슬린 커튼을 뚫고 이미 뜨거워진 햇살이 파고 들어와, 그녀의 골반을 달구고 있었다. 겉을 치장하는 것에 굳이 집착하는 타입은 아니지만, 아무래도 향수는 좀더 뿌릴 걸 그랬다는 생각이 퍼뜩 O의 뇌리를 스쳤다. 그러고 보니, 젖꼭지에는 아무것도 찍어 바르지 않았다. 그나마 다행인 건 샌들을 신었다는 사실. 발톱의 페디큐어가 슬슬 벗겨지기 시작하고 있었던 것이다. 그녀는 문득, 이 적막함, 이 환한 빛 속에서 지금 자신이 기다리는 것은, 당장 무릎 꿇고 바지 앞섶을 열어 그걸 애무하라는 스티븐 경의 손짓이나 명령임을 깨달았다. 맙소사! 혼자 몰래 그런 생각을 하고 있다는 사실에 그녀는 얼굴이 후끈 달아올랐다. 얼굴이 빨개지면서, 그런 자신의 변화가 우습다는 생각도 들었다. 창녀한테 이 어인 순진함이란 말인가! 그때 스티븐 경이 O에게 화장대 앞에 앉아 자신의 말을 경청해달라고 부탁했다. 말이 화장대지 벽에서 튀어나온 작은 선반 위에 브러시와 유리병들 몇 개 놓여 있는 게 전부였다. 그나마 바로 옆에 왕정복고 스타일의 큼직한 거울이 있어, 나지막한 안락의자에 앉으면 전신을 비춰볼 수가 있었다. 스티븐 경은 이야기를 하면서 이리저리 서성거렸다. 그 모습이 거울 속 그녀 뒤쪽으로 언뜻언뜻 비쳤는데, 거울 면이 다소 지저분한데다 푸르스름한 빛깔을 띠고 있었기에 왠지 어렴풋하고 멀게만 느껴졌다. 손을 펴고 다리를 어중간히 벌린 상태로 앉아 그 잔상을 지켜보던 O는 대답이 수월해지기 위해서라도 그걸 덜컥 멈춰 세우고 싶었다. 그도 그럴 것이, 스티븐 경은 O가 전혀 예상치도 못한 질문들만 골라, 그것도 아주 정확하고 딱딱한 영어를 구사해가며, 줄기차게 해대는 것이었다. 질문을 하다 말고 잠시 멈춘 그가 O의 앉은 자세를 살짝 교정해 주었다. 이제 그녀는 엉덩이를 앞쪽으로 빼면서 좀더 느긋하게 등을 기대고 앉아, 왼쪽 다리는 팔걸이에 걸치고 오른쪽 다리는 약간 구부린 상태가 되어 있었다. 마치 눈에 보이지 않는 연인이 방금 몸을 떼고 떠난 것처럼, 나른하게 아랫도리를 개방한 모습이 거울을 통해 자기 자신과 스티븐 경의 눈앞에 고스란히 내비치고 있었다. 스티븐 경은 판사의 엄중함과 고해신부의 능란함을 동시에 발휘하면서 다시 질문을 재개했다. O에게는 대답을 하는 자신의 모습만 보일 뿐, 질문하는 스티븐 경은 보이지 않았다. 루아시에서 돌아온 이후 르네와 자기 이외에 다른 남자들에게 몸을 준 적이 있느냐? 없다. 우연히 마주친 남자들의 노리개가 되고 싶었던 적이 있느냐? 없다. 밤에 혼자 있을 때 자위를 하느냐? 안 한다. 서로 페팅을 나누는 여자친구가 있느냐? 없다(약간 망설이는 기색으로). 페팅하고 싶은 여자친구는? 자클린이라고 있지만, 아직 여자친구라고까지는 말할 수 없다. 기숙사 같은 곳에서 사귄 아가씨들끼리 서로를 부르듯, 동료나 동무가 더 어울리는 호칭이다…… 이 대목에서 스티븐 경은 자클린의 사진이 있느냐고 물었다. 그는 여자를 부축까지 해가며 일으켜 세워 사진을 가져오게 했다. 때마침 네 개 층을 헐떡거리며 달려 올라온 르네가 두 사람이 함께 있는 응접실로 들이닥쳤다. O는 커다란 탁자 위, 밤에 보이는 물웅덩이처럼 희고 검은 빛깔로 반들거리는 자클린의 사진들 앞에 서 있었다. 바로 그 탁자에 비스듬히 걸터앉은 스티븐 경. O가 건네는 사진들을 한 장 한 장 받아 내려놓으면서, 다른 한 손으로는 O의 아랫도리를 만지고 있었다. 르네와 눈이 마주친 스티븐 경은 여자에게서 손을 떼지 않은 채 인사를 건넸다. O가 느끼기에, 심지어 인사를 하면서 여자 몸 속에 손가락을 한층 더 깊숙이 쑤셔 박는 것 같았다. 그는 더 이상 여자에겐 눈길조차 주지 않고서 르네를 상대로 이야기했다. 그럴 수 있는 이유는 분명했다. 르네가 눈앞에 나타난 순간 O에 대한 그와 스티븐 경의 합의는 자동적으로 이루어지며, 이는 여자 본인과는 무관하게, 즉 여자가 그 합의에 아무런 영향력을 행사할 수 없는 방식으로 효력을 발휘하게 된다. 더 이상 그녀한테 질문할 일도, 여자가 대답할 필요도 없어지고, 그녀가 해야 할 일, 아니 그녀가 갖춰야 할 존재양태 자체가 그녀의 손을 떠나 결정된다. 정오가 가까워오고 있었다. 탁자 위로 내리꽂히는 햇살이 사진 귀퉁이들을 서서히 오그라뜨리고 있었다. O는 사진이 상할까봐 자리를 옮겨 평평하게 펴려고 했으나, 제대로 손을 움직일 수가 없었다. 그만큼 스티븐 경의 손동작 때문에 신음이 새어나오려 할 만큼 달아올라 있었다. 결국 참지 못하고 신음을 토해낸 그녀는 탁자 위에 널려 있는 사진들을 아무렇게나 깔고서 벌렁 누워버렸다. 스티븐 경이 몸에서 손을 뗌과 동시에 탁자 위로 그녀를 쓰러뜨린 것이다. 벌어진 두 다리는 발이 바닥에 닿지 않아 흔들거리고 있었다. 한쪽 샌들이 발에서 미끄러져, 하얀 양탄자 위로 소리 없이 떨어졌다. O는 얼굴 가득 햇살을 안은 채, 눈을 감았다.

한참 시간이 지난 뒤, 정신적인 충격이 사라질 즈음에야, 그런 식으로 꼼짝 않고 누워 있는 내내 스티븐 경과 르네가 아무렇지도 않게 대화를 나누고 있었다는 사실이, 마치 자신과는 전혀 무관하면서도 언젠가 경험해본 일인 듯

O의 머릿속에 떠오를 것이었다. 사실 그와 유사한 상황에 맞닥뜨린 적이 있긴 했다. 르네가 처음으로 스티븐 경의 집에 그녀를 데리고 갔을 때였는데, 두 남자가 그녀를 두고 비슷한 식으로 이야기를 나누고 있었던 것이다. 하지만 그때 O는 스티븐 경과 초면이었고, 말을 더 많이 하는 쪽도 르네였다. 이후, 스티븐 경은 그녀를 이용해 자신의 온갖 망상을 실현했고, 자기 뜻대로 그녀를 가공(加工)했으며, 너무도 당연한 일처럼 터무니없는 자기만족을 그녀를 채근해 얻어냈다. 이제 그녀가 줄 수 있는 것 중, 그가 이미 누려보지 않은 것은 하나도 없는 상태. 적어도 그녀 생각에는 그랬다. 그녀 앞에서는 대개 조용한 편이던 스티븐 경이 말을 하고 있었는데, 르네의 대꾸도 그렇고, 둘이서 그녀를 주제로 종종 나누던 대화의 되풀이임을 직감할 수 있었다. 즉, 어떻게 하면 그녀를 가장 잘 활용할 수 있을까, 각자의 활용방법을 통해 얻어진 노하우를 어떻게 하면 제대로 공유할 수 있을까 등등. 스티븐 경은, 육체에 흉터가 새겨질 때마다 O의 태도가 더없이 감동적으로 변한다는 사실을 기꺼이 인정했다. 비록 그 흉터 때문에 그녀가 요령 피울 생각을 접고, 누구든 그걸 보는 즉시 모든 게 허용되는 몸뚱어리임을 알아보기 때문이지만 말이다. 그 점을 그냥 아는 것과 실제로 증명하는 것, 꾸준하게 거듭 증

명하는 것은 또 다른 문제이다. 스티븐 경은 그녀에게 채찍질이 가해지기를 바란 르네의 결정은 옳았다고 말했다. 결국 두 남자는, 여자의 눈물이나 비명으로부터 얻어지는 쾌락 때문이 꼭 아니라도, 어느 정도의 흉터가 그녀 몸에 잔존할 필요는 분명 있다는 점에서 채찍질이 계속되어야 한다고 결정하기에 이르렀다. O는 여전히 달아오른 상태 그대로 벌렁 누운 채 귀만 기울이고 있었다. 스티븐 경은, 기이한 대리체험이라도 한 건지, O 자신을 대신해서, 그 입장이 되어 발언하고 있는 것 같았다. 그는 마치 그녀 몸 속에 직접 들어가 본 적이 있어서, 그녀가 느껴온 온갖 두려움과 불안, 부끄러움을 두루 섭렵해본 사람처럼 이야기했다. 특히 그녀가 거리의 수많은 행인들 틈에 홀로 있을 때나, 버스를 탈 때, 스튜디오에서 모델들, 스태프들과 더불어 작업을 할 때 불현듯 스치는 생각 중 하나가, 그들 가운데 누구든 만에 하나 사고를 당해 인사불성이 되어도 각자의 비밀은 끝까지 지킬 테지만 자기는 다르다는 것인데, 그런 생각을 하면서 느꼈던 은밀한 자부심과 짜릿한 쾌감까지 그는 고스란히 파악하고 있는 듯했다. 요컨대, 그녀의 비밀은 그녀 혼자만의 침묵에 달린 것도 아니오, 그녀 자신에 의해 좌우되는 것도 아니다. 아무리 혹하는 마음이 있어도, 그녀에겐 최소한의 변칙조차 허용되지 않으며—

스티븐 경이 아까 한 질문들 하나 하나가 바로 그런 의미에서 던져진 것이었다—만에 하나 그런 걸 범한다면 이내 스스로 실토하고야 말 것이다. 테니스를 친다든가 수영을 하는 등의 더없이 순진무구한 행위들은 애당초 그녀와는 무관한 것이다. 수녀원의 철책이 그 속에 갇힌 소녀들에게 자유와 일탈을 물리적으로 금하는 것처럼, 이상 언급한 것들이 O에게 물리적으로 금지되는 것은 얼마나 다행한 일인지. 그러니, 자클린에게 꼭 진실은 아니더라도 최소한 진실의 일부나마 해명해야 할 위험부담 없이, 어떻게 그녀로부터 거부당하지 않을 가능성을 노려보겠는가?

햇살은 이제 그녀의 얼굴을 벗어나 있었다. 깔고 누운 사진의 매끈한 면들이 어깨에 찰싹 달라붙어 있었다. 어느새 다가온 스티븐 경의 까슬까슬한 재킷 질감이 문득 무릎 언저리에 느껴졌다. 그는 르네와 함께 양쪽에서 손을 붙잡고 여자를 일으켰다. 샌들은 르네가 집어들었다. 옷을 입힐 모양이었다. 센 강변에 위치한 생클루에서 점심식사를 하는 동안 O와 단둘이 남게 된 스티븐 경의 질문공세가 다시 시작되었다. 서늘한 그늘 속 하얀 식탁보가 펼쳐진 테이블들이 광장을 점령하고, 쥐똥나무 울타리가 둘러친 광장 주변 화단에는 갓 피어난 작약들이 저마다 검붉은 빛깔을 뿜어내고 있었다. 스티븐 경이 손짓으로 지시하기 전에 이미 치마를 들추고 다소곳이 앉은 O는, 차가운 철제의자를 자신의 허벅지로 천천히 데웠다. 광장 끝 선착장에 매여 있는 보트들, 그 뱃전에 부딪치며 철썩이는 물소리가 귓전을 간질였다. 진실이 아닌 것은 단 한마디도 하지 않을 결심으로 아주 느리게 이야기하는 O를 스티븐 경은 정면에서 바라보고 있었다. 그가 알고 싶어하는 건, 왜 자클린이 마음에 드는가였다. 아, 그건 어려운 문제가 아니다. 불쌍한 어린아이에게 커다란 인형을 선물해주었을 때 너무 좋은 나머지 감히 그것에 손도 못 대는 심정이랄까, 그처럼 자클린은 O에게 너무도 아름다운 존재이다. 아울러, O는 자신이 그 여자에게 다가가 말을 하지 않는 것은 진짜 그러고 싶지 않아서라는 걸 분명히 의식하고 있었다. 작약 쪽으로 내리깔고 있던 눈을 들자 입술만을 뚫어져라 응시하는 스티븐 경이 보였다. 이야기를 듣고는 있는 걸까, 아니면 목소리나 입술의 움직임에만 정신을 쏟고 있었나? O가 갑자기 말을 멈추자, 스티븐 경의 시선이 바로 치솟아 그녀의 눈에 꽂혔다. 이번에는 그 눈빛이 무얼 말하는지 그녀는 명확히 읽었고, 그 사실을 그도 분명히 인식했다. 이제 얼굴이 창백해지는 건 스티븐 경 쪽이었다. 진정 여자를 사랑한다면, 그 사랑이 들킨 것을 과연 그는 용납할까? 여자는 눈을 돌리지도 못했고, 웃을 수도, 말을 할 수도 없었다. 하긴 그녀를 정말 사랑한들, 달라질 무엇이 있 겠는가? 여전히 그녀는 남의 손에 생사를 맡긴 처지일 테 고, 동작 하나 마음대로 취하지 못할 것이며, 도망치지도, 제 발 가는 대로 움직이지도 못할 것이다. 물론 그의 욕정 이 지속되는 한, 거기에 응하는 것 외엔 그녀에게서 아무 것도 요구하지 않을 것이다. 하지만, 르네에게서 그녀의 사용권을 넘겨받은 이후, 갈수록 자주 그녀를 요구하고, 그녀를 붙잡는 횟수가 늘어간다는 것을 과연 남자의 욕정 만으로 설명할 수 있을까? 더군다나 가끔은 무얼 특별히 요구하는 것도 없이, 곁에 있어주기만을 원하는 눈치인데 말이다. 스티븐 경은 O와 마찬가지로 아무 말 없이 꼼짝 않고 그녀 앞에 앉아 있었다. 바로 옆 테이블 사람들은 아 주 진하고 독한 커피를 마시며 사업 이야기를 하고 있었 다. 그 향기가 어느 새 이쪽 테이블에까지 건너왔다. 세심 하게 치장을 하고 어딘지 거만해 보이는 미국 여자 두 명 이 식사를 하다 말고 담배에 불을 붙였다. 이리저리 분주 하게 움직이는 웨이터들의 자갈 밟는 소리가 요란했다. 그 들 중 하나가 4분의 3 정도 비어 있는 스티븐 경의 잔을 채 우러 다가왔다. 하지만 몽유병자처럼 앉아 있는 석상(石像) 한테 굳이 술을 권할 이유가 있을까? 눈치를 살피던 웨이 터가 그냥 돌아갔다. 회색 눈동자의 열에 들뜬 시선이 잠시 방향을 틀어 여자의 손에, 가슴에 그리고 다시 눈에 돌아와 얹히는 것을 느끼며, O는 말할 수 없이 뿌듯했다. 마침내 남자의 입가에 미소의 그림자가 어른거리자, 그녀도 무언가 화답해야겠다는 마음이 솟구쳤다. 하지만 단 한마디 말도 입 밖으로 나와주지 않았다. 그저 숨만 겨우 쉴 뿐이었다.

"O……"

스티븐 경의 부름에 O의 가녀린 목소리가 새어나온다.

"네……"

"O, 이제부터 내가 하려는 얘기는, 르네와 합의한 내용입니다. 뿐만 아니라……"

순간, 그가 말을 멈추었다. 그녀가 움찔한 기분에 눈을 감았기 때문인지, 남자 역시 별안간 숨이 탁 막혀서인지는 알 수가 없었다. 그가 잠시 뜸을 들이는 사이, 웨이터가 접시들을 갈아주었고, O에게 디저트 메뉴를 가져다주었다. O는 그것을 스티븐 경에게 내밀었다.

"수플레가 어떨까요?"

"수플레 좋습니다."

"20분 걸립니다."

"알았어요, 20분."

웨이터가 물러나자, 스티븐 경이 말했다.

"내게는 20분 이상이 필요합니다."

그는 계속해서 똑같은 목소리로 이야기를 했는데, 그가 하는 말을 듣고 보니 적어도 하나만큼은 확실하다는 판단이 들었다. 즉, 만약 그가 그녀를 사랑한다고 해도, 별로 달라지는 점은 없을 거라는 사실 말이다. 다만, 자신의 요구에 부응해달라는 간단명료한 요청 대신, '바라건대 이러이러하게 해준다면 정말 좋겠습니다' 라는 식의 묘한 존중과 성의를 표하는 것이 그나마 변화라면 변화일 터다. 하지만, 그 역시 O의 입장에서는 피해갈 수 없는 명령인 건 마찬가지다. 그녀는 스티븐 경에게 그 점을 주지시켰고, 그는 주저 없이 인정했다.

"어쨌든 대답하세요."

그의 말에 O는 대답했다.

"당신 원하는 대로 할게요……"

순간, 그 말은 메아리가 되어 그녀 자신의 가슴을 때렸다. 다름 아닌 르네에게 툭하면 건네던 말이 아닌가. O는 자기도 모르게 중얼거렸다.

"르네……"

스티븐 경은 얼른 말을 끊었다.

"르네는 내가 당신을 어떻게 하려는지 잘 알고 있습니다. 내 말 잘 들어요."

그러고는 영어로 이야기했는데, 너무 작고 낮은 목소리여서 옆 테이블에선 무슨 말인지 전혀 알아들을 수 없었다. 웨이터들이 접근할 때마다 그는 말을 멈추었고, 멀어지고 나면 중간부터 다시 이어갔다. 그가 하는 이야기가 이런 공개적이고 평온한 장소에선 다소 엉뚱하게 느껴지는 것이 사실이지만, 정작 엉뚱한 건 그런 이야기를 이처럼 자연스럽게 주고받는 두 남녀 자체였다. 그는 무엇보다도, 그녀가 집을 방문한 첫날 저녁 자신의 지시에 복종하지 않았다는 걸 상기시켜주었다. 아울러, 그때 따귀를 때렸지만, 이후 같은 지시를 되풀이한 적이 없다는 사실도 덧붙였다. 그럼, 그때 거부했던 것을 이제부터는 수용하란 말인가? 이제 단순히 수용하는 걸로는 모자라고, '네, 당신이 요구할 때마다 자위를 할 거예요'라고 자진해서 입 밖으로 소리내 말하기를 바란다는 걸 그녀는 직감했다. O는 입을 움직여 그 말을 토해냈다. 순간, 노란색과 회색이 어우러진 거실과 떠나버리는 르네의 모습, 첫날 저녁의 저항 시도와 양탄자 위에 알몸으로 누운 자신의 벌어진 무릎 사이로 이글거리는 벽난로 불꽃이 파노라마처럼 다시 눈앞에 펼쳐졌다.

"오늘 저녁, 바로 그 거실에서……"

하지만 아니란다. 스티븐 경은 시간과 장소는 명시하지

않은 채, 얘기를 계속한다. 그는, 르네가 보는 앞에서 자기에게(루아시에서는 숱한 남자들에게) 몸을 준 것과는 달리, 자기가 보는 앞에서는 르네에게(다른 누구에게라도) 몸을 준 적이 없었음을 또한 지적했다. 아울러, 사랑하는 남자가 보는 앞에서 사랑하지 않는 남자에게 몸을 허락하는 치욕과 변태적 쾌락이 반드시 르네 한 사람의 지시에 의해서만 가능하다고 결론 내려서는 안 된다고 했다(자기 친구들 중 누구라도 그녀를 원하면 지체 없이 그 앞에 음부와 항문과 입을 모두 벌려주어야 한다며 어찌나 격정적으로 장황하게 주장하는지, O는 혹시 그 격한 감정이 여자보다 남자 본인에게로 향한 게 아닌가 싶었다. 그리고 그녀의 정신은 오로지 '사랑하는 남자 앞에서'라는 표현에만 집중되는 것이었다. 하긴 그녀 입장에서 다른 어떤 고백이 필요할까?). 그는 이번 여름에는 자기가 직접 그녀를 루아시에 다시 데리고 갈 거라고 말했다. 처음에는 르네의 손에 이끌려, 지금은 이 남자에 의해 끝끝내 고립의 신세를 벗어나지 못하다니 정말 놀랄 일이 아닌가? O는 지금 이 두 남자만을 만나고 있다. 때로는 함께, 때로는 각각 따로따로. 스티븐 경이 푸아티에 가의 자택에서 사람들을 맞이할 때, O는 함께 초대받은 적이 없다. 그의 집에서 저녁이나 점심식사를 해본 경험이 없는 것이다. 그런가 하면 르네 역시 그녀에게 스티븐 경을 제외한 다른 친구들을 소개한 적이 한 번도 없다. 하물며 그녀에 대한 사용권을 스티븐 경에게 넘긴 이후부터는, 더더욱 모든 만남에서 그녀를 제쳐놓을 것이 틀림없다. 문제는 스티븐 경의 여자가 된다고 해서 보다 합리적인 인간관계를 기대해선 안 된다는 점이다. 오히려 그 정반대가 될 가능성이 높다(O가 가장 충격적으로 받아들이는 것은, 스티븐 경 역시 르네가 그녀를 대하던 것과 정확하게 똑같은 태도를 견지할 거라는 사실이다). 그녀가 왼손에 착용한 쇠와 금이 어우러진 반지는—너무 작아서 약지에 들어가도록 무진장 애썼던 일을 그녀는 기억할까? 그걸 빼는 건 이제 불가능하다— 노예의 표시다. 그것도 공공노예. 공교롭게도 지난 가을 이래, 그녀가 낀 반지를 알아보거나, 알아본다는 걸 밝히는 루아시의 회원과는 마주친 적이 단 한 번도 없었다. 전에 스티븐 경이 '쇠반지가 참 잘 어울린다'고 말해주었을 때, 그것은 전혀 애매한 의미가 아니라, 서로를 알아본다는 일종의 암호나 마찬가지였다. 굳이 두 번째 암호, 즉 '지금 착용한 그 쇠반지는 누구의 것입니까?'라는 질문까지 할 필요는 없었던 것이다. 그러나 오늘 그 질문을 O에게 한다면, 과연 어떤 대답이 돌아올까? O는 잠시 머뭇거리다가 이랬다.

"르네와 당신의 것이죠."

그러자 스티븐 경이 말했다.

"아뇨, 내 것입니다. 르네는, 당신이 무엇보다 내 소관이기를 바라고 있어요."

그건 O도 알고 있다. 왜 모른다고 하겠는가? 조만간, 적어도 루아시로 다시 돌아가기 전에는 그녀에게 뭔가 결정적인 표식이 주어질 거라고 했다. 공공노예이면서도 그것을 뛰어넘어 어느 한 개인의 노예임을, 다름 아닌 스티븐 경의 노예임을 지정해주는 표시. 그것에 비하면 기존의 가죽채찍이나 승마용 채찍 자국들은, 아무리 거듭해서 몸에 새겨진다 해도, 하찮기 짝이 없는 표식들로 전락할 것이라고 했다(과연 그 결정적인 새 표식은 어떤 것일까? 어떻게 만들어질 것이며, 대관절 어떻게 생겼기에 결정적일 수 있을까? O는 덜컥 겁이 나면서도 빨리 알고 싶은 호기심에 몸과 마음 모두 바짝 달아올랐다. 물론 아직은 스티븐 경이 속 시원히 설명해줄 리가 없다. 우선은 그녀 자신의 가감 없는 동의와 수용태도가 필수적일 것이다. 동의 없이 그녀에게 억지로 가해지는 일은 아무것도 없으며, 언제라도 거부할 권리는 살아 있다. 그녀 자신의 사랑과 노예 취향 말고 지금의 노예 상태를 강제하는 것은 아무것도 없다. 도대체 무엇이 훌훌 털고 떠나지 못하게 하는 걸까?).

다만, 그 표식이 부여되기에 전, 르네와 합의했듯 흉터가 늘 잔존할 만큼 지속적으로 채찍질하는 습관을 갖기에 앞서, 스티븐 경에게는 일종의 유예기간이 필요하다는 것이었다. 그 기간 내에 자클린을 데려와 그에게 바쳐야만 한다고. 이쯤에서 화들짝 놀란 O는 고개를 쳐들어 스티븐 경을 똑바로 바라보았다. 왜? 하필 왜 자클린인가? 그리고 자클린한테 흥미가 있다면, 왜 O를 끌어들이려고 하는가? 그에 대한 스티븐 경의 대답은 이랬다.

"두 가지 이유가 있죠. 첫 번째, 조금은 사소한 이유는 여자와 키스하고 애무하는 당신 모습을 보고 싶기 때문입니다."

순간 O가 펄쩍 뛰었다.

"설사 그 여자가 나를 원한다 해도, 당신이 있는 앞에서 그에 동의할 거라고 어떻게 생각할 수 있죠?"

"그건 별로 어려운 일이 아닙니다. 필요하다면 속임수를 쓸 수도 있을 테니까. 당신한테 기대하는 건 사실 그 이상입니다. 당신더러 자클린을 요리하라고 하는 두 번째 이유가 바로 루아시로 그녀를 데려와야 할 사람이 당신이기 때문이거든요."

O는 커피잔을 테이블에 내려놓았는데, 어찌나 손이 떨리는지 커피찌꺼기와 설탕이 섞인 잔여물을 그만 엎고 말

았다. 마치 점쟁이 여자라도 되는 듯, 그녀는 변화무쌍한 이미지로 번져가는 갈색 얼룩을 한동안 뚫어져라 보고 있었다. 시종 피에르 앞에 선 자클린의 얼어붙은 듯한 눈빛이라니…… 빨간 벨벳 가운을 들추고 적나라하게 드러낸 하반신과 젖가슴, 그 보들보들한 뺨을 타고 흘러내릴 눈물과 립스틱 바른 입을 통해 터져 나올 찢어질 듯한 비명소리…… 안 돼, 절대로 그럴 수 없다! 자클린만은 안 된다!

"그건 불가능해요."

그녀의 말을 곧바로 스티븐 경이 받아쳤다.

"가능합니다. 루아시의 아가씨들이 어떻게 충원된다고 생각합니까? 일단 그 여자를 데리고만 오면, 당신 일은 끝나는 거예요. 뿐만 아니라 그 여자도 떠나고 싶으면 언제든 떠나면 되고 말이죠…… 자, 그만 일어납시다."

그는 테이블에 돈을 내려놓은 뒤, 부리나케 자리에서 일어났다. O는 그 뒤를 따라가 차에 올라탔다. 불로뉴 숲을 파고든 지 얼마 안 되어 샛길로 접어든 그는 곧바로 차를 세우고 그녀를 끌어안았다.

III. 안느-마리

사실 O는 미적대는 자신에게 핑곗거리를 주기 위해, 자클린을 무척 낯가리는 여자일 거라 생각해왔다. 아니 그렇게 믿고 싶었다. 그러다가 현실을 직시할 생각이 들자, 곧장 눈이 떠졌다. 옷 갈아입는 작은 거울방 문을 닫으면서 자클린이 보여준 수줍은 듯한 기색에는 정확히 O의 호기심을 유발하려는 의도가 숨어 있었다. 활짝 개방된 상태였다면 결코 넘어서려 하지 않았을 문턱을 은근히 넘보고 싶게 만드는 것이다. 물론 O의 결심이 그처럼 얄팍한 술수의 결과가 아니라 자신을 넘어선 어떤 권력에서 기인했다는 사실을 자클린은 감지할 리가 없었다. 일단 O는 상황을 즐겼다. 예를 들어 자클린이 머리손질 하는 것을 옆에서 도와줄 때라든가, 포즈를 취하는 동안 입었던 옷들을 벗고 터틀넥 스웨터와 눈동자 색깔의 터키석 목걸이를 착용한 그녀 모습을 대할 때면, O는 스티븐 경이 자클린의 동작 하나하나를 통해, 검정 스웨터 너머 좌우로 한껏 벌어진 앙증맞은 젖가슴을 O에게 내맡겼었는지, 눈을 지그시 감아 피부색보다 연한 속눈썹을 내리깔았는지, 신음은 토했는지를 일일이 저울질하리라는 생각에 몹시도 즐거워지는 것이었다. O가 포옹할 때마다 자클린은 몸이 무거워지면서 꼼짝하지 않았고, 무언가를 잔뜩 기대하는 듯 머리카락을 온통 뒤로 넘긴 채 입을 반쯤 벌리고 있었다. 항상 문틀이나 탁자에 그녀를 기대게 하고서 어깨라도 붙들고 있어야 했다. 그렇지 않으면 두 눈을 감은 채 아무 소리 없이 바닥에 쓰러졌을 것이다. 그러다 O가 몸을 떼면, 즉시 얼음공주의 원래 상태로 돌아가 활짝 웃으면서 이러는 것이었다.

"당신 립스틱이 묻었잖아요!"

그리고는 입술을 쓱 닦아냈다. 바로 그처럼 천연덕스런 외국 여자를 상대로, O는 양 볼을 서서히 물들이는 발그레한 홍조와 깨끗한 향기 물씬 풍기는 땀 냄새에 극도로 유념하면서—나중에 꼼꼼히 이야기할 수 있으려면 무엇 하나 소홀히 넘겨선 안 되기에—일종의 기만행위를 즐기고 있었다. 자클린을 방어적이거나 조심성이 대단한 여자라고 할 수는 없었다. 그녀가 O의 키스에 응할 때는—키스까지만 허용했는데, 그나마 당하는 정도이고 자기 쪽에서 적극적인 건 아니었다—모든 것이 아주 갑작스럽게 진행되곤 했다. 거의 전격적이다 싶을 만큼, 그녀는 짧게는 10초, 길게는 약 5분 정도 완전히 다른 사람처럼 행동했다. 한데 그 시간이 지나면, 믿을 수 없을 만큼 능란한 솜씨로 또다시 돌변하여, 도발적이면서도 새침하기 짝이 없는 아가씨가 되어버리는 것이었다. 제스처, 말투, 심지어 눈빛 하나까지 어찌나 빈틈없게 처신하는지, 이처럼 당당한 여인과 조금 전 그 무너진 여자가 동일인이라고는, 입술 훔치기가 그렇게 쉬운 여자였다고는 도저히 생각할 수 없게 만들었다. 그녀의 눈동자 너머 터무니없이 흔들리고 있는 존재를 짐작하게 해줄 유일한 단서는 V라인이 돋보이는 조붓한 그 얼굴에 고양이의 미소처럼 이따금 불안하게 어른거리는 무의식적인 미소의 잔영이었다. O는 자클린 본인도 모르게 그런 미소를 자아내는 두 가지 원인을 오래지 않아 간파해낼 수 있었다. 하나는 누가 선물을 해주는 것이고, 다른 하나는 누군가에게 자신이 불지핀 욕망을 확인하는 일이다. 단, 그 누군가는 반드시 그녀에게 쓸모 있거나 그녀의 비위를 맞춰줄 수 있는 사람이어야 한다. 그렇다면 O는 그녀한테 무슨 쓸모가 있는 걸까? 그것도 아니라면, 혹시 예외적으로나마 O의 대시를 그저 즐기고 있는 것일까? 자신을 칭찬하고 흠모해 마지않는 O의 태도 자체가 위안을 주는 데다, 또 여자의 욕정이기에 딱히 위험하지도 않고 추후 성가신 사태도 일어나지 않을 테니까? 그럼에도 불구하고 자클린에게는, 일본어에서 북미인디언 말에 이르기까지 온갖 언어로 '당신을 사랑합니다'가 새겨진 신상(新商) 헤르메스 스카프나 진주 브로치를 선물하는 대신, 늘 아쉬워하는 돈 일이만 프랑 정도 턱 안겨주면, 아마도 집에 차 마시러 놀러오는 걸 지금처럼 온갖 내숭 떨어가며 미룬다거나, 어떻게든 애무만큼은 피하는 일 따위는 더 이상 없을 거라는 게 O의 확신이었다. 다만 그에 대한 증거는 아직 없는 상황. 이러이러하게 진행 중이라는 보고를 스티븐 경에게 하면서 진도 느린 것을 질책당하고 있는데, 르네가 불쑥 나타났다. 르네가 O를 데리러 오면 한 대여섯 번 자클린도 같이 있었는데, 그때마다 셋이 함께 나가 베버 바(bar)나 마들렌 성당 근처에 즐비한 영국식 술집으로 직행하곤 했다. 르네가 자클린을 바라보는 시선 속에는, 정확하게 흥미와 자신감 그리고 루아시에서 자기 수중에 던져진 아가씨들을 대하던 그 오만무도한 눈빛이 담겨 있었다. 하지만 그런 시선은 자클린이 두르고 있는 단단하고 번쩍거리는 갑옷에 흠집 한번 내지 못한 채 비껴가기 일쑤였고, 그조차 자클린 본인은 의식하지 못하는 것이었다. 반면 묘하게도 O의 심기는 불편하기만 했다. 르네의 그런 눈빛이 자기로서는 당연하고 자연스럽지만 자클린에게는 모욕이 된다고 생각하기 때문이었다. 자클린을 지켜주고 싶은 건지, 그런 눈빛을 독차지하고 싶은 건지…… 그 정도로 막무가내의 시선은 르네에게서 아직 느껴본 적이 없는 만큼, O는 둘 중 어떤 게 진짜 자기 마음인지 장담할 수가 없었다. 그걸 말할 수 있다면, 전적으로 르네의 공임을 인정해야 할 것이다. 자클린에게 평소 주량 이상의 위스키를 먹인 뒤—즉, 그녀의 광대뼈가 분홍빛으로 반들반들해지고 눈빛이 이글거릴 때쯤—술집을 나오면서 지금까지 르네는 세 차례 그녀를 집까지 바래다주었다. 자클린이 사는 곳은, 혁명 이후 러시아에서 몰려든 백인들이 터를 잡고 살아온 파시의 음침한 하숙촌이었다. 현관 벽은 참나무 빛깔의 페인트로 칠해져 있고, 층계 난간 사이마다 먼지가 수북했다. 녹색 양탄자는 여기저기 허옇게 닳아 헤져 있다. 르네가 안으로 들어가려 할 때마다 자클린은 안 된다고 소리쳤고, 고마웠다는 말과 함께 차에서 내려, 마치 날름거리는 불꽃이 뒤에서 잡아챌까 줄행랑이라도 치듯, 냉큼 등뒤로 문을 닫아버리곤 했다. '하긴 활활 타오르는 불에 쫓기고 있는 셈이지' O는 속으로 그렇게 중얼거렸다. 아직 이렇다 할 증거도 없는 상황에서 자클린이 그 점을 간파한 건 정말 대단한 일이었다. 적어도 그녀는 르네를 경계해야 한다는 걸 알고 있지 않은가. 무관심한 척하는 르네의 작전이 그녀한테는 전혀 먹히지 않았다는 얘기다(정말 그런 걸까? 먹히지 않는 척하는 점에서도 두 사람은 막상막하. 르네 역시 그녀의 적수가 되기에 충분하다). O는 자클린이 자기 숙소는 물론 방에까지 들어오게 해줬을 때, 왜 그동안 르네가 들어오는 걸 그토록 막았는지 알게 되었다. 만약 윤기가 좔좔 흐르는 여인이 매일 아침 얼마나 누추한 소굴에서 기어 나오는지를 누군가 목격한다면, 호화판 패션잡지의 반들반들한 페이지들을 누비는 그 전설의 미모가 어떤 꼴이 되겠는가? 침대는 제대로 한번 정리된 적이 없는 것 같았고, 회색 시트엔 때기름이 번들번들했다. 저녁에 귀가하면 항상 크림마사지부터 하면서, 그걸 닦아낼 생각이 들기도 전에 그만 잠에 곯아떨어지곤 했던 것이다. 화장실 입구 상단을 가로지르는 막대에 고리 두 개만 달랑 남아 실오라기 몇 가닥 늘어져 있는 걸 보면, 아마 예전에는 커튼으로 대충 가려두었던 듯했다. 희부옇게 말라비틀어져 매달려 있는 관상식물처럼 듬성듬성 꽃무늬가 그려진 벽지라든가 바닥에 깔린 융단 모두 형편없게 색이 바래 있었다. 모든 잡동사니를 다 치우고, 벽지도 뜯어내고, 융단도 벗겨내고, 마루바닥도 죄다 닦아내야 할 상황이었다. 무엇보다도 세면대 표면을 층층이 수놓은 물때부터 즉각 제거해야 한다. 크림통과 화장수병들을 정돈하고, 화장대와 파우더 상자는 깨끗이 닦고, 지저분한 거즈들은 전부 모아 버리고, 창문을 활짝 열어야 한다. 하지만 늘 당당하고 상큼하며, 레몬향과 야생화 향기가 감돌아 도저히 더럽거나 지저분한 느낌이 떠오르지 않는 자클린은 자신의 누추한 거처 따위엔 그다지 신경을 쓰지 않았다. 대신, 그녀의 마음을 무겁게 짓누르고 신경 쓰이게 만드는 것은 따로 있었는데, 다름 아닌 함께 사는 가족이었다. O는 순진하게도 자클린이 사는 집에 대해 르네한테 모든 걸 이야기했고 르네는 그 이야기에 자극받아 두 여자의 인생을 바꿀 수도 있는 제안을 했는데, 정작 자클린이 그 제안을 받아들인 건 집이 아니라 가족 때문이었다. 결국 자클린은 O의 집에 와서 함께 살기로 했다. 솔직히 가족이라는 단어로는 모자라고, 씨족, 차라리 떼거지라 하는 게 적당하다. 할머니, 이모, 엄마, 심지어 하녀까지, 나이 오십에서 칠십에 이르는 네 명의 여자가 화장은 떡칠을 하고, 숨막히도록 꼭 조이는 새카만 비단옷에 흑옥 장신구를 주렁주렁 매단 채, 자욱한 담배연기 속 발갛게 켜둔 성상(聖像) 불빛 아래 새벽 네 시부터 모여 앉아 고래고래 소리를 지르거나 청승맞게 흐느껴 운다.

그들끼리 주고받는 찻잔 달그락거리는 소음과 수다떨 때마다 튀어나오는 새된 발음을 머릿속에서 영원히 지울 수만 있다면, 자클린은 삶의 절반이라도 기꺼이 바칠 태세였다. 여자 네 명의 잔소리에 일일이 반응하고 복종하면서 사는 것, 아니 단지 바라보는 것만으로도 이제는 미칠 지경이 되고만 거다. 엄마가 차를 마시기 위해 먼저 각설탕한 조각 입에 가져가 넣는 모습을 볼 때마다, 자클린은 조용히 자리에서 일어나 먼지구덩이 같은 자신의 방구석으로 곧장 줄행랑치기 일쑤다. 그 순간 잔뜩 미간을 모으고 나무라는 표정으로 눈알을 굴리는, 새카맣게 머리 염색한 세 명의 여자들, 할머니, 이모, 엄마, 거기에 알게 모르게 그들을 닮아가는 하녀까지 뒤로 한 채 말이다. 문을 쾅 닫는 그녀의 등뒤로 여자들의 고함소리가, 마치 톨스토이의 어느 소설 속 장면처럼, 날아든다.

"슈라, 슈라! 계집애 성질머리하곤……"

집에서는 자클린으로 불리지 않았다. 자클린은 직업상 사용하는 이름이고, 자신의 진짜 이름을 잊기 위해 만든 이름이다. 본명과 더불어 이 지긋지긋한 여자만의 소굴을 깡그리 떨쳐버렸으면 하는 바람…… 발트해를 누비다가 북극의 얼음 속에서 실종되었다던 뱃사람, 그 한 번도 본적 없는 아버지와는 달리, 속절없이 사라질 리도 없고 여자와 결혼해 평생 챙겨줄 줄 아는 남자들로 우글거리는 이 안정된 세계, 프랑스의 태양 아래서 제대로 정착하고픈 욕심에 새로 지은 이름이 바로 '자클린'인 것이다. 속상한 심정 반 감미로운 느낌 반으로 그녀는 툭하면 생각하곤 했다, 자기는 오로지 아빠만을 닮았을 거라고…… 머리카락과 광대뼈, 가무잡잡한 피부와 양쪽으로 살짝 찢어진 눈매가 모조리 그분을 빼박았을 거라고. 그녀가 엄마한테 딱 하나 감사한 것은, 흙으로 돌아가는 것이 보통 남자들의 숙명인 데 반해, 하얀 눈이 되어버린 저 금발의 멋진 사내를 자기 아버지가 되게 해주었다는 사실이다. 반면, 이제 열다섯 살이 되는 나탈리를 배다른 동생으로 낳자마자 그 멋진 사내를 깡그리 지워버린 데 대해서는 두고두고 밉기만 하다. 나탈리는 방학 때만 얼굴을 볼 수 있을 뿐이다. 물론 한 번도 본 적이 없는 그 애 아버지와는 전혀 왕래가 없다. 단지, 파리 근교 나탈리가 다니는 고등학교 기숙사 비용과 함께, 나탈리의 엄마를 비롯한 다섯 명의 여자들이—아직까지 자클린도 완전한 예외는 아니다—천국 같은 게으름 속에서 조촐하게 살아갈 수 있을 만큼, 나탈리의 아버지가 생계비 지원을 해오고 있는 형편이다. 자클린이 모델이라는 직업을 통해 벌어들이는 돈은, 자신이 쓸 화장품이라든가 속옷, 명품 구두, 명품 옷 등—아무리 특

가로 서비스를 받는다 해도 여전히 비싸다—구매에 쓰이지 않을 경우, 온갖 가계 부담에 고스란히 동원되어 흔적도 없이 사라지고 만다. 물론 그녀가 따로 나가 살림을 차릴 수도 있었고, 그럴 기회가 아주 없었던 것도 아니다. 애인을 한둘 만든 적이 있었는데, 그들이 꼭 마음에 들어서라기보다는—아주 나쁘지는 않았다—누군가에게 사랑과 욕정을 불어넣을 수 있다는 걸 증명해 보기 위해서였다. 지금까지도 왼손에 끼고 있는 분홍빛 감도는 예쁜 진주 반지는 그 두 애인 중 제법 부자였던 한 명이—나중에 사귄 사람—선물해 준 것이지만, 정작 그와 함께 사는 것은 거부했다. 어차피 그 남자와 결혼할 마음이 없었던 자클린으로선 헤어지면서도 별로 후회는 없었고, 오히려 임신을 하지 않아 다행이라 생각할 뿐이었다(한동안 임신한 줄 알고 전전긍긍했지만). 아무렴, 애인과 동거한다는 것은 한마디로 쪽팔리는 짓이고, 앞으로의 기회를 포기한다는 것이며, 엄마가 나탈리의 아버지와 벌였던 작태를 똑같이 되풀이하는 일이나 다름없다. 말도 안 된다! 하지만 상대가 O라면 문제는 달라진다. 말만 잘하면, 단순히 직장 동료와 함께 지내면서 생계를 같이 꾸려나가는 일이 될 수도 있는 것이다. O는 두 가지 목적을 동시에 만족시켜 주는 셈인데 즉, 사랑하는 여자를 먹여 살리는 애인 역할과 더

붙어, 사실과는 정반대지만, 정신적 지주가 되어 주는 역할. 르네는 그런 핑계가 무색해질 만큼 겉으로 드러난 존재가 아니어서, 별 문제는 안 될 것이다. 다만 자클린이 결심한 배경을 하나하나 뜯어볼 때, 르네의 존재야말로 제안을 수락한 진짜 동기가 아니었음을 과연 어떻게 장담할 수 있을까? 어쨌든 자클린의 엄마를 맡아 작전을 펼치는 일은 오직 O 한 사람 소관이었다. O는, 딸에 대한 극진한 우정에 감사하다며 자신을 반기는 이 여인 앞에서만큼, 스스로를 무슨 범죄조직의 일원이나 사기꾼, 배신자로 느낀 적이 없었다. 그런가 하면, 마음 깊은 곳에서는 자신의 현재 임무와 그녀 엄마까지 만나는 진짜 이유를 슬그머니 부정하는 것이었다. 그렇다, 자클린이 집으로 들어와 사는 것은 맞지만, 결코, 결단코, 그녀를 루아시로 끌어들일 만큼 스티븐 경의 지시에 미주알고주알 복종하지는 않으리라. 그러나…… 같이 살기로 한 자클린이 이따금 르네가 주인 행세를 하는 방에 (대부분은 O의 침대에서 잠을 잔다) 둥지를 틀기 무섭게, O는 스티븐 경의 손아귀에 넘겨서라도 어떻게든 그녀를 차지하고 싶은 격한 욕망을 느끼는 것이었다. 머잖아 아무 거리낌 없이 나체로 함께할 자클린을 뿌듯한 기분으로 상상하는 자신에게 놀라면서, O는 이런 생각을 곱씹고 있었다. '자클린은 워낙 미모가 출중하니까 함부로 대접받지는 않을 거야. 아무튼, 굳이 내가 끼어들어 분란을 일으킬 필요가 있을까…… 그리고 만에 하나 내가 엮인 처지로 그녀 역시 엮여든다 한들, 그게 그렇게 고약한 걸까?

엄마로부터 모든 허락을 얻어낸 자클린이 이사를 온 바로 그 주(週)에, 르네는 유난히 정성을 다했다. 이틀에 하루 꼴로 여자들한테 저녁을 사고 영화구경을 시켜주었는데, 묘하게도 마약거래나 여자 인신매매를 다룬 범죄 영화만을 골랐다. 극장에서 그는 두 여자 사이에 앉았고, 양쪽 여자 손을 부드러이 쥔 채 아무 말도 하지 않았다. 하지만 매번 폭력적인 장면이 나올 때마다 자클린의 표정에 나타나는 감정변화를 살피고 있는 그를 O는 놓치지 않았다. 감정변화라고 해봤자 약간의 거부감이 입꼬리를 살짝 끌어내리고 있을 뿐이었다. 영화가 끝나면 그는 유리창까지 다 내린 오픈카로 여자들을 집까지 데려다 주었다. 쏜살같이 내달리는 자동차 속도와 시원한 밤바람은 자클린의 숱 많은 금발머리를 휘감아, 앙증맞은 이마와 야무진 두 뺨, 심지어 눈까지 찌르고 들어오도록 마구 헝클어댔다. 그럴 때마다 자클린은 머리를 가지런히 한답시고 고개를 젖혔고, 마치 남자들처럼 손을 빗 삼아 쓸어 넘겼다. 일단 자신이 O의 집에 들어와 살고 있다는 것, 그리고 O가 르네의 여자라는 사실을 인정하자, 자클린에게도 르네라는 사내의 친근한 태도가 조금은 자연스럽게 받아들여지는 모양이었다. 르네가 어떤 서류를 깜박 잊었다며 방으로 파고들어도 그녀는 군말 없이 용납했다. 서류 얘기가 얼토당토않은 핑계에 불과하다는 걸 O는 잘 알고 있었다. 네덜란드풍의 개폐식 책상 서랍들을 얼마 전에 죄다 비워내고 정리한 사람이 바로 O 자신이었던 것이다. 상감세공 꽃 문양이 돋보이고, 전체를 가죽으로 싼 뚜껑은 늘 열려 있는, 르네와는 그다지 어울리지 않는 책상이었다. 어디서, 누구한테 구한 것인지, 무엇 때문에 간직하고 있는 것인지가 궁금할 정도였다. 그 묵직한 느낌의 우아함과 화사한 색조는 안뜰을 내다보는 약간 어둑한 북향(北向)의 방에 유일한 호사거리나 다름없었다. 그 방의 금속 느낌 나는 회색 벽과 왁스칠로 반들거리는 마룻바닥은 강변 쪽을 향한 밝고 화사한 방들과는 무척이나 대조적인 분위기를 만들고 있었다. 뭐, 그런 대로 괜찮은 방이지만, 자클린에게는 썩 흡족하지 않을 수도 있었다. 차라리 앞쪽 방 두 개를 O와 같이 쓰고, 잠도 O와 함께 자는 걸 더 쉽게 받아들일지도 모른다. 첫날부터 선뜻 욕실과 부엌, 화장품, 향수 그리고 음식까지 함께 나누는 걸 보면 말이다. 하지만 그건 O의 착각이었다. 자클린은 자기 소유의 물건에 대해서는—예컨대 분홍빛 진주 반지―애착이 대단했지만, 자기 것이 아닌 물건에 대해서는 완전히 무관심으로 일관하는 편이었다. 설사 궁전에 살고 있다 해도, 누가 '그 궁전은 당신 것이오' 라고 말해주거나 공증이라도 해서 소유권을 증명해 주지 않는다면, 그녀는 전혀 관심을 보이지 않을 것이다. 회색 방이 쾌적하건 아니건 그녀한테는 하등 상관없는 일이며, 그녀가 O의 침대로 와서 같이 잔다 한들 자기 방이 싫어서가 아닌 것이다. 그렇다고 마음에도 없는 감사의 뜻을―자클린이 고마워할 거라는 게 O의 생각일지는 몰라도―그런 식으로라도 표하기 위함은 더더욱 아니다. 자클린은 그저 쾌락을 좋아하는 것이고, 어떤 위험도 감수할 필요가 없는 여자의 손에 의해 그 쾌락을 누리는 것이 즐겁고 편리하다 여기고 있을 뿐이다.

짐을 풀고 정리한 닷새 뒤, 셋이서 저녁 외식을 마친 밤 열 시쯤 르네가 두 여자를 집까지 데려다 주고 나서 가 버리자, 자클린은 샤워를 방금 끝낸 축축한 알몸으로 O의 침실 문 앞에 서서 이렇게 말했다.

"그 사람 다시 들이닥치는 거 아니죠?"

그러고는 대답도 기다리지 않고 곧장 침대 속으로 파고 들었다. 그녀는 눈을 감은 채 키스와 애무에 가만히 몸을 맡겼다. 그러면서 단 한 번도 애무를 되돌려주는 일은 없었다. 처음에는 들릴 듯 말 듯한 신음이 새나오더니, 이후 점점 숨소리가 커지다 못해, 급기야는 비명을 질러댔다. 장밋빛 램프로부터 쏟아지는 불빛 속에 그녀는 다리를 어중간히 벌리고 상체를 약간 모로 한 채 침대에 가로누워 잠이 들었다. 젖가슴 사이가 땀에 젖어 번들거리고 있었다. O는 이불을 덮어준 뒤, 불을 껐다. 두 시간이 지나 어둠 속에서 다시 더듬으려 하자, 자클린은 순순히 몸을 맡기면서도 이렇게 중얼거렸다.

"너무 몰아붙이지는 마…… 나 내일 일찍 일어나야 하니까……"

그 즈음 자클린은 모델 일을 틈틈이 하면서 그 못지않게 불규칙하지만 훨씬 더 몰두해야 하는 일을 새로 시작하고 있었다. 영화의 단역을 맡아 하기로 계약이 된 것이다. 그 일에 자부심을 느끼는지 아닌지, 유명해지고 싶어 뛰어든 길로서 가능성이 보이는지 안 보이는지 얼른 파악하기는 쉽지 않았다. 어쨌든 매일 아침 눈을 뜨자마자 후닥닥 일어나 부리나케 샤워부터 한 뒤, 허겁지겁 화장을 하고, O가 때맞춰 준비해놓은 커피를 후루룩 들이켜는 것이었다. 손끝에 가벼운 입맞춤만 허용하는 자클린의 입가엔 기계적인 미소가, 눈빛엔 못마땅한 기색이 스치고 있었다.

그도 그럴 것이, 나른하고 따스한 몸을 하얀 가운으로 가린 O는 세면에 말끔히 빗질까지 하고 나서도, 다시 침대로 기어들 생각만 하는 분위기였던 것이다. 그런데, 실은 그게 아니었다. 아직 자세한 사정까진 설명할 엄두가 나지 않지만, 촬영장소인 불로뉴 스튜디오로 가기 위해 자클린이 집을 나서는 날마다, 아이들이 학교 가고 샐러리맨들이 회사로 출근하는 시각, 예전 같으면 아침 내내 집안에서 빈둥대던 O도 슬슬 외출 준비를 하는 것이었다. 스티븐 경이 한 얘기가 있기 때문이다.

"내 차를 보낼 겁니다. 일단 자클린을 불로뉴까지 태워 준 다음, 당신을 데리러 다시 집으로 살 거예요."

길 위에 쏟아지는 햇살이 건물의 동쪽 파사드를 비출 즈음, O는 스티븐 경의 집으로 향하고 있었다. 건물의 다른 면들은 아직 서늘하지만, 정원의 나무 그림자들은 급속도로 짧아지는 중이었다. 푸아티에 가의 저택에선 아직 아침맞이 집안일이 한창이다. 흑백 혼혈 하녀 노라가 O를 안내했다. 첫날 저녁, 스티븐 경이 그녀를 홀로 내팽개쳐, 울다 자다 하게 만든 바로 그 방이다. O가 침대 위에 핸드백을 내려놓고 장갑과 옷을 벗을 때까지 잠자코 기다리던 노라는, 그것들을 벽장 속에 차곡차곡 정리한 뒤, 반짝거리는 하이힐 샌들을 내어주었다. 또각또각 소리와 함께 걸는 그녀 앞에서 문들을 열어 주며 앞장서던 하녀는 스티븐 경의 서재 문을 마지막으로 열어 주고는 옆으로 물러났다. 이 같은 절차에 O는 전혀 익숙해지지 않았다. 말 한마디, 눈길 한 번 건네지 않고 묵묵히 자기 역할에만 충실한 이 노파 앞에서 발가벗고 있기란 루아시의 시종들 앞에서 알몸으로 있는 것만큼이나 두렵고 끔찍하게만 여겨졌다. 흑백 혼혈 노파는 수녀들이 신는 실내화를 착용해서인지 아무 소리도 나지 않게 미끄러지듯 걸어다녔다. 그 뒤를 따라가면서 O는 노파가 걸치고 있는 마드라스 무명 숄의 끝자락에서 한시도 눈을 뗄 수가 없었다. 막아선 문들을 열 때마다, 사기(砂器) 손잡이를 붙잡는 노파의 거무죽죽하고 깡마른 손이 진짜 고목처럼 딱딱하게 느껴졌다. 문득 노파가 불어넣는 공포심과는 정반대의 감정, 일종의 자부심이 O의 가슴에 차올랐다. 이를테면 그건, 스티븐 경의 노리개가 될 만한 자격이 내게도―필경 노파가 똑같은 식으로 안내했을 다른 계집들처럼―충분하다는 것을 이 늙은 하녀가(도대체 스티븐 경과는 어떤 관계일까? 이처럼 영 격에 맞지 않는 늙은이에게 어쩌자고 뚜쟁이 역할을 맡긴 것일까?) 똑똑히 알아보게 만드는 데서 오는 뿌듯한 기분이라고 할 수 있다. 아무래도 스티븐 경이 사랑에 빠진 건 확실해 보이고, 이제 그 마음을 은근히 암시하는 걸 넘어 확실히 드러내놓고 고백해올 시기가 멀지 않다는 것이 O의 직감이니 말이다. 단, 스티븐 경의 사랑과 욕망이 커져갈수록 요구도 점점 더 집요해지고, 지독해질 것임을 O는 잘 알고 있다. 그렇게 오전 내내 그의 곁을 지키면서, O는 어떨 땐 자기 몸에 손 하나 대지 않고 오로지 애무받기만을 바라는 남자의 요구 앞에 감사(感謝)라 불러도 좋을 마음자세로 열심히 응했다. 남자의 요구가 강압적인 명령에 가까워질수록 그녀는 더욱 더 감사하는 마음이 커져갔다. 몸 바쳐 요구에 응할 때마다 또 다른 요구가 보태졌고, 그 모든 것을 O는 마치 빚을 갚듯 하나하나 이행해 나갔다. 그럴수록 만족감을 느끼는 게 이상하겠지만, 실세로 O는 더없이 뿌듯해했다. 스티븐 경의 서재는 그 바로 밑, 저녁에 주로 시간을 보내는 거실보다 훨씬 좁고 천장도 낮았다. 소파도 문지방도 없는 그곳에는 꽃무늬 커버로 덮인 섭정시대풍의 안락의자만 두 개 덩그러니 있었다. O는 가끔 그 중 하나를 골라 앉았지만, 스티븐 경은 대개 자기 손이 닿을 만큼 가까운 곳에 세워두기를 원했고, 그녀를 집적거리지 않을 때도 의자보다는 자기 왼편, 책상에 걸터앉히고 싶어했다. 벽에 붙여서 책상을 놓았기 때문에, O는 사전류와 양장본 전화번호부가 꽂힌 책꽂이에 기댈 수 있었다. 왼쪽 넓적다리에 닿을 정도로 바짝 붙어 있는 전화기가 울리면 그녀는 흠칫 놀라 수화기를 들곤 했다.

"누구십니까?"

일부러 상대방 이름을 크게 되풀이하면 스티븐 경이 손짓을 했고, 그에 따라 전화를 바꿔주든지, 그냥 끊어버리든지 했다. 손님이 방문하면 노라가 와서 알려주었는데, 그럼 스티븐 경은 노라로 하여금 아까 옷을 벗어두었던 방으로 O를 데리고 가게 했고, 손님이 가고 나면 벨을 울려, O를 도로 데리고 나오게끔 했다. 노라는 스티븐 경에게 커피나 우편물을 갖다주든지, 창의 덧문들을 여닫거나, 재떨이를 비우기 위해 매일 아침 수 차례 서재를 드나들었다. 요컨대 스티븐 경 본인 말고는 자유자재로 서재를 출입할 수 있는 유일한 사람인 데다, 따로 노크는 하지 말라는 지시까지 받은 몸이었다. 무슨 용건이 있을 경우, 노라는 스티븐 경이 먼저 말을 건넬 때까지 잠자코 기다리도록 되어 있었다. 한번은 O가 얼굴과 팔로 책상을 짚고 엉덩이를 훤히 드러낸 채 엎어져 스티븐 경이 쑤시고 들어오기만을 기다리는데, 별안간 노라가 불쑥 문을 열고 들어선 일이 있었다. 자기도 모르게 번쩍 고개를 든 O로서는, 만약 노라가 평상시와 달리 일부러 그녀를 바라보지만 않았어도 별다른 추후 동작을 취하지는 않았을 터다. 한데 이번에는 뭔가가 달랐다. 분명 O와 눈을 마주치고 싶어하는 기색이 역력했다. 주름투성이 얼굴을 이쪽으로 고정한 채 뚫어져라 쏘아보는 노파의 검은 눈동자와 맞닥뜨리는 순간, 가슴이 철렁한 O는 스티븐 경에게서 벗어나려고 움찔 몸을 틀었다. 상황을 눈치챈 스티븐 경은, 얼른 한 손으로 여자의 허리를 눌러 빠져나가지 못하도록 책상에 바짝 붙였고, 다른 손으로는 사타구니를 벌렸다. 늘 최선을 다할 준비가 되어 있었지만, 이번만큼은 O의 몸이 경직되다 못해 닫혀가고 있었다. 결국 남자의 완력에 힘입어 간신히 열리긴 했으나, 구멍 주위의 힘줄이 바짝 조여지는 바람에 몸 안 깊숙이 파고드는 데는 한참 애를 먹을 수밖에 없었다. 스티븐 경은 왕복운동에 아무 어려움이 없을 때쯤 돼서야 O에게서 몸을 뗐다. 그리고 다시 시작하면서부터는, 노라에게 아예 일을 다 치를 때까지 서서 기다리라고 했다. 끝나고 나서 O가 옷 입는 걸 도와주라는 것이었다. 그래놓고, 막상 O를 보내기 전에는 다정하게 키스까지 해주었다. 며칠 뒤 '노라가 무섭다'는 얘기를 할 정도의 용기가 O에게 생긴 건 다름 아닌 그 키스 덕분이었다. 스티븐 경은 이렇게 말했다.

"그건 내가 바라던 건데…… 동의한다면 말이지만, 머 잖아 당신이 나의 표식과 쇠를 몸에 지닐 때쯤이면, 그땐 그 노파를 두려워할 이유가 훨씬 많아질 겁니다."

"무슨 말씀이세요? 표식과 쇠를 몸에 지니다니요? 이미 이 반지를 착용하고 있는데……"

O의 질문에 남자는 설명을 이어갔다.

"그건 안느-마리가 알아서 할 문제입니다. 그 여자한테 당신을 보여주기로 약속했거든요. 점심식사를 하고 나서 그 여자 집으로 갈 겁니다. 괜찮겠죠? 실은 내 여자친구인데, 알다시피 여태껏 당신에게 내 친구 소개한 적이 전혀 없었죠. 당신이 그 여자 손에서 벗어나는 날, 노라를 두려워해야 할 진짜 이유를 내 알려주리다."

O는 더 이상 캐물을 엄두가 나지 않았다. 겁주듯이 이야기한 안느-마리라는 여자가 이제는 노라보다 더 신경 쓰였다. 그러고 보니 언젠가 생클루에서 함께 점심식사를 할 때 스티븐 경의 입에서 그 여자 얘기가 흘러나온 적이 있었다. 스티븐 경의 친구들이나 다른 인간관계에 대해 O로서는 아는 게 하나도 없다는 것 또한 사실이었다. 한마디로 그녀는 파리라는 테두리 안에서, 마치 유곽에 갇혀 살듯, 자신의 비밀 속에 유폐된 채 지내는 셈이었다. 그녀의 비밀에 대한 권한을 가진 유일한 존재들인 르네와 스티븐 경은 그와 동시에 그녀의 육체에 대한 권한 또한 가지고 있었다. '누군가에게 자신을 개방한다'는 말, 즉 '속을 열어 보인다'는 표현은 적어도 O에게는 글자 그대로의 의

미, 물리적이고 절대적인 뜻으로만 통했다. 실제로 열어 보일 수 있는 모든 신체 부위를 남김없이 열어제쳐온 몸이 아닌가. 그것이야말로 자신의 진정한 존재 이유일지도 모른다는 생각까지 들었다. 르네와 마찬가지로 스티븐 경 역시 그 점을 지속적으로 암시해온 것 같았다. 예컨대, 생클루에서처럼 간혹 친구들을 거론할 때면 어김없이 나오는 얘기가, 혹시라도 그들과 안면을 트게 될 경우 누구든 그녀한테 흑심을 품는 눈치가 보이면 여자로서 적극 부응해야 마땅하다는 거였다. 그렇지만 안느-마리에 대해서는 무언가를 상상해보고 싶어도, 또 스티븐 경이 안느-마리로부터 기대하는 것에 대해 어떻게든 넘겨짚어 보려고 해도, O로서는 딱히 아는 것이 없었다. 심지어 루아시에서의 경험조차 전혀 도움이 안 되는 상황. 스티븐 경이 언젠가 여자를 애무하는 그녀 모습을 보고 싶다고 한 적은 있었는데, 혹시 그런 것과 관련 있을까?(하지만 그건 자클린과의 일로 명시했었다……) 아니, 그건 아니다. 분명 '당신을 보여주겠다' 라고 하지 않았나. 아무렴, 그래야겠지. 문제는, 안느-마리의 손에서 벗어나도 O가 알게 될 것은 별로 없다는 점일 터.

안느-마리의 아파트는 파리 천문대 근처, 가로수들이

저만치 내려다보이는 새건물 꼭대기층, 널찍한 아틀리에 바로 옆에 붙어 있었다. 그녀는 스티븐 경과 비슷한 연배의 날씬한 체형으로, 검은머리 군데군데 희부연 새치가 섞여 있었다. 푸른 눈빛이 어찌나 짙은지, 자칫 검은 눈동자로 착각할 정도였다. 스티븐 경과 O를 위해 아주 작은 잔에다 매우 진한 블랙커피를 끓여 내왔는데, 뜨겁고 쓰디쓴 그 맛이 O의 기분을 북돋았다. 커피를 다 마신 뒤, 원탁 위에 빈 잔을 갖다 놓으려고 안락의자에서 일어나는 O의 손목을 안느-마리가 덥석 붙잡더니, 스티븐 경을 돌아보며 말했다.

"그럼 슬슬 시작해 볼까요?"

스티븐 경은 간단히 대꾸했다.

"좋으실 대로."

지금까지, 심지어 스티븐 경이 O를 소개한 바로 그 순간조차, 평범한 인사로라도 말 한마디, 미소 한 번 건네지 않던 안느-마리가 갑자기 무슨 선물이나 하듯 화사한 웃음을 지어가며 부드럽게 말했다.

"자, 우리 아가씨 어디 아랫도리 좀 볼까, 엉덩이도 좀 보여주고. 아무래도 완전히 발가벗는 게 낫겠지?"

O가 얌전히 따르는 동안, 안느-마리는 담뱃불을 붙였다. 스티븐 경은 한시도 O에게서 눈을 떼지 않고 있었다.

두 사람은 한 5분 정도 그녀를 멀뚱하니 세워두었다. 방에는 거울 하나 없었지만, O는 검정 옻칠이 된 칸막이를 통해 희미하게 비치는 자신의 모습을 알아볼 수 있었다.

"스타킹도 벗어."

갑자기 툭 내뱉듯 지시하는 안느-마리, 곧이어 이렇게 덧붙였다.

"밴드를 사용하면 안 되는 거 모르나? 자칫 허벅지가 미워질 수 있단 말이야."

그러고는 O의 무릎 바로 위 살짝 들어간 자국을 손끝으로 가리켰다. 스타킹을 고정하기 위해 광폭 고무밴드를 두른 바로 그 부위였다.

"도대체 누가 그렇게 하라고 시킨 거지?"

안느-마리의 추궁에 O가 대답하기 직전, 스티븐 경이 끼어들었다.

"이 여자를 내게 넘긴 친구 짓이지, 당신도 알 걸요, 르네라고…… 걱정 말아요, 그 친구도 곧 생각을 바꿀 테니까."

그제야 안느-마리는 다시 O를 향해 말했다.

"자, 이제 내가 아주 짙은 색깔로 새 스타킹하고 가터벨트를 줄 테니, 그걸 착용하도록 해. 대신 받침살이 들어간 거니까, 골반에는 자국이 남을 거야."

안느-마리가 벨을 누르자, 말이 전혀 없는 금발의 소녀가 아주 섬세한 재질의 검정 스타킹하고 엉덩이와 아랫배를 둥글게 감싸도록 폭넓게 받침살이 가미된 검정 타프타 코르셋을 가져왔다. 그때까지 우두커니 서 있던 O는 먼저 허벅지까지 올라오는 스타킹부터 신었다. 코르셋 입는 것은 금발 소녀가 옆에서 도와주었는데, 뒤쪽 받침살에 붙은 버클들을 채우고 풀게 되어 있었다. 마찬가지로 뒤쪽에는, 루아시에서 입었던 것과 똑같이 매듭들이 줄지어 있어 마음대로 조였다 풀었다 할 수 있었다. O는 앞쪽과 옆쪽에 달린 네 개의 가터들로 스타킹을 고정했고, 코르셋 매듭들은 금발 소녀가 달라붙어 있는 힘껏 조였다. 허리와 아랫배에 엄청난 압력이 전해지는 가운데, 치골과 엉덩이가 적나라하게 드러났다. 안느-마리가 스티븐 경에게 말했다.

"허리 사이즈가 좀 줄면 훨씬 나아질 겁니다. 딱히 옷 벗길 여유가 없을 경우에도, 코르셋은 전혀 방해가 되지 않을 거고요. O, 이리 와보거라."

금발 소녀가 나가자, O는 안느-마리가 앉아 있는 버찌 색 벨벳커버의 낮은 안락의자 쪽으로 다가갔다. 안느-마리는 O의 엉덩이를 부드럽게 쓰다듬은 뒤, 오토만 의자 위로 엎드리게 한 다음, 다리를 들어올려 벌리게 하고는 움직이지 말라고 지시하면서 소음순을 덥석 붙잡았다. O는 문득 시장에서 생선 아가미를 뒤집어보거나 말의 입술을 까뒤집는 것 같다는 생각이 들었다. 아울러, 루아시에서 맞이한 첫날 저녁, 시종 피에르가 그녀를 쇠사슬로 묶은 다음 똑같은 행동을 한 것도 기억에 떠올랐다. 요컨대, O 는 이미 자기 자신의 주인이 아니었다. 특히 언제든 자기 뜻을 벗어나 제멋대로 농락당할 수 있는 아랫도리야말로 더 이상 내 몸뚱어리가 아닌 것만은 분명했다. 한데, 매번 이런 현상을 확인할 때마다 놀라기보다는 속으로 고개를 끄덕이게 되는 이유는 무엇일까? 매번 똑같은 혼란에 휩싸여 옴짝달싹 못하고, 자신의 몸을 더듬는 당사자보다 그 걸 아무렇지도 않게 지켜보는 존재에게 더 마음이 쏠리는 이유는 대체 무엇인가? 루아시에서도 낯선 자들의 손에 무참히 유린당하는 가운데, 자신을 그 지경으로 만든 르네에게 온 정신이 빼앗겨 있었던 것처럼 말이다. 그리고 지금의 O라는 존재는 도대체 누구의 소유란 말인가? 르네의 것인가, 아니면 스티븐 경의 것인가? 아, 모르겠다! 실은 더 이상 알고 싶지가 않은 거다. 어차피 스티븐 경의 소유가 된 건 사실이니까…… 언제부터였더라?…… 안느-마리는 O를 일으켜 세운 뒤 옷을 입게 하고는, 스티븐 경을 돌아보며 말했다.

"언제든 좋으니, 애를 나한테 데리고 오세요. 이틀 후면

나는 사무아에 가 있을 겁니다(사무아…… O는 루아시를 예상하고 있었는데…… 그게 아니라면…… 대체 거긴 또 뭐 하는 곳일까?). 아주 잘될 거예요!(뭐가 잘된단 말이지?)"

"괜찮다면 열흘 후에 뵙도록 하겠습니다. 7월 초쯤에."

스티븐 경은 그렇게 대답했다.

두 사람을 남겨둔 채, 차를 타고 다시 집으로 돌아오는 O의 머릿속에는 어렸을 적 뤽상부르 공원에서 보았던 대리석상이 떠올랐다. 여자 조각상의 묵직해 보이는 가슴과 풍만한 골반 사이의 허리가 마치 무언가로 졸라맨 듯 어찌나 잘록한지—발치에 그럴듯하게 조각된 대리석 샘 위로 허리를 숙여 자신의 모습을 비춰보는 자세—그 신체 부위가 금방이라도 부러질까봐 걱정될 정도였다. 스티븐 경이라면 아마 그걸 바랐을지도 모른다…… 자클린 문제는 그저 르네의 변덕에 지나지 않는다고 쉽게 치부해 버릴 수 있다. 그런데도 매번 떠오를 때마다 떨쳐버리고 싶은, 이제는 별로 성가시지도 않아 의외인 생각이 하나 있다. 자클린이 이사온 뒤 르네는 도대체 왜 O와 자클린을 단둘이 놔둘 만큼의 배려조차 없는 것일까? 아니, 그 정도쯤은 이해할 수 있지만, 그 자신도 O와 단둘이 있는 걸 자꾸 피하는 이유는 또 무어란 말인가? 7월은 다가오는데 르네는 점점 멀어져, 이대로 가다가는 안느-마리의 손에 내맡겨질 O를 보러 와주지도 않을 것이다. 그가 마음이 동해 자클린과 O를 저녁 외식에 함께 불러낼 때나, 스티븐 경의 눈앞에 대령해야 하는 아침나절 노라가 손님 왔다며 그를 안내해 들일 때 말고는—둘 중 어느 것이 더 힘겨운 건지 O로서는 알 수가 없다(이미 두 사람의 관계가 그 정도까지 제한적인 상황에서 제대로 된 남녀관계란 물 건너간 것 아닌가)—더 이상 르네를 만날 수 없다는 사실 앞에서 정녕 체념해야 할까? 스티븐 경은 항상 르네를 반갑게 맞아들였고, 르네는 늘 O에게 키스를 하면서 젖꼭지를 어루만졌다. 그리고 여자의 뜻은 안중에도 없이 다음날 계획을 스티븐 경과 의논하고는 곧장 자리를 떴다. 스티븐 경에게 여자를 완전히 주어 버려서, 더는 그녀를 사랑할 수가 없게 된 걸까? 가슴이 덜컥 내려앉은 O는, 집 앞 제방도로에 이르러 얼른 차에서 내렸다. 택시를 잡기 위해 두리번거렸지만, 베튄 강변로 어디에도 택시의 모습은 보이지 않았다. 결국 종종걸음으로 생제르맹 대로까지 가 보았지만, 여전히 기다려야 했다. 코르셋 때문인지 숨이 가쁘고 땀이 줄줄 흘렀다. 마침내 택시 한 대가 카르디날-르무안느 가 (街) 모퉁이를 천천히 돌아 나오고 있었다. O는 부리나케 택시를 잡았고 르네가 일하는 곳 주소를 댔다. 르네가 사무실에 있을지, 있다 해도 반갑게 맞아줄지 전혀 모른 채, 그녀는 냉큼 택시에 올라탔다. 그러고 보니 여태껏 한 번도 거길 가본 적이 없었다. 샹젤리제 대로와 수직으로 만나는 거리의 큼직한 건물 크기라든가, 그 내부의 최신식 사무실들도 전혀 놀랍지 않았다. 다만 O를 맞이하는 르네의 태도만큼은 어딘지 당혹스러운 데가 있었다. 그렇다고 기왕 온 사람을 나무란다거나 신경질적인 반응을 보이는 건 아니었다. 차라리 꾸지람이나 받았다면 좋겠다는 생각도 들었다. 일터까지 찾아오는 걸 허락받은 적이 없었음에도 이렇게 불쑥 찾아왔으니 말이다. 그는 일단 비서를 내보내면서, 전화도 연결하지 말고 손님도 일체 받지 말라고 당부했다. 그러고 나서야 O를 돌아보며 무슨 일인지 물었다.

"당신이 나를 더 이상 사랑하지 않는 것 같아 두려웠어."

O의 대답에 르네는 웃으며 말했다.

"갑자기 무슨 소리야?"

"정말이라니까…… 차 타고 돌아오는 길에……"

"돌아오다니, 어디서?"

순간, O는 뚝 말을 멈추었다. 르네는 다시 웃으면서 말했다.

"알아, 안다고. 바보 같으니…… 안느-마리한테서 돌아오는 길이었겠지. 열흘 후에는 사무아로 찾아갈 거고. 스티븐 경이 방금 내게 전화했었거든."

르네는 사무실 안에 딱 하나뿐인 안락의자에 앉아 O를 바짝 끌어안고 있었다.

그녀는 이렇게 중얼거렸다.

"그 사람들이 나를 가지고 무슨 짓을 하든 상관 안 해. 하지만 당신이 나를 아직 사랑하는지 그것만은 말해줬으면 싶어."

"물론 너를 사랑하지. 그러면서도 내 말에 복종하길 바라고. 근데 제대로 복종하질 않고 있거든. 네가 스티븐 경의 여자라고 자클린에게 말했나? 루아시에 대해서 이야기했어?"

르네의 추궁에 O는 아니라고 대답했다. 이어서, 자클린이 자신의 애무를 받아들이긴 했지만, 언젠가 자초지종을 알게 되면…… 순간, 르네가 말을 끊더니 O를 벌떡 일으켜 세웠다. 그는 안락의자에서 일어나 여자를 의자 팔걸이에 엎드리게 한 뒤 치마를 들춰 올렸다.

"아하, 코르셋을 했구먼! 허리만 좀 가늘어지면 기분이 훨씬 나아질 거야."

곧이어 그녀를 와락 끌어안는 르네. 이 남자와 이런 지가 하도 오래되다 보니, O는 자신을 향한 그의 욕정마저도 언제부터인가 의심하고 있었음을 문득 깨달았다. 이런 행위 속에서 사랑의 증거를 찾아왔던 것이다. 남자가 말을 이었다.

"자클린에게 얘기를 안 하다니, 너도 참 어리석다. 우린 그 여자를 반드시 루아시에 데려가야 하는데, 너만한 적임자가 없단 말이야. 게다가 네가 안느-마리에게서 돌아올 때쯤이면, 너 자신에 대해 그 여자한테 아무것도 숨길 수 없게 된다고."

O가 이유를 묻자, 르네의 대답은 이랬다.

"그건 두고 보면 알아. 이제 정확히 닷새가 남았어. 그 이후부터 안느-마리에게 가기 전까지는 스티븐 경이 너를 매일 채찍질할 거거든. 그럼 온몸에 자국이 날 텐데, 그걸 자클린에게 어떻게 설명하려고?"

O는 아무런 대꾸도 하지 않았다. 지금 르네가 모르고 있는 것은, O에 대한 자클린의 관심이 오로지 O가 표하는 열정 하나 때문일 뿐, 그녀 자체에 관심이 있는 건 아니라는 사실이다. 설사 O의 몸이 채찍 자국으로 온통 뒤덮인다 해도, 자클린이 보는 앞에서 발가벗지만 않는다면 아무런 문제가 없을 터였다. 겉으로 빤히 드러나지만 않으면 전혀 눈치챌 이유가 없을 테니까. 자클린은 O가 팬티를

입지 않는다는 것도 눈치채지 못하고 있었다. 한마디로 O 에게 관심이 전무하다는 얘기. 르네가 다시 입을 열었다.

"잘 들어. 조만간, 아니 가급적 빨리, 그 여자한테 네가 알려주어야 할 게 하나 있어. 바로 내가 그 여자한테 홀딱 빠져 버렸다는 사실이야."

"정말이야?"

"그 여자를 갖고 싶어. 근데 너는 무얼 할 수도 없고, 하려고도 안 하니까, 이 문제는 아무래도 내가 직접 나서야 겠어."

"루아시 문제라면 그 여자는 결코 원하지 않을 거야."

"아, 그래? 그렇다면 강제로라도 끌고 가는 수밖에."

그날 밤, 침대에 누운 자클린의 모습을 불빛 아래 제대로 살펴보기 위해 이불을 들추면서 O가 말했다.

"르네가 당신한테 푹 빠졌다는군……"

불과 한 달 전만 해도, 그 마르고 연약한 몸이 채찍질에 시달리고, 조붓한 음부가 마구잡이로 헤집어지는가 하면, 싱싱한 입에서 비명이 터져나오고, 보드라운 양 볼이 눈물로 끈적거릴 생각에 기겁했건만…… O는 지금 르네가 전하는 말을 다시 한번 속으로 중얼거리면서 흐뭇한 기분에 휩싸였다.

지금 찍고 있는 영화작업이 마무리되는 8월 초가 되어야 돌아올 일정으로 자클린이 떠나자, O에게는 굳이 파리에 붙어 있어야 할 이유가 없어졌다. 7월이 다가오면서 모든 공원에는 진홍빛 제라늄이 꽃망울을 터뜨리고 낮에는 집집마다 차양들이 내려졌다. 르네는 스코틀랜드에 다녀와야 한다며 푸념을 늘어놓았다. 그럴 거면 자기도 데려가 주지 하는 마음이 잠시 O의 뇌리를 스치고 지나갔다. 물론 지금껏 그와 함께 여행을 다닌 적도 없거니와, 여차하면 스티븐 경의 요구에 따라 언제든 양도될 신세임을 O는 잘 알고 있었다. 아니나다를까, 스티븐 경은 르네가 런던행 비행기를 타는 바로 그날 O를 데리러 오겠다고 말해둔 상태다. 마침 그녀도 휴가 중. 스티븐 경이 말했다.

　"이제 우린 안느-마리에게로 갈 겁니다. 그녀가 당신을 기다리고 있어요. 가방은 전혀 가져갈 필요 없습니다. 아무것도 필요 없을 거예요."

　천문대 근처 아파트가 아닌 곳에서 안느-마리를 만나는 건 이번이 처음이었다. 퐁텐블로 숲 인근 널찍한 정원 깊숙이 자리한 어느 낮은 건물. O는 안느-마리가 그토록 중요시하는 받침살 내장된 코르셋을 어김없이 착용해오고 있었다. 날이 갈수록 그것이 점점 더 허리를 조여 이제는 거의 두 손을 모아 허리를 감아쥘 수 있을 정도가 되었으니, 안느-마리로선 무척이나 흡족할 터였다. 집에 당도했을 때는 오후 두 시. 쥐 죽은 듯 조용한 가운데, 대문 초인종 소리에 개만 힘없이 짖어댔다. 털이 뻣뻣하고 덩치 큰 플랑드르산 목축견이 치마 밑으로 드러난 O의 무릎에 코를 대고 킁킁거렸다. 안느-마리는 잔디밭 끄트머리, 자신의 침실 창문을 마주하고 서 있는 너도밤나무 아래 앉아 있었다. 스티븐 경이 그녀를 보고 말했다.

"O를 데리고 왔습니다. 무얼 해야 하는지는 잘 알겠죠? 준비는 언제 끝납니까?"

안느-마리는 O의 표정을 보더니 되물었다.

"이 아가씨한테는 아직 말해주지 않았나 보죠? 당장 시작해야겠군요. 아마 열흘은 잡아야 할 겁니다. 링하고 암호 모두 당신이 직접 작업하고 싶은 거죠? 2주 후에 다시 오세요. 그러고 나서 또 2주가 지나야 모든 게 마무리될 겁니다."

O는 무언가 질문을 하려 했지만, 안느-마리가 말을 막았다.

"O, 자넨 앞에 보이는 저 방으로 가서 샌들만 남기고 옷을 모두 벗은 다음, 다시 이리로 나오면 돼."

보랏빛 주이(Jouy)직물 커튼이 처진 하얀 방은 텅 비어 있었다. O는 벽장 문 옆의 작은 의자에 핸드백과 장갑, 옷가지들을 차곡차곡 쌓아두었다. 거울은 없었다. 천천히 밖으로 나온 O는, 너도밤나무 그늘로 들어가기 전까지 햇살 때문에 눈이 부셨다. 스티븐 경은 여전히 안느-마리 앞에 서 있었고, 개가 그 발치에 앉아 있었다. 검은색과 회색이 어우러진 안느-마리의 머리카락은 기름을 바른 듯 반짝거렸고, 푸른 눈동자는 검게 보였다. 흰옷에 에나멜 벨트를 두른 그녀는 맨발에 샌들을 신고 있었는데, 손톱과 똑같이 빨간색을 칠한 발톱이 그대로 드러나 보였다.

"O, 스티븐 경 앞에 무릎을 꿇어라."

안느-마리의 지시에 O는 두 손을 뒷짐진 채 무릎을 꿇고 앉았다. 봉긋 솟은 젖꼭지가 파르르 떨고 있었다. 개가 금방이라도 달려들 것 같은 자세를 취했다.

"튀르크, 앉아! O, 자넨 링과 암호가 어떤 방법으로 부여될지도 모르면서 스티븐 경의 의향을 전부 받아들이겠다는 건가?"

안느-마리의 질문에 O는 "네"라고 짧게 대답했다.

"그렇담, 일단 내가 스티븐 경을 배웅하고 돌아올 때까지 여기 그대로 있어."

안느-마리가 의자에서 몸을 일으키는 동안, 스티븐 경은 허리를 숙여 O의 젖가슴을 붙잡았다. 그는 여자에게 키스를 하고는, 이렇게 속삭였다.

"너는 내 거야, O…… 정말 내 거 맞지?"

그러고는 곧장 뒤로 돌아 안느-마리를 따라나섰다. 잠시 후, 대문 닫히는 소리가 들렸고, 안느-마리가 돌아왔다. O는 마치 이집트 조각상처럼 얌전히 꿇어앉아 양손을 가지런히 무릎 위에 얹어놓고 있었다.

집에는 아가씨가 세 명 더 살았는데, 각자 2층에 방 하나씩을 차지하고 있었다. O에게는 1층 안느-마리의 방 바로 옆의 작은 방이 주어졌다. 안느-마리는 세 아가씨들을 큰소리로 불러 정원으로 내려오라고 지시했다. 세 명 다 O처럼 발가벗은 몸이었다. 정원을 따라 높은 벽이 둘러쳐졌고 흙먼지 뿌얀 골목길 쪽으로는 덧문들이 꼭꼭 닫혀 있어, 완벽히 차단된 거나 다름없는 이 여자들만의 거처에 옷을 갖춰 입은 사람은 안느-마리와 요리사 한 명 그리고 하녀 둘 뿐이었다. 다들 안느-마리보다 나이가 많아 보였고, 큼직한 검정 알파카 치마에 풀 먹인 앞치마 차림의 엄격한 표정들이었다. 안느-마리는 다시 앉으며 말했다.

"그 아가씨 이름은 O다. 어디 가까이 데리고 와보거라. 자세히 좀 보자."

가무잡잡한 피부의 두 아가씨가 다가와 O를 일으켜 세웠다. 둘 다 음모와 머리카락이 아주 새카맸고 젖꼭지는 거의 보랏빛을 띠면서 길쭉하게 튀어나와 있었다. 나머지

한 명은 자그마하고 동글동글한 체구에 빨강머리였는데, 백악처럼 하얀 젖가슴 피부에 푸르스름한 실핏줄이 섬뜩하게 드러나 보였다. 두 아가씨가 O를 밀어붙여 바짝 다가서게 하자, 안느-마리는 허벅다리 앞쪽과 엉덩이 쪽에 세 가닥으로 그어진 줄무늬를 손으로 가리키며 물었다.

"이건 누가 채찍질한 거지? 스티븐 경인가?"

O가 대답했다.

"네."

"어떤 종류의 채찍이었나? 언제 그런 거지?"

"사흘 전입니다. 승마용 채찍이었어요……"

"내일부터 한 달 동안은 채찍질이 일절 없을 것이다. 대신 오늘은 여기 온 기념으로 자네한테 채찍질이 가해질 거야. 그 전에 일단 여기저기 검사부터 하자. 스티븐 경이 다리를 넓게 벌려놓고 허벅지 안쪽에는 채찍질을 하지 않은 모양이지? 아니야?…… 하여튼, 남자들이란 무얼 제대로 아는 게 있어야지…… 그건 그렇고, 어디 허리 좀 볼까…… 옳지, 훨씬 나아졌군!"

그러면서 안느-마리는 O의 매끈한 허리를 부여잡아 더욱 홀쭉하게 보이도록 만들었다. 그녀는 빨강머리 여자더러 다른 코르셋을 가져와 O에게 입히라고 시켰다. 이전 것과 마찬가지로 검은색 나일론 재질이었지만, 가터가 달려 있지 않으면서 받침살은 더 단단했고 사이즈도 훨씬 작았다. 코르셋이라기보다는 폭이 아주 넓은 가죽벨트를 착용하는 기분이었다. 가무잡잡한 피부의 아가씨 한 명이 그러지 않아도 끈을 조이는 와중에, 있는 힘껏 더 조여 묶으라는 안느-마리의 지시가 떨어졌다.

"아…… 답답해요……"

O의 입에서 중얼중얼 하소연이 새어나오자, 안느-마리가 이렇게 말했다.

"바로 그렇기 때문에 자네가 있는 그대로보다 훨씬 더 아름다울 수 있는 거야. 하지만 아직 멀었어. 앞으로는 매일 이런 식으로 코르셋을 착용하고 지내야 해. 자, 이제 스티븐 경의 취향에 대해 얘기해볼까. 자네를 어떤 식으로 다루는 걸 즐겼지? 그걸 내가 좀 알아야겠어."

그러면서 음부를 덥석 움켜잡는 바람에, O는 대답을 할 수가 없었다. 가무잡잡한 아가씨 두 명은 그냥 바닥에 앉아 있었고, 빨강머리 여자는 안느-마리가 앉은 긴 의자 발치에 걸터앉아 있었다. 두 명을 향해 또 다른 지시가 떨어졌다.

"너희들 이리 와서 이 아이 좀 붙잡고 돌려 세워봐. 뒷구멍을 살펴봐야겠다."

지시는 곧바로 이행되었고, O는 뒤로 돌아 어중간하게

엎드린 자세가 되었다. 두 아가씨의 손이 아래로 비집고 내려와 사타구니를 열어 보였다.

안느-마리가 다시 입을 열었다.

"그럼 그렇지! 굳이 대답을 듣지 않아도 알겠군. 이쪽에다 새겨야겠어…… 자, 그만 됐고, 이제 팔찌를 채울 거다. 콜레트는 가서 상자하고 번호표를 가져오도록. 제비뽑기를 해서 채찍질할 사람을 정해야 하니까. 그런 다음 다 같이 음악감상실에 모이는 거야."

콜레트는 가무잡잡한 피부의 두 아가씨 중 키가 큰 쪽이었고, 작은 쪽은 클레르, 빨강머리의 이름은 이본느였다. 그러고 보니, 세 여자 모두 루아시에서 본 것처럼 가죽으로 된 목걸이와 팔찌를 착용하고 있었다. 뿐만 아니라, 다들 발목에도 팔찌와 똑같은 발찌를 차고 있었다. 이본느가 O한테 맞는 것들을 골라 채우는 동안, 안느-마리는 번호표 네 개를 O에게 건네주면서 거기 새겨진 숫자는 보지 말고 아가씨들에게 하나씩 나누어 주라고 말했다. O는 시키는 대로 분배했다. 번호표를 받아든 세 여자는 숫자를 확인한 뒤 안느-마리가 이야기할 때까지 잠자코 있었다.

"나는 2번이네. 1번은 누구지?"

1번은 콜레트가 쥐고 있었다.

"O는 네 차지다. 데리고 가거라."

안느-마리의 말이 떨어지기 무섭게, 콜레트는 O의 팔을 덥석 붙잡았다. 일단 두 팔을 등뒤로 돌려 손을 모으게 한 뒤 양쪽 팔찌를 연결한 콜레트는 O를 앞세워 건물 앞쪽으로 비어져 나온 일종의 별채 유리문을 향해 걷기 시작했다. 선두에서 인솔하던 이본느가 문 앞에 이르러 O의 샌들을 벗겼다. 안으로 들어서자, 저 안쪽에 마치 무대처럼 솟은 일종의 원형 연단(rontonda)이 눈에 띄었다. 약 2미터 간격을 둔 두 개의 가느다란 기둥이 돔 식으로 구색을 갖춘 지붕을 지탱하는 가운데, 기둥 좌우에 각각 위치한 4단짜리 계단을 통해 단상을 오르내리게끔 되어 있었다. 연단의 바닥은 나머지 실내 전체 바닥과 마찬가지인 붉은색 펠트 카펫으로 덮여 있었다. 모든 벽은 흰색이었고, 창문의 커튼은 붉은색이었다. 연단을 에워싸듯 둥글게 배치된 소파들은 전부 바닥 카펫과 같은 재질의 붉은색 펠트 커버였다. 한쪽 구석에는 깊이보다 폭이 큰 벽난로가 설치되어 있었고, 그 맞은편에는 전축이 붙어 있는 큼직한 라디오와 함께 레코드 선반이 양쪽 벽면을 채우고 있었다. 이런 시설 때문에 공간 전체가 음악감상실이라 불리는 거였다. 벽난로를 사이에 두고 양쪽에 자리한 문들 중 하나는 안느-마리의 침실로 통하는 출입문이었고, 다른 하나는 벽장문이었다. 소파들과 오디오기기 외에 다른 가구는 없었다.

콜레트가 두 기둥에서 정확히 같은 거리의 연단 가장자리에 O를 걸터앉게 하는 동안, 다른 두 아가씨는 바깥 차양을 살짝 내린 뒤 유리문을 닫아걸었는데, 알고 보니 이중으로 된 유리문이었다. 어리둥절해하는 O를 바라보며 안느-마리가 웃는 얼굴로 말했다.

"이렇게 해야 비명소리가 안 들리지. 실은 벽들도 죄다 코르크로 덮은 거거든. 이 안에서 나는 소리를 밖에선 전혀 들을 수 없다는 얘기지. 자, 누워봐."

그녀는 O의 어깨를 붙잡아 뒤로 눕힌 뒤, 약간 앞쪽으로 몸을 끌어당겼다. 이본느가 가장자리의 고리에 뒷짐진 O의 양손을 묶자, 하반신은 고스란히 연단 바깥으로 튀어나온 상태가 되었다. 안느-마리가 그런 O의 무릎을 구부리게 해 가슴 쪽으로 모으게 한 뒤, 얼마 지나지 않아서였다. 별안간 두 다리가 양쪽으로 홱 당겨지면서 사타구니가 거칠게 벌어지는 느낌이 엄습했다. 어느새 발찌의 고리에 끼워진 가죽끈이 양쪽 기둥 상단으로 발목을 각각 끌어당기면서 두 다리를 V자형으로 고정시키는 것이었다. 이제 O는 연단 위 두 기둥 사이에 벌러덩 드러누워, 음부와 항문을 포함한 사타구니 전체를 적나라하게 까뒤집고 있는 자세가 되었다. 안느-마리가 훤히 드러난 허벅지 안쪽을 부드럽게 쓰다듬으며 말했다.

"여기가 바로 사람 몸 중에서 피부가 가장 연한 곳이지. 여길 다치게 해선 안 돼. 천천히, 부드럽게 해야 한다, 콜레트."

콜레트는 O의 몸 위에 걸터앉듯 다리를 벌리고 서서 아래를 굽어보고 있었다. 가무잡잡한 두 다리 사이로 그녀 손에 쥐어진 채찍 가닥이 올려다 보였다. 음부를 후끈 달구는 처음 몇 차례 채찍질에 O는 저절로 신음을 내뱉었다. 콜레트는 왼쪽과 오른쪽을 넘나들다 말고 잠시 쉬더니, 다시 시작했다. O는 온힘을 다해 발버둥쳤다. 채찍의 가죽끈들이 살점을 찢는 것 같았다. 그래도 좀 봐달라고 사정하거나 애원하고 싶지는 않았다. 안느-마리가 보고 싶어하는 것이 바로 울며불며 사정하는 O의 모습이겠지만 말이다.

"좀더 빨리, 더 세게!"

안느-마리는 콜레트를 계속 채근했다. O는 필사적으로 이를 앙다물었지만, 소용이 없었다. 1분 가량 지나면서부터 비명과 눈물이 자기도 모르게 솟구치는 것이었다. 안느-마리는 그녀의 얼굴을 어루만지며 이렇게 말했다.

"조금만 더 견뎌봐. 곧 끝날 테니까. 한 5분만 참으면 돼. 5분 동안 실컷 소리 질러. 콜레트, 지금이 25분이니까, 30분에 멈추는 거야. 시간은 내가 알려줄게."

하지만 O는 안 된다고, 더 이상은 제발 하지 말아달라고 울부짖기 시작했다. 더는 참을 수 없다고, 단 1초도 더 이상 버틸 수 없다고 외쳤다. 그러면서도 끝까지 채찍질을 견뎌냈다. 마침내 콜레트가 자리를 떠나자 안느-마리는 O를 향해 씩 웃으며 말했다.

"내게 감사 인사를 해야지."

O는 즉시 고맙다고 말했다. 안느-마리가 만사 제쳐놓고 왜 채찍질을 고집했는지 그 이유를 O는 잘 알고 있었다. 여성이 남성보다 더 단호하고, 잔인하다는 사실은 물론 새삼스러운 것이 아니었다. 하지만 방금 치러진 채찍질은, 안느-마리의 권력 과시용 행사라기보다는 가해자와 피해자 사이에 일종의 동지의식을 구축하기 위한 절차라는 것이 O의 판단이었다. 온갖 모순된 감정들이 지속적으로 얽히고 설켜 만들어내는 혼돈을, O는 지금 이해하는 게 아니라 하나의 부정할 수 없는 중대한 진실로서 받아들이고 있었다. 즉, 고문을 당한다는 생각 자체가 즐겁다가도, 막상 고문을 당하는 순간에는 그걸 면하기 위해 온 세상을 팔아치워도 시원찮을 것 같다가, 급기야 고문이 끝나면 모든 걸 견뎌낸 것이 그렇게 행복할 수가 없는데, 그 기분은 고문이 잔혹하고 길어질수록 배가되기 마련이다. 안느-마리는 저항을 했다가 결국 받아들이고야 말 O의 태도 변화를

정확히 꿰뚫고 있었고, 방금 한 감사 인사가 결코 허튼 것이 아님을 잘 알고 있었다. 나아가 이처럼 가차없는 행동에는 또 다른 중요한 이유가 있는데, 그걸 안느-마리는 O에게 직접 설명해 주었다. 요컨대 그녀는 자기 집으로 들어오는 모든 여자들, 그리하여 여성의 세계 속에서만 살아야 하는 아가씨들에게, 동성과의 접촉만 허용된다는 사실로 인해 그들이 가진 여성으로서의 조건이 축소되거나 희석되기는커녕, 오히려 강화되고 선명해진다는 인식을 심어주기 위해 최선을 다해왔다. 그녀가 아가씨들에게 늘 나체로 지내도록 요구하는 이유가 바로 거기에 있다고 했다. O가 채찍질을 당했던 방법이랄지 묶였던 자세 역시 같은 맥락에서 보아야 할 것들이다. 오늘만 해도 O는 남은 오후 시간 내내—아직 세 시간 남았다—원형 연단 위에 벌러덩 누워, 다리를 들어올린 채 정원 쪽을 향해 가랑이를 한껏 벌린 자세로 지내야 한다. 아마도 다리를 오므리고 싶은 마음이 굴뚝 같을 것이다. 내일은 클레르나 콜레트, 아니면 이본느가 똑같은 자세를 취할 것이고, O는 그 모습을 구경하게 될 것이다. 이는 루아시에서 채택되기에는 너무 느리고 너무 복잡한(채찍질하는 방법을 생각해 보라) 방식이다. 그럼에도 O는 그것이 가진 효험에 점차 눈을 떠 갈 것이다. 이곳을 떠나면서 몸으로 안고 갈 링과 암호가 꼭 아니어도, 그녀는 이제 스티븐 경 앞에 여태껏 상상조차 하지 못했을 만큼 철저하게 노예화된 존재로 다가서게 될 것이다.

다음날 아침, 식사를 마친 안느-마리는 O와 이본느에게 자기를 따라오라며 침실로 향했다. 그녀는 책상 속에서 초록색 가죽상자를 꺼내 침대에 놓고 뚜껑을 열었다. 두 아가씨는 그녀의 발치에 앉았다.

안느-마리가 O에게 물었다.

"이본느가 아무 얘기도 안 해줬나?"

O는 고개를 가로젓는 것으로 대답을 대신했다. 이본느가 무슨 얘기해 줄 게 있는 거지?

"내가 알기론 스티븐 경도 아무 얘기 안 한 것 같고…… 실은 자네한테 이 링들을 달아주라고 그 사람이 부탁하고 갔거든."

금 도금을 한 쇠반지와 마찬가지로 산화방지 처리가 된 무광택 쇠링이었다. 형태는 쇠사슬 마디처럼 생긴 타원형에 굵은 색연필 정도의 굵기였다. 안느-마리는 각기 두 개의 U자가 서로 맞물린 것처럼 이루어진 링을 O에게 자세히 보여주며 말했다.

"이건 그냥 시험용 임시 모델일 뿐이야. 영구 모델은 안에 스프링이 내장되어 있어 힘을 주면 살점을 뚫고 확실히 고정되도록 되어 있어. 한 번 고정시키면 살점 전체를 도려내지 않고선 빠지지가 않는 거지."

각 링은 새끼손가락 관절마디 두 개 정도의 길이로, 새끼손가락이 쉽게 드나들 수 있는 크기였다. 또한 각 링에는 마치 귀걸이에 장식물이 달린 것처럼 링의 세로 길이와 지름이 같고 동일한 재질로 된 둥근 금속판이 달려 있었다. 그 한 면에는 니엘로 공법으로 트리스켈리온 문양이 세공되어 있었고 다른 한 면엔 아무것도 없었다.

"텅 빈 면에는 자네 이름과 직분, 스티븐 경의 이름이 들어가고 그 밑에 채찍과 회초리(승마용 채찍)가 X자로 교차한 문양이 새겨질 거야. 이본느도 그와 비슷한 금속판을 목걸이에 부착하고 있지. 하지만 자네는 음부에다 그걸 착용하는 거야."

안느-마리의 설명에 O는 자기도 모르게 더듬거렸다.

"하지만……"

"무슨 생각을 하는지 안다…… 그럴 줄 알고 내가 이본느도 따라 들어오라고 한 거야. 이본느, 네 음부를 좀 보여다오."

빨강머리 아가씨는 두말없이 일어나 침대 위에 반듯이 누웠다. 안느-마리는 그녀의 가랑이를 벌리고 O에게 소음순을 보여주었다. 그 늘어진 살점의 한 곳, 약간 아래로 쳐진 중앙 지점에 펀치기 같은 걸로 구멍을 뚫은 자국이 있었다. 좀 전에 본 링이 딱 들어갈 만한 구멍이었다.

"조금 있다가 자네도 뚫어 줄게. 이 정도는 아무것도 아니야. 제일 오래 걸리는 건 바깥 표피하고 안쪽 점막을 봉합하는 데 필요한 겸자(鉗子)들을 부착하는 작업이지. 그래도 채찍질보다는 훨씬 덜 고통스러워."

안느-마리의 이어진 설명에 O는 부들부들 떨며 말했다.

"그럼…… 마취도 안 하는 건가요?"

"마취라니! 그저 어제보다 좀더 단단히 묶는 걸로도 충분해. 자, 슬슬 시작해 볼까……"

일주일 후, 안느-마리는 O에게서 겸자들을 떼어내고 시험용 링을 끼워 넣었다. 비교적 가벼운 편에 속했지만 그래도 묵직한 느낌이 들었다. 단단한 금속이 살점을 뚫고 들어가는 것을 보자 그 자체가 고문기구처럼 느껴졌다. 거기에 진짜 링을 단다면 얼마나 더 무거워질까? 정말이지 눈에 확 띌 만큼 야만적인 장신구라 할 수 있었다. O의 눈치를 읽은 안느-마리가 말했다.

"물론 스티븐 경이 무얼 원하는지 자네는 똑똑히 이해하고 있겠지? 루아시든 어디든, 이 세상 그 누구든, 심지어 거울 앞에 선 자네 자신조차도, 치마만 들추면 곧바로 자네 음부에 달린 그의 링들을 보게 될 거야. 뿐만 아니라 뒤를 까뒤집어보면 또 그의 암호를 확인하게 되겠지. 뭐 마음만 먹는다면 언제든 살점을 베어내서라도 링은 제거할 수 있을 거야. 하지만 암호는 영원히 지우지 못할걸."

이때 콜레트가 끼어들었다.

"문신은 의외로 잘 지워집니다."(이본느의 하얀 피부, 그것도 치골 바로 위에 이본느의 주인 이니셜을 푸른 장식 문자로 문신해 준 이가 바로 콜레트 자신이었다.)

"O에게는 문신을 하지 않을 거야."

안느-마리의 대답에 O는 놀란 눈으로 쳐다보았고, 콜레트와 이본느도 어리둥절한 표정으로 입을 다물었다. 안느-마리는 다소 망설이는 기색이었다. O가 다그치듯이 말했다.

"무슨 뜻이죠? 어서 말해 주세요!"

"아, 이런…… 딱하기도 하지…… 그동안 차마 대놓고 말은 못했는데…… 자네 몸에는 쇠로 글자가 새겨질 거야. 스티븐 경이 이틀 전에 도구를 보내왔어."

"쇠로 새기다니요?"

이본느가 떨리는 목소리로 물었다.

"인두로 지진다는 뜻이지……"

첫날부터 O는 저택의 생활에 완전히 적응해가고 있었다. 그곳에선 단연 무료함과 게으름이 대세였고, 극히 단

조로운 여흥거리가 간간이 주어질 뿐이었다. 여자들은 정원을 산책하든, 책을 읽든, 그림을 그리든, 카드놀이를 하든, 카드점을 치든 자유였다. 일찌감치 방에 들어가 잘 수도 있고, 양지바른 곳에 드러누워 일광욕을 즐길 수도 있다. 이따금 끼리끼리 모여 몇 시간이고 수다를 떨어도 되고, 그냥 아무 말 없이 안느-마리의 발치에 앉아 있어도 괜찮다. 식사시간은 항상 비슷비슷했는데, 저녁식사만큼은 촛불을 켠 식탁에서 이루어졌고 차는 정원에 나와 마셨다. 식탁에 둘러앉은 벌거숭이 아가씨들을 상대로 식사 시중을 드는 두 하녀의 극히 자연스런 태도가 그저 묘하게 보일 따름이었다. 안느-마리는 아가씨들 중 한 명을 따로 불러 같이 잠자리에 들곤 했는데, 어떨 땐 며칠 연속으로 똑같은 아가씨를 부르기도 했다. 그럴 때면 종종 동틀 무렵까지 둘 사이의 애무가 계속되다가, 아가씨를 돌려보낸 다음에야 본격적인 취침에 들어가는 게 보통이었다. 안느-마리의 침실 커튼은 보랏빛 일색이었고 늘 반쯤만 닫힌 상태에서 아침 햇살을 제비꽃 색조로 물들이곤 했다. 이본느가 전하는 이야기에 의하면, 지칠 줄 모르는 요구를 통해 쾌락을 누리는 안느-마리의 모습은 늘 아름답고 도도하다는 것이었다. 아가씨들 중 어느 누구도 아직까지 안느-마리의 알몸을 본 사람이 없다. 그녀 자신이 백색 나일론 저지 가운자락을 살짝 들추거나 열어 보이긴 했어도, 몽땅 벗어 던진 적은 한 번도 없었다. 밤새 그녀가 누구를 선택해 어떤 쾌락을 즐겼든, 다음날 오후의 결정에는 하등 영향을 주지 못했고, 오로지 제비뽑기에 의해 일과가 진행되었다. 오후 세 시, 자줏빛 너도밤나무 아래 하얀 석재 원탁 주위로 야외용 안락의자들을 모아놓은 가운데, 안느-마리는 번호표가 들어 있는 단지를 가지고 나온다. 각자 번호표를 하나씩 집어들고, 제일 낮은 숫자의 주인공이 음악실로 끌려가 O가 했던 대로 원형 연단에 눕게 되는 것이다. 그 상태에서(O는 저택을 떠날 때까지 열외다), 양손에 임의로 검은 구슬과 흰 구슬을 쥐고 있는 안느-마리의 왼손과 오른손 중 하나를 골라야 한다. 만약 검은 구슬을 고르면 채찍질을 당하게 되고, 흰 구슬을 고르면 채찍질을 면한다. 그런 식의 절차로 인해 한 여자만 며칠에 걸쳐 고초를 겪거나 무사 통과하는 일이 벌어진다 해도, 안느-마리는 결코 편법에 기대지 않는다. 그렇기 때문에, 하필 체구도 작은 이본느가 나흘에 걸쳐 애인 이름 울부짖어가며 거듭 곤욕을 치르는 일도 충분히 벌어질 수 있었던 것이다. 젖가슴과 마찬가지로 푸르스름한 혈관이 비쳐 보이는 이본느의 넓적다리를 벌리면 두꺼운 쇠링으로 피어싱된 핑크빛 속살이 얼굴을 내미는데, 음모를 싹 밀어버린 상태라 그 모습이 더욱 적나라하다. O가 이본느에게 물었다.

"도대체 왜 피어싱까지 한 거지? 이미 목걸이에 금속판을 달고 있잖아!"

"그이는 내가 털을 싹 밀어버려야 더 발가벗은 것 같다고 해. 피어싱은 링을 고리 삼아 나를 묶어두려는 걸 거고……"

이본느의 초록색 눈동자와 조막만 한 역삼각형 얼굴을 바라볼 때마다 O는 자클린을 떠올렸다. 만약 자클린이 루아시로 간다면? 아마도 언젠가는 자클린 역시 이곳을 거치게 될 것이다. 이곳, 바로 이 원형 연단에 그 몸을 누이게 될 것이다. O는 속으로 거듭 중얼거리고 있었다. '싫어…… 내 손으로 끌어들이지는 않을 거야. 그 점에 대해서는 이미 넘치도록 말했어. 자클린은 채찍질 당하거나 몸에 표식 따위를 새기기엔 어울리지 않는 여자라고……' 하지만 채찍질과 피어싱이 이본느에게는 얼마나 잘 어울리는지! 그녀가 흘리는 피땀과 신음소리는 얼마나 감미로운가 말이다! 그것들을 그녀 몸에서 쥐어짜낼 때의 그 달콤함이란! 실은, 안느-마리가 두 차례에 걸쳐 유독 이본느를 대상으로 해서만 O에게 채찍을 쥐어주며 매질을 지시했던 것이다. 처음에는 망설였다. 이본느가 첫 비명을 질렀을 땐 뒤로 흠칫 물러서기까지 했다. 하지만 재차 매질을 가해, 이본느가 좀더 큰소리로 비명을 내지르자 뭔가 격렬한 쾌감이 온몸을 휘감아 도는 것이었다. 어찌나 강력한 느낌인지, 자기도 모르게 환희의 폭소가 터져나올 것 같았고, 매질의 힘과 속도를 조절하기 위해 애써 스스로를 자제해야만 했다. 매질이 끝난 후, O는 묶인 상태로 방치된 이본느 곁을 떠나지 않고 지켰다. 그리고 가끔씩 끌어안아 주었다. 어떤 점에서는 두 여자가 서로 닮은 것 같기도 했다. 적어도 두 사람에 대한 안느-마리의 감정에 비추어보면 그렇다고 할 수 있다. 과묵하고 고분고분한 O의 태도가 그녀 마음에 가 닿았던 걸까? O의 몸에 난 상처가 아물기 무섭게 안느-마리는 말했다.

"자네를 채찍질하지 못해 얼마나 아쉬운지 모르겠어! 나중을 기약해야겠지⋯⋯ 그건 그렇고, 앞으로는 매일 내 앞에서 몸을 열어 보여야 해."

실제로 매일, 음악감상실에 묶여 있던 여자가 풀려나면, O가 대신 그 자리를 차지해 저녁식사를 알리는 종소리가 들릴 때까지 몸을 열어놓고 있어야 했다. 과연 안느-마리의 말은 하나도 틀리지 않았다. 그 두 시간 동안 O는 자신의 존재 자체가 활짝 열린 채 뻥 뚫려 있다는 사실과 소음순에 피어싱을 한 순간부터 음부 전체를 묵직하게 잡아당기고 있는 링 말고는 아무것도 생각할 수가 없었다. 오로지 자신이 처한 노예상태와 그 상태를 드러내는 표식만이 머릿속을 빙빙 맴돌았다. 하루는 저녁에 클레르가 콜레트와 함께 정원 쪽에서 들어와, O에게 다가왔다. 클레르는 링을 이리저리 뒤집어보았다. 아직 아무것도 새겨지지 않은 상태였다.

"루아시에는 언제 들어간 거야? 안느-마리가 데리고 갔었나?"

클레르의 질문에 O가 대답했다.

"아니."

"나는 2년 전에 안느-마리가 데리고 갔었어. 모레 난 다시 거기로 돌아가."

"하지만 너는 누구의 소유도 아니잖아?"

순간 안느-마리가 불쑥 나타나 끼어들었다.

"클레르는 내게 속한 아이지. O, 네 주인이 내일 아침에 오신단다. 오늘밤에는 나랑 같이 자도록 하자."

짧은 여름밤이 무척이나 더디게 지나갔다. 새벽 네 시 무렵이 되자 여명이 마지막 남은 별들을 삼키기 시작했다. 다리를 모은 채 곤히 자던 O를 깨운 건 사타구니 사이를 비집고 들어오는 안느-마리의 손길이었다. 그녀는 단지 O의 애무를 받고 싶어서 잠을 깨운 것이었다. 어스름 속에서 번득이는 눈동자, 베개 때문에 둥글게 굽이치는 새치

가득한 단발 머리타래…… 안느-마리는 흡사 추방당한 귀족나리이자 대범하기 짝이 없는 탕아의 풍모를 연상시키고 있었다. O는 그녀의 단단한 젖꼭지를 입술로 더듬으면서 손끝으로는 음부의 골을 헤집기 시작했다. 안느-마리는 금새 달아올랐지만, 그건 O를 염두에 둔 반응이 아니었다. 아침 햇살을 향해 동공을 활짝 여는 순간의 그 강렬한 쾌감은 어디까지나 일개 개인과는 상관없는 익명의 쾌락이었고, O는 그 도구에 지나지 않았다. 회춘한 듯 매끈해진 얼굴, 헐떡이는 아름다운 입술을 O가 아무리 경탄의 눈길로 우러러보아도 안느-마리는 눈 하나 깜빡하지 않는다. 음부의 깊숙한 골에 감춰진 닭볏 같은 살점을 O가 아무리 이와 입술로 잘근거려도 그때마다 가벼운 신음만 토해낼 뿐, 안느-마리의 도도함에는 하등의 변화가 없다. 기껏해야 O의 머리채를 그러쥐고 자기 아랫도리로 잔뜩 끌어당겼다가, 살짝 놓아주기 무섭게 "다시 해봐"라고 내뱉는 게 고작이다. 생각해 보니 자클린을 사랑해줄 때 O의 입장도 마찬가지였다. 무언가를 품긴 품었으되, 그건 텅 빈 육체일 뿐이었다. 자클린을 '가졌고', 최소한 그렇게 믿었지만, 한결같은 그녀의 반응은 무의미한 것에 지나지 않았다. 지금도, O는 안느-마리를 가진 것이 아니다. 아니, 그 누구도 그녀를 소유하지 못한다. 안느-마리는 그저 애무만을 요구할 뿐, 그 애무를 해주는 자의 감정과 느낌엔 아무런 관심도 없다. 안하무인의 거칠기 짝이 없는 자유를 누리는 셈이다. 그러면서도 겉으로는 O를 부드럽고 다정하게 대해 주었다. 입과 가슴에 입맞춤을 해주고, 일을 치르고 난 뒤에도 한 시간 가량 품에 꼭 안아준 다음에야 놓아주었다. 그녀는 일찌감치 O의 몸에서 링들을 제거해준 상태였다.

"링을 달지 않은 몸으로 잠을 청하는 마지막 시간이 될 거야. 이따가 자네 몸에 달아줄 쇠링들은 결코 떼어낼 수 없을 테니까."

그렇게 말하며 안느-마리는 천천히 부드럽게 O의 엉덩이를 쓰다듬어 주었고, 옷 갈아입는 방으로 그녀를 데리고 들어갔다. 그곳은 거울이 비치된 유일한 방이었는데, 그나마 삼면으로 이루어진 거울이 늘 닫혀만 있었다. 안느-마리는 O가 스스로의 모습을 비쳐볼 수 있도록 거울을 열어주며 말했다.

"자신의 말짱한 몸을 들여다볼 마지막 기회야. 바로 이곳, 갈라진 틈 좌우에 자리잡은 매끈하고 둥그스름한 살집에 스티븐 경의 이니셜이 각각 새겨질 예정이지. 자네가 떠나기 전날 다시 거울 앞에 세워주겠지만, 그땐 더 이상 자네 자신을 알아보지도 못할걸. 그래도 스티븐 경의 판단이 옳아. 이제 가서 자도록 해."

하지만 O는 불안감에 시달리며 잠을 이루지 못했다. 아침 열 시가 되자 콜레트가 데리러 왔다. 그녀의 부축을 받아 몸을 씻고, 머리를 매만진 뒤, 입술 화장을 하는 내내 O의 팔다리는 후들거리고 있었다. 문득 대문이 열리는 소리가 들렸다. 스티븐 경이 온 것이다. 이본느가 와서 알려주었다.

"어서 나와 O. 그 사람이 기다리고 있어."

해는 이미 중천에 떴는데, 너도밤나무 잎사귀를 흔들어줄 바람 한 점 불지 않는다. 나무 전체가 마치 구리로 만들어 세운 조각처럼 보인다. 아직 너도밤나무의 잎사귀들이 태양을 충분히 가려주진 못하는 가운데, 후끈한 열기에 압도된 개가 나무 아래 꼼짝 않고 엎드려 있다. 이 시간쯤에는 나뭇가지 끝에 걸친 태양이 테이블 위에 가느다란 가지 그림자만 그리고 있을 뿐이다. 그 테이블 가까이 스티븐 경이 똑바로 서 있고, 그 옆엔 안느-마리가 앉아 있다. 이본느가 O를 데리고 나오자 안느-마리가 입을 열었다.

"현재 구멍은 뚫어놓은 상태이니까, 당신이 원할 때 언제든 링을 달 수 있어요."

스티븐 경은 대답 대신 O를 끌어당겨 입술에 키스를 했다. 그리고는 느닷없이 번쩍 안아 테이블 위에 눕혔다. 한

동안 그는 상체를 숙이고서 여자를 가만히 내려다보기만 했다. 그리고 다시 키스를 하고 머리카락과 눈썹을 쓰다듬더니, 이내 자세를 추스르며 안느-마리에게 말했다.

"괜찮다면, 곧장 시작하죠."

안느-마리는 미리 준비해 안락의자에 놓아두었던 가죽 상자를 집어 들고, 그 안에서 스티븐 경과 O의 이름이 새겨진 링들을 꺼내 내밀었다.

"하세요."

스티븐 경이 짧게 말했다. 이본느가 O의 양 무릎을 세웠다. 이어서 안느-마리가 살점 속으로 밀어넣는 차가운 금속성의 느낌이 O의 사타구니를 타고 흘러들었다. 링에 매달릴 금속판을 연결시킬 때, 니엘로 금세공이 들어간 표면이 허벅지 쪽을 향하고, 이니셜 새겨진 면이 안쪽으로 가도록 안느-마리는 최대한 주의를 기울였다. 한데, 스프링이 너무 빽빽해 링이 완전하게 잠기지 않는 것이었다. 하는 수 없이 이본느를 시켜 망치를 가져오게 했다. 결국 O의 상체를 일으키고 다리를 벌려 석재 테이블 가장자리에 아랫도리를 바짝 갖다 대게 한 다음, 테이블을 모루 삼아 링의 양 끄트머리를 박아 넣는 수밖에 없었다. 스티븐 경은 그 모든 과정을 말없이 지켜보았다. 작업이 끝나자, 그는 안느-마리에게 고맙다는 인사를 했고, O를 부축해 일으켜 세웠다. 그제야 O는 이 새로운 링이 지금까지 임시로 착용해오던 것과는 비교할 수 없을 만큼 묵직하다는 걸 느꼈다. 게다가 영구적인 링이라니!

안느-마리가 스티븐 경에게 물었다.

"이제 이니셜을 박아야 하지 않나요?"

스티븐 경은 고개를 끄덕이고 나서, 비틀거리는 O의 허리를 붙잡아 주었다. 검정 코르셋은 벗어버린 상태였지만, 그동안 워낙 철저하게 조여온 터라 금방이라도 끊어질 것처럼 가녀린 허리였다. 반면, 엉덩이와 젖가슴은 그만큼 더 풍민하고 묵직해 보였다. 안느-마리와 이본느의 뒤를 따라 스티븐 경은 음악감상실까지 O를 데리고 갔다기보다는 차라리 안고 갔다. 그곳엔 이미 콜레트와 클레르가 원형 연단 아래 앉아 기다리고 있었다. 사람들이 들어서자 두 아가씨는 지체 없이 일어섰다. 연단 위에는 큼직한 버너가 준비되어 있었다. 안느-마리는 벽장에서 가죽끈을 꺼내와 O의 허리와 무릎, 골반을 기둥 하나에 단단히 붙들어매게 했다. 이어서 두 손과 두 발까지 모두 결박했다. 혼비백산 상태에서도 O는 엉덩이를 더듬어가며 인두 갖다 댈 위치를 찾는 안느-마리의 손길을 느끼고 있었다. 적막 속에서 유리문 닫히는 소리와 함께, 불꽃 식식거리는 소리가 귓전에 부닥쳤다. 무슨 일이 벌어지는지 고개를 돌려 직접 눈으로 지켜보고도 싶었지만, 그럴 기운조차 남아 있지 않았다. 단 하나의 끔찍한 통증이 온몸을 관통해, 옴짝달싹 못하는 육체 밖으로 찢어질 듯한 비명을 끄집어냈다. 그 사이, 누가 엉덩이 살점에 시뻘겋게 달아오른 두 개의 쇠붙이를 찍어누르는지, 누구의 목소리가 천천히 다섯까지 세는지, 누구의 신호로 쇠붙이가 떼어지는지 O는 전혀 알 수가 없었다. 온몸을 붙들어맨 가죽끈이 풀어지자, O는 안느-마리의 품안에 쓰러지듯 안겼다. 주위의 모든 것이 핑그르르 돌아 캄캄해지면서 모든 감정과 감각이 몸 밖으로 빠져나가기 직전, 무섭도록 창백해진 스티븐 경의 얼굴이 언뜻 O의 망막을 스쳤다.

7월 말이 되기 열흘 전에 스티븐 경은 O를 데리고 파리로 돌아왔다. 스티븐 경의 사유재산임이 명시된 금속판과 함께 좌측 소음순에 피어싱된 링은 허벅지 전체의 3분의 1에 해당하는 길이로 늘어져 있었다. 링 자체보다 거기 매달린 금속판이 더 길고 무거웠기 때문에, O가 걸을 때마다 그 모든 게 흡사 종의 추처럼 덜렁거렸다. 인두로 찍은 자국은 세로가 손가락 세 개, 가로가 그 절반 정도 크기인데, 마치 반원형 끌로 살점을 파낸 것처럼 대략 1센티미터 깊이로 나 있었다. 그 위를 살짝 더듬는 것만으로도 무엇이 새겨졌는지 손끝에 감지될 정도로 선명했다. O는 이들 새로 얻은 링과 인두자국이 말할 수 없이 자랑스러웠다. 만약 자클린이 파리 어딘가에 있었다면, 안느-마리한테 가기 전 스티븐 경에게서 채찍질 당했을 때처럼 무조건 숨기기보다는, 당장이라도 그녀에게 달려가 모든 걸 드러내 자랑하고 싶었다. 하지만 자클린은 일주일이 더 지나야 돌아올 터였다. 르네도 파리에 없었다. 그 일주일 동안 O는, 스티븐 경의 요구대로, 한여름 원피스 몇 벌과 아주 가벼운 소재의 이브닝 드레스를 몇 벌 장만했다. 스티븐 경이 허용한 모델은 딱 두 가지인데, 하나는 위에서 아래까지 지퍼로 여닫는 스타일이고(실은 그런 비슷한 스타일은 좀 가지고 있다), 다른 하나는 쉽게 들춰지는 풀스커트다. 단, 그 경우 위에는 항상 가슴 바로 아래까지 오는 코르셋과 함께 목이 꼭 조이는 볼레로 재킷을 갖춰 입어야 한다. 결국 볼레로만 벗으면 어깨와 젖가슴을 완전히 노출할 수 있고, 굳이 벗지 않더라도 앞만 열면 젖가슴을 훤히 드러낼 수 있게 된다. 수영복을 입는 건 생각할 수조차 없는 일이다. 음부에 피어싱한 링이 수영복 바깥으로 비어져 나올 게 뻔하니까. 스티븐 경은, 올 여름 정 수영을 하겠으면 알몸으로 하라고 한다. 설사 욕구가 발동하지 않을 때조차도, 이를테면 기계적으로, 툭하면 음모를 마구 잡아당긴다든지 음부를 제멋대로 헤집는 등, 여자 그곳을 가지고 장난하기를 즐기는 스티븐 경의 취향을 O는 일찌감치 눈치 채고 있었다. 자클린을 그와 비슷하게 손장난 하나로 집적거림으로써 즐거움을 느꼈던 O로서는, 스티븐 경의 취향을 이해하기가 그리 어렵진 않았다. 옷차림이든 다른 무어든, 그런 손장난을 조금이라도 번거롭게 하는 장애물이 달갑지 않으리라는 건 충분히 이해할 수 있다.

회색과 흰색 줄무늬나 하늘색과 흰색 땡땡이 무늬의 주름치마에다 몸에 딱 맞는 볼레로 재킷을 입는다든지, 아니면 훨씬 더 단정해 보이는 검정 나일론 원피스를 갖춰 입고, 손질 안 한 머리에 모자도 쓰지 않고 화장도 거의 안한 O의 모습에선 왠지 곱게 자란 모범생 소녀 티가 물씬 풍겼다. 그런 그녀를 데리고 가는 곳마다, 사람들은 스티븐 경의 딸이나 조카로만 보았다. 특히 남자는 계속 반말을 하고, 여자는 줄기차게 말을 높이니 그런 오해가 더할 수밖에 없었다. 단둘이 파리 시가지를 거닐며 상점들을 둘러본다든지, 건조한 날씨 탓에 먼지 풀풀 날리는 강변 둑길을 거닐 때, 마치 행복해하는 이들을 보면 절로 미소가 피어나듯, 활짝 웃는 얼굴로 눈인사를 보내는 행인들의 태도도 이젠 더 이상 놀랍지 않았다. 이따금 스티븐 경은 멀쩡한 남의 집 대문이라든가 지하실 한기가 고스란히 올라오는 약간 어둑한 건물 입구로 다짜고짜 O를 밀어넣고 마구 키스를 해대면서 사랑한다고 속삭이곤 했다. 그러면 마당 저만치 빨래가 내걸린 창가에서 사람이 쳐다보기도 하는데, 웬 금발머리 소녀가 난간에 팔꿈치를 괴고 빤히 바라보는가 하면, 고양이 한 마리가 다리 사이로 휑하니 빠져나가는 것이었다. 두 사람은 그렇게 고블랭 지구와 생마르셀, 무프타르 가(街), 탕플 구역, 바스티유까지 무작정 거닐었다. 한번은 스티븐 경이 어느 남루한 여인숙에 무작정 O를 밀어넣은 적이 있다. 처음엔 숙박장부에 기입을 요구하던 주인이 슬쩍 눈치를 보더니 한 시간 정도는 그냥 넘어가 주겠다고 했다. 방의 벽지는 푸른 바탕에 금빛 모란 문양이 수놓아져 있고, 창문은 쓰레기 냄새가 올라오는 우물가를 향하고 있었다. 침대 머리맡 전구 불빛이 무척 흐릿했지만, 대리석 맨틀피스 위에 엎질러 있는 분가루와 하얀 머리핀이 보일 만큼은 됐다. 침대에 누우면 바로 올려다 보이는 천장에 커다란 거울이 붙어 있었다.

  딱 한 번, 스티븐 경이 여행 중인 동향 사람 둘을 O와 더불어 점심식사에 초대한 적이 있었다. O더러 알아서 자기 집으로 오라지 않고, 그녀가 미처 채비를 하기 한 시간 전에 베튄 강변로로 데리러 왔다. O는 목욕까지는 했지만, 아직 머리도 다듬지 못하고, 화장도 안 한 데다, 옷도 입지 않은 상태였다. 난데없는 골프가방을 든 스티븐 경을 그녀는 의아한 눈으로 바라보았다. 스티븐 경은 가방을 열어보라고 했고, O의 의아한 심정은 곧바로 해소되었다. 가방 속은 다음과 같은 것들로 들어차 있었다. 빨간 가죽으로 된 상당히 두꺼운 것 두 개와 검은 가죽으로 된 길고 가는 것 두 개를 포함하는 승마용 채찍 몇 개, 초록색 긴 가죽띠들 끄트머리가 돌돌 말려 제각각 매듭을 이룬 편달수도사용 채찍 하나, 두꺼운 가죽띠 하나로 이루어지고 손잡이까지 가죽을 꼬아서 만든 개 훈련용 채찍 하나, 루아시에서 쓰는 것과 같은 가죽 팔찌들 여러 개와 밧줄 꾸러미 등등. O는 그 하나하나를 꺼내 침대에 가지런히 올려놓았다. 지금껏 몸에 익은 습관이나 정신적 각오에도 불구하고, 사지가 부들부들 떨리고 있었다. 스티븐 경은 그녀를 품에 안으며 말했다.

"O, 어떤 게 제일 나아?"

O는 차마 입이 떨어지지 않았다. 벌써부터 겨드랑이에 젖는 땀이 느껴졌다.

"어느 게 제일 좋으냐니까?"

거듭 물어도 아무 반응이 없자, 그가 말했다.

"좋아, 일단 나를 좀 도와줘."

스티븐 경은 못을 좀 달라고 하더니, 한동안 채찍들을

서로 교차해가면서 장식적으로 배치하는 방법을 모색했다. 그런 다음, 침대 맞은편 체경과 벽난로 사이의 목재 패널벽이 가장 적당할 것 같다며 O에게 설명을 늘어놓는 것이었다. 그는 먼저 못부터 박기 시작했다. 자세히 보니 채찍들마다 손잡이 끝에 작은 고리들이 달려 있어서, 언제든 못대가리에 쉽게 걸고 뺄 수가 있었다. 이제 팔찌와 밧줄까지 더하면, O의 침대 맞은편 벽에는 그야말로 완벽한 고문기구 세트가 보란 듯 펼쳐지는 셈이었다. 그 자체로 얼마나 멋들어진 광경인지, 차형용(車刑用) 수레바퀴와 집게가 등장하는 성녀 카타리나의 순교장면 그림이랄지 망치와 못, 가시관, 창 그리고 몽둥이까지 총동원된 구세주의 수난장면 그림 못지않았다. 자클린이 돌아와 이걸 본다면…… 일단 지금은 스티븐 경의 질문에 대답을 해야 한다. O가 계속 머뭇거리자, 스티븐 경 자신이 개 훈련용 채찍을 골랐다.

라페루즈 레스토랑 3층에 위치한 아담한 규모의 특실에는 파스텔톤으로 그려진 바토(Watteau)풍의 인물들이 꼭 인형극 배우 같은 표정으로 어둑한 벽면을 장식하고 있었다. O는 소파에 혼자 앉았고, 스티븐 경의 친구 한 명이 그 왼쪽에, 다른 한 명이 오른쪽에 각자 안락의자 하나씩을 차지했으며, 스티븐 경 자신은 O의 맞은편에 앉아 있었다. 남자 중 한 명은 루아시에서 이미 본 사람이지만, 그의 노리개가 되었는지는 기억나지 않았다. 나머지 한 명은 회색 눈동자에 머리가 붉은색인 훤칠한 젊은이인데, 많아야 스물다섯 살을 넘어 보이지 않았다. 스티븐 경은 그 두 명을 상대로, 왜 O를 불렀는지, 그녀가 어떤 여자인지를 간략하게 설명했다. O는 그의 입에서 튀어나오는 거친 표현들에 또 한 번 놀랐다. 하긴, 남자 세 명이 보는 앞에서, 게다가 레스토랑 종업원들까지 들락날락하며 식사 시중을 드는 가운데, 옷을 풀어헤쳐 립스틱 바른 빨간 젖꼭지와 새하얀 젖가슴 가로지른 보랏빛 채찍 자국들을 보여주는 계집을 창녀 취급하지 않고 어쩌란 말인가? 식사는 장시간 진행되었고, 두 영국인은 술을 많이 마셨다. 마지막으로 커피가 나오자, 스티븐 경은 벽 쪽으로 식탁을 밀어놓고 O의 치마를 들춰 링과 인두자국을 친구들에게 보여준 다음, 그들 손에 여자를 맡겼다. 루아시에서 본 적이 있는 남자가 먼저 재빨리 그녀를 차지했다. 그는 의자에서 일어나지도 않고 손끝 하나 까딱하지 않은 채, 여자더러 무릎을 꿇고 자신의 성기를 꺼내 입안에 쌀 때까지 애무할 것을 요구했다. 일이 끝나자, 그는 성기를 제자리로 돌려놓게 하고는 훌쩍 자리를 떴다. 반면 여자의 복종적 태도와 링, 몸에 난 온갖 상처들을 보고 식겁한 빨강머리 청년은,

예상과 달리 와락 덤벼드는 대신, 웨이터들의 비웃음 가득한 표정을 뒤로한 채 O의 손을 붙잡고 계단을 내려갔다. 밖으로 나오자마자 곧장 택시를 잡아탄 그는 여자를 데리고 자기 호텔 방으로 갔다. 그는 엄청난 크기와 강도를 자랑하는 성기로 O의 앞과 뒤를 미친 듯이 유린한 뒤, 바깥이 아주 캄캄해진 다음에야 놓아주었다. 여자를 앞뒤로 쑤셔 박은 것도 이번이 처음이지만, 방금 전 또 다른 영국인이 요구했던 똑같은 방식으로 여자의 애무를 받는 것도 (어떤 여자한테도 감히 그런 걸 요구해본 적이 없었다) 처음인 젊은이로서 갑작스런 해방감에 그만 미쳐버린 것이었다. 다음날 전화를 받고 두 시경 스티븐 경의 집에 당도한 O는 왠지 심각하고 초췌해 보이는 그의 얼굴과 맞닥뜨려야 했다. 그는 O를 보자마자 이렇게 말했다.

"에릭이 너를 미치도록 좋아한다는군. 오늘 아침 나를 찾아와서 간청을 하는 거야, 너를 풀어달라고. 너와 결혼하고 싶다는데. 너를 구해주고 싶다는 거지. O, 분명히 말하는데, 네가 내 소유인 한, 어떤 취급을 당하게 되는지는 너 자신이 잘 알 거야. 내 소유물로서 너는 그런 취급을 거부할 자유가 없지. 하지만 너도 알다시피 내 소유이기를 거부할 자유는 언제든지 주어져 있어. 이 점을 그 친구한테도 얘기해 주었지. 이따가 세 시쯤에 다시 오겠다고 하더군."

O는 다짜고짜 웃음을 터뜨리더니 말했다.

"너무 늦은 것 아닌가요? 당신네 둘 다 미쳤어요. 에릭이 오늘 아침 오지 않았다면, 오후에는 당신이 나를 어떻게 했을까요? 아마 같이 산책이나 했겠죠? 자, 그러니 어서 우리 산책해요. 아니, 어쩌면 전화하지 않았을 수도 있겠군요. 그럼, 난 이만 가볼게요……"

"안 돼! 전화를 하긴 했을 거야. 하지만 산책이나 하자는 건 아니고…… 그보다는……"

"어서 말해봐요."

"아니, 그냥 보여주는 게 더 간단하겠군."

스티븐 경은 일어나서 벽난로 맞은편 문을 열었다. 서재 출입문과 똑같이 생긴 문이었다. O는 이전부터 그게 단순한 벽장문인 줄 알고 있었다. 안은 아주 작은 골방이었는데, 새로 단장한 듯 칠이 되어 있었고, 짙은 빨간색 비단벽지가 발라져 있었다. 그 절반 정도의 공간을 사무아의 음악감상실에 있던 것과 똑같은 원형 연단이 차지하고 있었다. O가 말했다.

"벽과 천장은 코르크로 처리되어 있겠죠? 문에도 속을 대서 방음 처리되어 있겠고…… 창문도 이중으로 설치해 놓은 건가요?"

스티븐 경은 고개를 끄덕이는 걸로 대답을 대신했다.

"언제 이렇게 다 해놓은 거죠?"

"네가 돌아왔을 때."

"근데 왜?……"

"왜 지금까지 기다린 거냐고? 너한테 나 아닌 다른 남자들 손때가 좀 묻어야 했으니까. 이제 난 그걸 벌할 거야. 이제껏 내 손으로 너를 벌한 적이 없거든."

"어차피 나는 당신 거예요. 마음껏 벌하세요. 에릭이 올 때쯤에는……"

그로부터 한 시간 후, 두 개의 기둥 사이 그로테스크한 자세로 다리를 벌리고 있는 O 앞에서 젊은이는 하얗게 질려 몇 마디 더듬거리다 말고, 그만 휑하니 나가버렸다. 다시는 그를 볼 수 없을 거라고 O는 생각했다. 그런데 9월 말경 루아시에서 그와 다시 맞닥뜨렸고, 그는 내리 사흘간 O를 독차지한 채 혹독한 학대를 가했다.

IV. 올빼미

르네가 그녀의 진짜 본모습이라고 지칭한 실상을 왜 하
필 자클린에게는 선뜻 털어놓을 수 없었는지, O 자신도 이
해가 되지 않았다. 안느-마리는 O가 자기 집에서 나갈 때
쯤엔 완전히 다른 사람이 되어 있을 거라고 분명히 말했
다. 하지만 정말 이 정도로 변하리라고는 O 스스로 생각
지 못했던 게 사실이다. 자클린이 전보다 훨씬 더 화사하
고 상큼한 모습으로 돌아오자, O는 혼자 있을 때완 달리
몸을 씻거나 옷을 갈아입으면서 더는 자신을 숨길 수 없다
는 것이 너무도 당연하게만 느껴졌다. 하지만 자클린은 자
기 자신과 별 상관없는 일에는 도통 무관심한 여자였다.
결국 파리에 돌아온 다음 다음날, O가 목욕을 끝내고 욕조
에서 나오다가 소음순에 매달린 링이 욕조 가장자리에 부
닥쳤고, 하필 그 순간 욕실 안으로 들어선 자클린의 귀에

그 괴이한 소리가 그대로 들어가고서야, 상황이 변했다. 소리나는 쪽으로 후딱 고개를 돌린 그녀의 눈에 O의 사타구니에 대롱거리는 금속판과 더불어 허벅지와 젖가슴에 새겨진 줄무늬가 동시에 포착됐다.

"어떻게 된 거야?"

자클린이 묻자 O가 대답했다.

"스티븐 경이 그랬어."

그러고는, 너무도 당연한 일이라는 듯이 이렇게 덧붙였다.

"르네가 나를 그 사람한테 넘겼거든. 그 사람, 아예 자기 이름을 새겨서 피어싱을 해주더라. 이것 봐."

O는 목욕가운으로 몸의 물기를 닦아내면서 자클린에게 다가왔다. 기겁을 한 채 등받이 없는 목욕용 의자에 털썩 주저앉은 자클린은, 금속판에 손을 갖다대고 새겨진 글씨를 읽어보았다. O는 목욕가운을 바닥에 떨어뜨리고 돌아서서 양쪽 볼기짝에 새겨진 S자와 H자를 손으로 가리키며 말했다.

"뿐만 아니라 자기 이니셜을 내 몸에 직접 새기기까지 했어. 나머지는 승마용 채찍 자국들이야. 보통은 자기가 직접 채찍질을 하지만, 집 안 하녀를 시켜서 할 때도 더러는 있지."

자클린은 말 한마디 하지 못한 채 O를 빤히 쳐다보았다. O는 갑자기 웃음을 터뜨리고는 자클린을 껴안으려 했다. 화들짝 놀란 자클린은 얼른 O를 밀친 뒤, 부리나케 방으로 건너갔다. O는 침착하게 마저 몸을 말렸고, 향수를 뿌렸으며, 머리를 빗어내렸다. 이어서 코르셋을 걸치고 스타킹과 샌들을 신은 다음, 방으로 건너가는 문을 밀어 열자, 체경(體鏡) 앞에서 머리를 빗고 있는 자클린의 넋 나간 표정이 그녀를 맞이했다.

"코르셋 끈 좀 조여줄래…… 그런데 정말 많이 놀란 것 같네! 르네가 너를 좋아하고 있더라. 그이가 아무 얘기 안 했어?"

O의 말에 자클린이 대꾸했다.

"무슨 말인지 모르겠는데."

그러고는 곧바로 자기가 무엇 때문에 그렇게 기겁했는지를 털어놓았다.

"마치 자랑하듯이 그런 걸 보여주는 당신이 난 정말 이해가 안 돼."

"르네가 너를 루아시로 데려가면 그땐 이해할 수 있을 거야. 근데 혹시 그이와 이미 자기 시작한 거 아니야?"

뜻밖의 질문에 자클린은 서둘러 고개를 저었지만 그 얼굴은 이미 붉게 달아올라 있었다. O는 또다시 웃음을 터뜨리며 말했다.

"쯧쯧, 거짓말을 하는군. 바보 같으니…… 너는 그이와 얼마든지 잘 자격이 있는 여자야. 그렇다고 해서 나를 거부할 필요는 없다고. 자, 내가 애무해 줄 테니 이리와. 루아시에 대해서도 차근차근 이야기해 줄게."

O가 질투심에 펄펄 뛰기라도 할까봐 두려웠던 걸까? 그러다가 안도의 심정으로, 이젠 O의 입에서 쏟아져 나올 자초지종이 궁금해진 것일까? 그게 아니면, 단지 진득한 인내심을 갖고 천천히, 열정적으로 애무에 임하는 O의 태도가 그저 좋았던 것일까? 자클린은 경계를 푸는 기색이 역력했다.

"그럼, 얘기해봐."

"그럴게. 대신 먼저 내 젖꼭지에 키스해봐. 르네한테 쓸모 있는 여자가 되려면, 차츰 이런 일에 익숙해져야 해."

자클린은 군말 없이 따랐고, 이내 O의 입에서 신음소리가 새나오게 했다.

"어서 얘기해줘……"

자클린이 다시 한번 속삭였다.

지극히 자세하고 분명하면서, 눈에 보이는 증거까지 꼼꼼하게 겸비한 O의 이야기는 그러나 자클린에게 정신나간 소리처럼 들릴 뿐이었다.

"9월에 그곳으로 다시 갈 거라고?"

자클린의 질문에 O는 이렇게 대답했다.

"응. 일단 우리 모두 남프랑스에서 돌아온 다음에. 내가 널 데리고 가지 않으면 르네가 데리고 가게 될 거야."

"하긴 어떤 곳인지 구경은 하고 싶네…… 단지 구경만……"

"물론 그래도 돼."

입으론 그렇게 말하면서, O의 생각은 달리 돌아가고 있었다. 어떻게 해서든 자클린을 설득해 루아시의 철책 너머로 들여보내기만 하면, 스티븐 경은 더없이 고마워할 것이다. 그 나머지, 자클린을 새사람으로 만드는 일은 철책 안의 시종들과 쇠사슬, 채찍들이 충분히 알아서 처리할 터. 8월 한 달 동안 르네와 스티븐 경, O, 자클린 그리고 자클린의 어린 여동생까지—자클린 자신의 아이디어라기보다는 그녀의 엄마가 고집해서 하는 수 없이 양해하에 데려오는 여동생이다—모두 다섯 명이 함께 지내기 위해 스티븐 경의 이름으로 빌린 칸 근처의 별장에 관해, O는 자세히 알고 있었다. 그곳에서 O가 쓸 방은 스티븐 경의 방과 벽 하나를 사이에 두고 있는데, 멀쩡해 보이는 그 벽이 실은 장식용 격자무늬를 빙자한 눈속임 장치로 이루어져, 저쪽에서 가리개만 젖히면, 마치 이쪽 침대 바로 옆에 서서 구경하는 것처럼, 모든 것을 보고 들을 수 있다는 것도 익히 아는 사실이었다. 르네가 자리를 비우는 틈을 노려 자클린을 그 방으로 끌어들이는 것쯤 식은 죽 먹기. O가 그녀를 한껏 달아오르게 만드는 동안 스티븐 경은 모든 광경을 편안하게 감상할 테고, 설사 자클린이 상황을 파악하더라도 그 땐 이미 늦은 다음일 것이다. 자신이 그토록 자랑스럽게 여기는 채찍 자국과 피어싱의 결과를 자클린이 백안시한 것에 대해 은근히 아니꼬웠던 O는, 속임수를 써서 이 계집을 팔아 넘긴다는 생각에 왠지 기분이 흐뭇해지는 것이었다.

O는 남프랑스 지방에 한 번도 가본 적이 없었다. 벽공(碧空)의 하늘과 잔잔한 바다, 드높은 태양 아래 꼼짝 않는 소나무 등등, 모든 것이 그녀에게는 광물처럼 삭막하고 적대적으로만 느껴졌다. 돌멩이나 풀이끼까지 그저 뜨뜻미지근하고 향기만 그윽한 잡목숲을 우울한 표정으로 바라보면서 O는 자기도 모르게 중얼거렸다.

"진짜 나무는 하나도 없어……"

또 바다를 향해서는 이렇게 중얼거리기도 했다.

"바다에서 바다냄새가 안 나……"

똥처럼 누르스름하고 못생긴 해초만 뱉어내고, 만날 똑

같은 곳만 날름대며 적시는, 지나치게 파란 빛깔의 바다가 그녀는 영 맘에 안 들었다. 하지만, 오래된 농가를 새롭게 단장한 별장의 정원은 바다에서 멀리 떨어져 있었다. 좌우의 높다란 담벼락은 옆집의 시선을 완벽히 차단해 주었다. 하인들이 거하는 별채는 건물 뒤쪽 출입로를 향하고 있고, 2층 O의 방이 위치한 건물 앞쪽 파사드는 동쪽 정원을 향하고 있었다. 높이 치솟은 검은 월계수들이 O의 방 앞 테라스 난간을 어루만지는 가운데, 갈대를 엮어 만든 격자형 목판장이 정오의 햇살을 가려주었다. 테라스 바닥의 붉은 타일들은 방 안 바닥재와 동일한 것이었다. O의 방과 스티븐 경의 방을 가르는 벽을—일종의 큼직한 아치형 벽감처럼 보이는 공간을 수작업으로 다듬은 격자형 목재패널이 채우고 있다—제외한 나머지 벽들은 모두 하얀 석회로 발라져 있었다. 타일바닥에는 면 재질의 두꺼운 백색 양탄자가 깔려 있고, 창문 커튼은 연노랑 빛깔이었다. 두 개의 안락의자 커버는 커튼과 같은 재질인데, 삼중으로 된 캄보디아산(産) 푸른색 쿠션이 깔려 있었다. 이렇다 할 가구로는 호두나무로 만든 섭정시대풍의 뚱뚱하고 무척 아름다운 서랍장과 거울처럼 반들반들 광택을 낸 길고 조붓한 황금색 테이블이 있었다. O는 자기 옷들을 모두 옷장 안에 정리해 넣었다. 서랍장은 화장대로도 사용했다. 어린 나탈리는 O의 방 바로 옆에 위치한 방을 배정받았는데, 아침에 O가 테라스에서 일광욕을 즐기는 걸 알고는 자기도 은근슬쩍 나와 옆에 드러눕는 것이었다. 나탈리는 피부가 무척 하얗고 살집이 통통하면서도 몸매가 잘 빠진 소녀인데, 언니처럼 옆으로 살짝 찢어진 눈매에 반짝이는 검은 눈동자가 꼭 중국인 같은 느낌을 주었다. 숱 많은 검은 머리는 눈썹 바로 위에서 일직선으로 잘랐고, 뒤로는 목덜미가 드러날 정도로 짧게 쳤다. 단단하고 자그마한 가슴은 예민하게 떨고 있었고, 어린아이다운 엉덩이는 이제 겨우 동그스름한 형태를 갖추고 있었다. 실은 언니가 있을 줄 알고 후닥닥 달려나온 테라스에 O 혼자 캄보디아산(産) 담요를 깔고 엎드려 있는 걸 보게 되었고, 처음에는 적잖이 놀란 게 사실이었다. 하지만 자클린에게 심한 거부감을 초래했던 광경이 나탈리에게는 욕망과 호기심을 들쑤셔놓기만 하는 것이었다. 소녀는 자기 언니를 붙잡고 물어보았다. O가 들려준 이야기를 그대로 나탈리한테 전하면서 자클린은 솔직히 이 정도 대답이면 동생도 심한 거부감을 느낄 것이라 믿었다. 그런데, 한껏 달아오른 나탈리의 마음에는 전혀 흔들림이 없었고, 오히려 관심과 욕구만 더욱 강해지는 모양이었다. 결국 나탈리는 O에게 홀딱 반해, 좋아하게 되었다. 일주일 이상을 아무런 내색 없이 얌전히 지내던 나탈리는 급기야 일요일 오후가 저물 즈음, O와 단둘이 있을 기회를 잡고야 말았다.

평상시보다 조금은 덜 더운 날씨였다. 오전에 잠시 수영을 즐긴 르네는 1층 서늘한 방 소파에 누워 잠자고 있었다. 그 바람에 심통이 나버린 자클린은 O의 처소를 파고들었다. 그녀의 육체는 바다와 태양의 애무 속에 이미 금빛으로 무르익은 상태였다. 머리카락, 눈썹, 음모, 겨드랑이할 것 없이 온통 은가루가 뿌려진 듯 반짝였고, 화장을 전혀 하지 않았음에도 입술은 사타구니 깊숙한 곳의 분홍빛 속살과 똑같은 색깔을 띠고 있었다. 그런 자클린의 모습을 스티븐 경이 자세히 볼 수 있도록—O는 자신이 만약 자클린 입장이었다면, 눈에 보이지 않는 스티븐 경의 존재를 예감과 직감만으로 벌써 알아차렸을 거라고 생각했다—O는 수 차례에 걸쳐 그녀의 골반을 뒤집어가며, 침대 머리맡에 일부러 켜놓은 등불을 향해 사타구니를 활짝 벌리게끔 자세를 유도했다. 덧문들을 모조리 닫아, 틈새로 스며드는 빛줄기들에도 불구하고, 방은 상당히 어둠침침한 상태였다. O의 애무를 받으며 한 시간 이상 신음을 토해내던 자클린, 드디어 젖꼭지까지 바짝 곧추서다 못해 상체가 활처럼 휘어지면서, 양팔 한껏 뒤로 젖혀 이탈리아풍의 침대머리 난간을 와락 그러쥐더니, 대차게 비명을 질러

대기 시작했다. 그도 그럴 것이, O가 잿빛 터럭 돋은 음부의 양쪽 둔덕을 집요하게 벌리면서, 부드럽고 섬세한 소음순이 갈라지는 지점에 오롯이 솟은 살점을 천천히 잘근대기 시작했던 것이다. O는 자신의 혀놀림 하나로 자클린의 온몸이 불길에 휩싸여 뻣뻣하게 경직되는 것을 느꼈다. 그럴수록 비명을 내지르게끔 O는 사정없이 자클린을 몰아붙였고, 급기야 어느 한 순간 맥이 탁 풀리면서 쾌감에 절은 몸뚱어리만 축 늘어지는 상황으로까지 치달았다. 잠시 후 O는 자클린을 추슬러 방으로 돌려보냈고, 자클린은 그대로 곯아떨어졌다. 얼마나 지났을까, 잠에서 깬 자클린은 르네가 데리러 올 시간에 맞춰 준비를 하고 있었다. 오후 다섯 시면 늘 그랬듯, 르네와 자클린 그리고 나탈리 셋이서 돛단배를 타러 바다로 나가곤 했던 것이다. 오후의 끝자락에 이르러 바람이 좀 일고 있었다.

"나탈리는 어디 있지?"

방에도, 집 안 어디에도 안 보이는 나탈리를 찾으며 르네가 물었다. 정원에 나가 이름을 불러댔다. 심지어 정원과 맞닿아 있는 코르크 떡갈나무 숲에까지 들어가 불러보았지만, 아무런 대답도 없었다.

"아마 미리 선착장에 나가 있든지, 배에 올라타 있는지도 모르겠어……"

더 이상 찾기를 포기한 채, 르네와 자클린은 함께 바다로 나갔다. 테라스에서 누워 일광욕을 즐기던 O가 집 쪽으로 달려오는 나탈리의 존재를 난간 너머 감지한 건 바로 그때였다. 얼른 몸을 추스르고 가운을 걸쳐 허리띠를 졸라매는데, 나탈리가 득달같이 들이치더니 와락 품에 안겼다. 소녀는 다짜고짜 울먹이며 외쳤다.

"갔어요! 이제 갔다고요!…… 전 다 들었어요, O! 당신하고 언니 소리 다 들었단 말예요! 아까 문 앞에서 다 엿들었다고요! 당신은 언니한테 키스도 하고, 애무도 해주는데, 왜 저한테는 안 해주는 거죠? 왜 제게는 키스를 안 해주냐고요! 제가 멍청하고 못생겨서인가요? 언니는 당신을 사랑하지 않아요, O. 당신을 사랑하는 건 저란 말예요!"

급기야 나탈리는 울음을 터뜨렸다. O는 일단 소녀를 안락의자에 앉힌 뒤, 서랍장에서 큼직한 손수건을(스티븐 경의 손수건이다) 꺼내왔다. 나탈리의 울음이 어느 정도 진정되기를 기다렸다가 손수건으로 얼굴을 닦아주었다. 그런 O의 손에 입을 맞추면서, 나탈리는 용서해달라고 애원했다.

"O, 제발 키스해줄 거 아니라도 저를 곁에 데리고 있어줘요. 언제까지나 데리고 있어주세요! 강아지를 기르면, 늘 곁에 둘 거 아니에요? 굳이 키스해줄 생각이 없다 해도,

저를 때리는 건 재미있을지 몰라요! 저를 때려도 괜찮아
요! 대신 내치지만 마세요!"

"닥쳐, 나탈리! 너는 지금 스스로 무슨 말을 하는지 모
르고 있어!"

O는 나직이 타일렀다. 소녀는 O에게 기대는 척하면서
무릎을 와락 끌어안더니 이렇게 대꾸했다.

"아! 저 알고 있어요! 저번 아침에 테라스에서 봤다고
요! 이름 이니셜도 봤고 푸르스름한 상처들도 봤어요! 자
클린도 얘기해 주었고요……"

"무슨 얘기?"

"당신이 어디에 있었는지…… 무슨 일을 경험했는
지……"

"루아시 얘기를 해주었단 말이니?"

"그뿐만 아니라 당신이…… 당신이……"

"내가 뭐?"

"몸에 링을 달고 있단 얘기도 했어요……"

"그렇구나…… 또 무슨 얘기를 했지?"

"스티븐 경이 매일 당신한테 채찍질을 한다는 얘기
요……"

"맞아. 근데, 이제 곧 그가 여기로 올 거야. 그러니 어서
도망쳐, 나탈리!"

하지만 나탈리는 요지부동. 고개만 반짝 쳐들어 O를 쳐다보았는데, 찬탄과 존경심이 가득한 눈빛이었다.

"제게 가르쳐주세요, O! 부탁이에요! 전 당신처럼 되고 싶어요! 시키는 건 뭐든지 할게요. 자클린이 얘기한 곳으로 돌아갈 때 저도 데리고 간다고 약속해 주세요!"

"너는 너무 어려!"

"아뇨, 저 어리지 않아요! 열다섯 살이 넘은 걸요! 저, 너무 어린 거 아니란 말예요!"

나탈리는 어느새 악착같이 소리를 지르고 있었다. 그리고, 때마침 방에 들어서는 스티븐 경을 보자, 이렇게 외치는 것이었다.

"스티븐 경한테 얘기 좀 해주세요!"

결국 나탈리는 O의 곁에 머물러도 좋다는 허락과 루아시에 데리고 가주겠다는 약속을 동시에 얻어냈다. 단, 스티븐 경은 소녀한테 최소한의 애무기술도 가르쳐주지 말 것이며, 키스 또한 해주지도, 받아주지도 말 것을 O에게 지시했다. 다름아니라, 그 누구의 손과 입도 전혀 닿지 않은 순결한 몸으로 루아시에 도착해야만 한다는 뜻이었다. 아울러 소녀에게는, 그토록 O의 곁을 떠나지 않겠다고 고집을 부리니, 앞으로는 O가 자클린을 부둥켜안고 뒹굴 때나, 스티븐 경의 성기를 애무할 때, 그에게 채찍질을 당할 때나, 노라의 손에 매질을 당할 때 한결같이 그 모든 광경을 지켜보아야 한다고 요구했다. 언니의 몸 구석구석을 키스하는 O의 모습, 언니의 입에 딥키스를 하는 O의 입술은 나탈리를 질투와 증오로 몸서리치게 만들었다. 반면, 마치 세에라자드의 침대 발치를 지키고 앉은 어린 디나르자드처럼, 소녀는 침실 바닥에 웅크리고 앉아, 꽁꽁 묶인 채로 채찍질을 당하며 몸부림치는 O의 모습을, 또 다소곳이 무릎 꿇고 스티븐 경의 곧추선 성기를 입 안에 받아들이는 O의 모습을, 넙죽 엎어진 자세에 양손으로 자신의 볼기짝을 한껏 벌려 스티븐 경에게 뒤를 열어 보여주는 O의 모습을, 오로지 찬탄과 갈망의 심정으로 지켜보는 것이었다.

자클린의 태도에 갑작스런 변화가 일어난 건 바로 그 즈음이었다. 어쩌면 자클린의 한편으론 초연한 태도와 관능적인 성향 모두를 O가 지나치게 믿고 있었는지도 모른다. 아니면, O에게 지금처럼 몸을 허락하는 것이 르네와의 관계에서 그다지 좋진 않겠다고 자클린이 순진하게 판단했을 수도 있다. 아무튼, 자클린은 갑작스럽게 O와의 쾌락을 중단했다. 아울러, 거의 매일 밤낮을 붙어 지내다시피 한 르네와도 왠지 거리를 두는 듯한 모습이었다. 실은 이전부터도 자클린은 그와의 관계에서 사랑에 빠진 여자의 모습은 아니었다. 그를 바라보는 눈빛은 늘 차가웠고, 웃음을 지어도 눈웃음으로까지 번지는 일은 없었다. 설사 르네에게 완전히 몸을 맡겼다는 걸 인정한다 해도, 그 자체가 자클린에게는 별로 대수롭지 않은 일이라는 생각을 O는 떨칠 수 없었다. 반면 르네는 자클린을 향한 욕망에 갈피를 잡지 못하면서, 지금까지 한 번도 경험하지 못한 유형의 사랑, 화답을 받지 못할까봐 늘 초조하고 불안한, 그런 낯선 사랑의 감정에 꼼짝없이 휘둘리는 모습을 고스란히 드러내고 있었다. 그는 같은 집에서 스티븐 경과 O와 함께 먹고, 자고, 산책하고, 이야기하면서도 눈은 그들을 보지 않았고, 귀도 그들의 얘기를 듣고 있지 않았다. 단지 그들을 통해서, 그들 너머의 무언가를 바라보고, 듣고, 말하는 것이었다. 그러면서, 우는 인형 속에 숨어 작동하는 기계장치처럼, 금빛 감도는 가무잡잡한 몸뚱어리 속 어딘가에 도사리고 있을 자클린이라는 여자의 진수, 그 존재 이유를 거머쥐기 위해, 막 출발하는 버스를 잡아타려고 죽어라 내달리는 꿈이나, 무너지는 다리 난간에 악착같이 매달리는 꿈을 꾸듯, 조용하면서도 끈질긴 노력을 멈추지 않는 것이었다. 그런 르네의 모습을 지켜보며 O는 속으로 중얼거렸다. '드디어 올 것이 온 거야…… 내가 르네에게 한낱 지난날의 그림자로 전락해 버리는, 그토록 내가 두려워한 순간이 오고야 만 거라고…… 근데도 나는 슬프지가 않아. 단지 그가 가여울 뿐이지. 그가 나를 더 이상 원하지 않는다는 걸 알면서도 아무런 불편함이나, 회한, 고통 없이 매일 그를 볼 수 있어. 불과 몇 주 전만 해도 사랑한다는 말을 듣기 위해 그에게 쪼르르 달려가 애걸복걸했는데 말이야…… 과연 그게 사랑이었을까? 이처럼 가볍고, 쉽게 치유되는데? 아니, 치유 이상이지. 지금 나는 더없이 행복하니까…… 아, 스티븐 경에게 나를 던져주는 것만으로 르네와 떨어질 수 있고, 또 다른 사람 품에 안겨 새로운 사랑에 이처럼 쉽게 눈뜰 수 있었던 건가? 하긴 스티븐 경에 비하면 르네란 존재가 무어란 말인가! 그가 O를 묶어두었던 끈이라고 해봐야 짚으로 꼰 새끼줄이나 낡은 밧줄에 지나지 않으니 그처럼 쉽게 풀어진 것이 아니겠나. 반면, 살점을 뚫어 언제나 그 중량을 느끼게 해주는 쇠링과 영원히 지울 수 없게 각인된 인두 자국, 거친 바위 위로 몸을 쓰러뜨려, 사랑하는 존재를 가차없이 자기 것으로 만들어버리는 주인의 애정 어린 횡포란 그 얼마나 감미롭고 안락한 행복이냔 말이다! 결국 O는, 그 동안 르네를 사랑한 것이 진짜 사랑을 깨쳐, 스티븐 경에게 자신을 노예로서 온전히 바치는 법을 터득하는 과정에 지나지 않았음을 깨달았다. 그럼에도 자기와 있을 땐 그렇게 자유분방하던 사람이―바로 그 자유분방함을 사랑했던 것인데―마치 고인

물웅덩이 속 물풀에 다리가 휘감긴 것처럼 영 부자연스러운 행보를 이어가는 걸 보면, 저도 모르게 자클린에 대한 증오심이 O의 가슴을 채우는 것이었다. 과연 르네도 그런 O의 심정을 눈치챘을까? O가 신중치 못하게 그런 낌새를 내보였을까? 실수를 한 번 저지른 적이 있긴 하다. 하루는 오후에 두 여자가 함께 칸에 있는 미용실에 갔다가, 카페 테라스에 앉아 아이스크림을 먹은 적이 있었다. 7부 맘보 바지와 검정 스웨터를 입은 자클린은, 주위의 어린아이들까지 빛을 잃게 할 만큼, 햇살 아래 눈부셨으며, 당당하면서 대담한 모습이 무척이나 당돌해 보였다. 그녀는 O에게, 파리에서 같이 영화를 찍었던 감독과 약속이 있다고 말했다. 아마도 생폴드방스 뒤쪽 산에서 야외촬영이 있을 것 같다고 했다. 곧이어 나타난 젊은이는 꼿꼿한 자세에 결연한 표정이었다. 굳이 입 열어 말을 할 필요도 없었다. 그가 자클린에게 홀딱 빠져 있다는 건 분명했다. 그녀를 바라보는 눈빛만으로도 충분히 알 수 있었다. 하긴 놀랄 일이 무어란 말인가! 색다른 건 자클린의 태도였다. 뒤로 젖혀지는 안락의자에 느긋하게 기대앉은 자클린은 일정과 약속을 정하고, 촬영을 마무리하기 위한 자금 동원이 녹록치 않다는 등의 감독 말에 귀를 기울이고 있었다. 감독은 반말을 사용했고, 자클린은 반쯤 눈을 내리깐 채 고개를 끄덕이거나 가로저어 대답하고 있었다. O는 자클린 맞은편에, 사내는 둘 사이에 앉아 있었다. 자클린이 지그시 내리깐 눈꺼풀 너머로 남자의 욕망을 남몰래 저울질하고 있다는 걸 O는 어렵지 않게 간파할 수 있었다. 한데 무엇보다 이상한 건, 그럴수록 자클린의 웃음기 없는 얼굴에 왠지 긴장감이 감돌면서 점점 분위기가 진지해져 간다는 점이었다. 르네 앞에서도 그런 자클린의 모습은 한 번도 본 적이 없었다. 얼음물이 담긴 컵을 테이블에 내려놓기 위해 O가 잠시 몸을 숙이는 순간, 아주 짧고 희미한 미소가 자클린의 입가를 스쳤다. 아울러 둘의 시선이 마주쳤고, 자클린도 비로소 속마음이 들켰음을 눈치채고 있다는 걸 O는 한눈에 파악했다. 그런데도 전혀 당황하는 눈치가 아니었고, 오히려 O의 얼굴이 붉어졌다.

"너무 덥지? 우리 5분 후에 일어나. 근데 얼굴이 발개지니 훨씬 보기 좋은걸!"

그렇게 말하고 나서 자클린은 다시 미소를 지었는데, 이번에는 젊은 감독을 향해 반짝 눈을 뜨면서 어찌나 다정한 표정으로 변하는지, 당장이라도 달려들어 키스를 퍼붓지 않고는 배길 수 없을 것 같았다. 하지만 아무 일도 일어나지 않았다. 감독은 꼼짝도 하지 않고 묵묵히 버티는 것이 얼마나 뻔뻔한 태도일 수 있는지를 깨닫기엔 너무 어렸다. 그는 자클린이 일어날 때까지 가만히 있다가, 손을 내밀어 악수를 청하며 작별인사를 건넸다. 나중에 전화통화를 하기로 했다. 그에겐 그림자나 다름없었던 O에게도 작별인사를 한 다음, 젊은 감독은 보도에 우두커니 선 채 햇살이 뜨겁게 달구는 건물들과 지나치게 파란 바다 사이 도로 위를 빠져나가는 검은색 뷰익을 바라보았다. 종려나무들은 흡사 함석판을 잘라 만든 것 같았고, 거리를 거니는 사람들은 엉터리 기계장치로 작동하는 싸구려 밀랍인형들 같았다. 차가 도시를 빠져나와 절벽을 따라 난 길로 접어들자, O는 자클린에게 말했다.

"그 정도로 저 남자가 맘에 든 거야?"

"당신이 무슨 상관이지?"

자클린이 받아치듯 대꾸하자, O가 되받았다.

"르네에게는 상관이 있지."

그러자 자클린은 다시 이렇게 말했다.

"르네뿐 아니라 스티븐 경하고도 상관 있고, 내가 알기론 상당수 뭇 남자들한테 두루 상관이 있는 건 당신이 지금 잘못된 자세로 앉아 있다는 사실이야. 그러다간 치마가 구겨질 테니까."

O가 꼼짝도 하지 않자, 자클린은 더욱 거세게 몰아붙였다.

"게다가 다리를 꼬아선 안 되는 걸로 아는데……"

하지만 O는 더 이상 듣고 있지도 않았다. 사실 자클린의 공갈협박이 무슨 대수이겠는가! 이따위 사소한 잘못을 일러바치는 정도로, 방금 전에 있었던 상황과 관련해 O의 입을 막을 수 있으리라 보는가? 마음 같아서는 당장이라도 르네에게 달려가 모든 걸 고해바쳐도 시원찮을 터. 다만 자클린이 자신을 속이고 있다는 사실, 자기를 배제한 그녀만의 일정을 잡으려 한다는 사실을 알면 과연 르네가 견딜 수 있을 것인지가 문제였다. O가 입을 다문다면 그건 어설픈 협박 따위를 두려워해서가 아니라, 오로지 르네의 체면이 구겨지는 게 싫고, 자기 말고 다른 여자로 인해 하얗게 질리는 꼴도 보기 싫을 뿐더러, 혹시라도 당연한 응징조차 못하는 나약함을 드러낼까봐 그런 것임을 어떻게 해야 자클린에게 납득시킬 수 있을까? 나아가, 기분 나쁜 소식이나 일러바치는 고자질쟁이로 몰려 오히려 르네의 분노만 살지도 모른다는 걱정 때문에, 얼른 까발리지 못하는 것을 어떻게 이해시키겠는가? 요컨대, 서로의 흠을 폭로하지 말자는 식의 합의를 전제하지 않더라도, 그냥 입을 다물고 있겠다는 뜻을 자클린에게 어떻게 전달하느냐가 문제다. 자클린은 필경 자신이 입만 뻥끗하면 닥치게 될 일들을 O가 무척이나 두려워하는 걸로 생각하고 있을 테니 말이다.

별장에 도착해 차에서 내릴 때가 되자, 두 여자는 누가 먼저랄 것 없이 입을 봉하고 있었다. 자클린은 O를 본체만체하면서 건물 앞 가장자리를 따라 걸으며 흰색 제라늄 한 줄기를 땄다. O는 그녀 손에 구겨진 채 들린 꽃잎의 강하면서 섬세한 향기가 느껴질 만큼 바짝 붙어서 그 뒤를 따라갔다. 그렇게 하면, 스웨터의 겨드랑이 부분을 거무튀튀하게 변색시키면서 자꾸 달라붙게 만드는 자신의 땀 냄새를 감출 수 있다고 보는 건가? 붉은 타일바닥에 흰색 석회벽이 둘러친 널찍한 방에는 르네 혼자 있었다. 여자들이 들어서자 그가 말했다.

"늦었군."

그러고는 O를 향해 덧붙였다.

"스티븐 경이 옆방에서 너를 기다리고 있어. 네가 필요하다는데, 왠지 기분이 별로 안 좋아 보이더군."

순간 자클린이 웃음을 터뜨렸고, 그걸 보면서 O의 얼굴이 발갛게 상기됐다.

"지금은 그럴 때가 아닌 것 같은데……"

자클린의 웃음과 O의 당황한 기색을 잘못 이해한 르네의 말에 자클린이 대꾸했다.

"그런 게 아니라요, 르네, 당신의 예쁘고 말 잘 듣는 여자가 실은 그렇게 착하기만 한 건 아니라는 걸 당신은 모를 거예요. 특히 당신이 없을 땐 말이죠. 저 치마 좀 봐요, 엉망으로 구겨졌잖아요!"

O는 방 한가운데 르네를 마주보고 서 있었다. 그가 제자리에서 돌아보라고 말했지만, O는 꼼짝도 할 수 없었다. 자클린이 한마디 더 했다.

"다리를 꼬기도 한다고요! 물론 그건 지금 확인할 수 없겠죠. 툭하면 남자들한테 집적댄다는 것도요……"

순간 O는 버럭 외치면서 자클린에게 달려들었다.

"말도 안 돼! 그건 바로 너잖아!"

자클린에게 손찌검을 하려는 찰나 르네가 붙잡았다. O는 기꺼이 그의 손에 몸을 맡기고는, 더없이 무기력한 자신의 처지에 희열을 느끼며 발버둥 아닌 발버둥을 쳤다. 그러는 와중에 언뜻 고개를 쳐들자, 저만치 문 앞에 서서 그녀를 바라보고 있는 스티븐 경이 눈에 들어왔다. 자클린은 그 작은 얼굴을 두려움과 분노로 찡그린 채 소파에 몸을 던졌다. 발버둥치는 한 여자를 제지하느라 바쁜 와중에도 르네가 오로지 자클린에게만 온정신이 팔려있다는 걸 O는 감지하고 있었다. 스티븐 경이 보는 앞에서 그릇된 태도를 취하고 있다는 데 생각이 미치자, O는 금세 맥이 풀리면서 저항을 그만두었다. 그리고 이번에는 차분해진 목소리로 거듭 중얼거렸다.

"그건 사실이 아니에요. 맹세컨대 아까 그 말은 사실이
아니라고요……"

스티븐 경은 자클린을 더 이상 바라보지 않았고 아무런
말도 하지 않았다. 단지, 르네에게 O를 놓아주라고, O에
게 옆방으로 건너가 있으라고 손짓만 했을 뿐이다. 그런데
막상 옆방 문턱을 넘어서자 다짜고짜 O를 벽에 밀어붙이
더니, 음부와 젖가슴을 마구 주무르면서 입 안으로 우악스
레 혀를 밀고 들어오는 것이었다. O는 행복감과 해방감에
휩싸여 저도 모르게 신음을 내뱉었다. 그녀의 젖꼭지가 스
티븐 경의 손 안에서 딱딱하게 굳어갔다. 나머지 손으로는
어찌나 거칠게 음부를 후벼대는지 금방이라도 기절할 것
만 같았다. 과연 이 남자에게 노골적으로 말할 수 있을까,
세상 그 어떤 쾌락도, 어떤 희열도 그의 손에 제멋대로 유
린당하고 놀아나면서 느끼는 이 행복감에 비할 순 없다는
것을. 이 몸뚱어리를 통해 쾌락을 얻어내는 방법에는 그
어떤 제한도, 정도도 없다는 것을 남자가 누구보다 잘 알
고 있다는 생각만으로도 여자는 상상할 수 없는 황홀감에
젖고 만다는 사실을! 애무든 구타든 스티븐 경이 그녀 몸
에 손을 댈 때, 그녀에게 무엇이든 요구하고 명령할 때, 오
로지 그의 욕망과 욕구만이 중요하다는 O의 믿음이란 얼

마나 충만한지, 그걸 사실로 확인하거나, 심지어 그런 생각을 하기만 해도, 어깨부터 무릎까지 감싸는 불의 갑옷, 화염의 망토가 한꺼번에 O의 전존재를 뒤덮는 기분이다. 그렇게 벽에 기대서서 눈을 감은 채 숨이 허락하는 한 사랑한다는 말을 연신 중얼거리는 사이, 스티븐 경의 손놀림은 그녀 몸을 훑으며 오르내리는 불길을 더욱 활활 타오르게 한다. 마침내 그는 천천히 몸을 뗀 뒤, 축축해진 그녀의 허벅지까지 치마를 내리고, 단단해진 젖가슴 위로 볼레로 재킷을 여며주고는, 말했다.

"따라와 O. 네가 필요해."

그제야 눈을 뜬 O는 불현듯 앞에 다른 남자가 있다는 걸 깨달았다. 방금 거쳐온 방과 비슷하게 흰 석회를 바른 썰렁한 분위기, 정원 쪽으로 큰 유리문이 나 있는 널찍한 방. 그 문을 통해 내다보이는 테라스에 버들가지로 만든 안락의자가 있는데, 거기 풀어헤친 셔츠 사이로 엄청나게 큰 배를 보란 듯 내밀고 앉은 웬 거구의 대머리 사내가 담배를 꼬나문 채 O를 바라보고 있었다. 사내가 천천히 일어나 앞으로 다가오자, 스티븐 경은 아무 말 없이 O를 그쪽으로 밀어 세웠다. 이렇게 보니, 호주머니 바깥으로 늘어진 체인 끝에 루아시를 상징하는 금속판이 달려 있었다. 스티븐 경은 지극히 정중한 태도로 그를 O에게 소개했다.

"대장님이셔."

이름은 말하지도 않았다. 이제까지 만나본 루아시 회원들 중(물론 스티븐 경을 제외하고) O의 손등에 입맞춤하는 걸로 첫인사를 해온 남자는 처음이었다. 셋은 유리문을 그대로 열어둔 채 방 안으로 들어갔다. 스티븐 경이 구석의 벽난로로 다가가 호출벨을 울렸다. 소파 가까이 중국식탁자 위에는 위스키병과 소다수병 그리고 잔들이 놓여 있었다. 따라서 마실 걸 시키기 위해 호출벨을 누른 건 아니었다. 그런가 하면, 벽난로 근처 바닥에 큼직한 흰색 판지상자가 놓여 있는 게 눈에 들어왔다. 루아시의 사내는 안락의자에 앉아 있고, 스티븐 경은 둥근 탁자에 반쯤 걸터앉아 한쪽 다리를 흔들고 있었다. 누군가 소파를 가리켰고, O는 고분고분 그쪽으로 가 치마를 걷고 앉았다. 프로방스 스타일로 누빈 무명커버의 부드러운 촉감이 허벅지 맨살에 그대로 전해왔다. 이윽고 노라가 들어왔다. 스티븐 경은 그녀에게 O의 옷을 모조리 벗겨 가지고 나가라고 지시했다. O는 볼레로 재킷과 풀스커트, 허리를 졸라맨 듯하던 코르셋, 샌들까지 몽땅 벗겨져 나가는 동안 꼼짝하지 않았다. 그렇게 완전히 알몸을 만들어놓고서야 노라는 옷가지를 들고 밖으로 나갔다. 완벽한 순종 말고는 바라는 게 없는 스티븐 경의 마음을 잘 알기에, O는 자동적으로 루아시의 규칙을 따랐다. 나탈리가 자기 언니처럼 검은 옷을 입고 맨발에 소리 없이 유리문을 통해 들어오는 걸 (보았다기보다는) 직감적으로 느끼고도, O는 두 눈을 내리뜬 채 방 한가운데 가만히 서 있었다. 필경 스티븐 경은 나탈리의 존재에 대해 충분히 해명을 해두었을 터였다. 그저 소녀의 이름을 호명하고 술을 따라달라고 부탁하는 것으로 충분했고, 손님은 아무런 질문도 하지 않았다. 위스키와 소다수와 얼음이 제공되자 (얼음덩어리가 잔에 부닥치는 소리만이 적막을 깨트리는 가운데) 대장은 손에 잔을 들고 일어나 O에게 다가왔다. O는 이제 곧 사내의 손 하나가 젖가슴이나 음부를 덥석 그러쥘 거라 생각하고 있었다. 그런데 반쯤 벌어진 입에서 벌리고 선 다리까지, 손끝 하나 대지 안고 찬찬히 뜯어보기만 하는 것이었다. 그는 여자의 젖가슴과 허벅지, 엉덩이를 유심히 관찰하면서 주위를 돌았는데, 말 한마디 없이 열중하는 태도와 바짝 다가선 덩치가 얼마나 부담스러웠으면, 그로부터 도망치고 싶은 건지 아니면 이대로 쓰러뜨려 덮쳐주기를 바라는 건지 그녀 자신도 자기 마음을 알 수가 없었다. 너무 혼란스럽다 못해 불안해질 정도가 된 O는 도움이라도 바라는 듯 눈을 들어 스티븐 경을 쳐다보았다. 그는 알겠다는 표정으로 씩 웃으며 다가왔고, 그녀의 두 손을 등뒤로 모아 잡아

한 손에 감아쥐었다. O는 두 눈을 감고 스티븐 경에게 모든 걸 맡기듯 기대섰다. 어렸을 때, 마취가 반쯤 깬 상태인 줄도 모르고 간호사들이 그녀의 머리카락이랑 파리한 혈색, 납작한 음부, 이제 막 나기 시작한 치모에 대해 이러쿵저러쿵 수다떠는 것을 얼추 들은 적이 있는데, 그와 마찬가지로, 지금 O는 꿈을 꾸거나 노곤한 반수상태를 헤매는 아련한 기분으로, 낯선 사내가 스티븐 경에게 늘어놓고 있는 자신에 대한 이런저런 칭찬들을 듣고 있었다. 특히 약간 묵직한 느낌을 주는 젖가슴과 조붓한 허리, 보통보다 훨씬 굵직하고 길어서 눈에 잘 띄는 쇠링에 대해서는 극찬을 아끼지 않았다. 갑자기 사내가 고맙다고 하는 걸 보니 스티븐 경이 다음 한 주 동안 그녀를 빌려주기로 약속한 모양이었다. 마침내 스티븐 경은 O의 목덜미를 감아쥐면서 이제 정신차리라고 부드럽게 속삭였다. 그리고 나탈리와 함께 방으로 올라가 기다리라고 지시했다.

스티븐 경이 아닌 다른 남자가 O의 육체를 헤집는 걸 구경할 생각에 신이 난 나머지, 주위를 맴돌며 인디언 소녀처럼 춤까지 추고 난리인 나탈리에게 굳이 화를 내거나 황당해할 필요가 있는 걸까?

"O, 그 남자가 당신 입에도 넣을까요? 그 남자, 당신 입을 얼마나 뚫어지게 봤는지 알아요? 아, 남자들이 그토록 원하니, 당신은 정말 행복할 거예요! 분명히 채찍질도 하겠죠? 아마 그동안 채찍질 당한 자국들만 골라서 세 배는 더 채찍질을 할 것 같아요. 적어도, 그러는 동안은 당신에겐 자클린을 생각할 겨를이 없겠죠."

"너 참 바보로구나! 내가 언제나 자클린 생각만 하는 줄 아니?'

O의 말에 소녀는 지지 않고 대꾸했다.

"어머, 저 바보 아니에요! 당신한테는 언니가 필요하다는 거 다 알아요!'

아주 틀린 말은 아니지만, 다 맞다고도 할 수 없었다. 자클린이라는 여자 자체가 필요하다기보다는, O 마음대로 할 수 있는 여자의 몸뚱어리가 필요한 거니까. 만약 나탈리에게 손대는 것이 금지되지만 않았어도, O는 소녀의 몸을 취했을 것이다. 금지의 명령을 어기지 못한 유일한 이유는, 나탈리가 앞으로 몇 주 후 루아시에 가면 어차피 그녀에게 건네질 몸인 데다, 그 전에 이미 나탈리를 넘겨주는 과정 자체가 그녀의 주관하에, 그녀의 수고에 힘입어 이루어질 일이기 때문이다. 솔직히 나탈리와 그녀 사이를 가로막고 있는 공기의 장벽, 보이지 않는 차단막을 무너뜨리고 싶은 마음이야 항상 간절하지만, 그와 동시에 금지된 상황 속에서 기다림의 묘미를 즐기고 있는 것 또한 사실이었다. 그 얘기를 나탈리에게도 했으나, 소녀는 고개를 저으며 O의 말을 믿으려 하지 않았다.

"만일 자클린이 여기 있고, 간절히 원하고 있다면, 당신은 애무를 해주었을 거예요."

"그야 물론이지."

O가 웃으며 말하자, 소녀는 뾰로통하니 대꾸했다.

"그것 봐……"

이런 아이에게 도대체 어떻게 해야 납득시키겠는가! 아니, 그럴 필요가 있기는 한 걸까? O는 자클린을 꼭 사랑하는 게 아니고, 그것은 나탈리나 다른 어떤 여자에 대해서도 마찬가지라는 점. 단지 세상 어느 여자든 있는 그대로 여자이기에, 그만큼만 좋아할 뿐이라는 사실 말이다. 이는 마치 자기 자신보다 남들이 더 아름답고 사랑스럽다 느끼면서도, 정작 자신에 대한 사랑에는 미치지 못하는 것과 같은 이치다. 자신의 애무로 인해 숨 넘어가는 여자의 표정을 지켜볼 때의 쾌감, 이와 입술로 그 여자의 젖꼭지를 질겅거려 단단하게 일으켜 세울 때의 그 쾌감, 음부와 항문을 손으로 마구 쑤셔대면서 얻어지는—그때 손가락을 꼭꼭 조여주는 은밀한 근력(筋力)을 느끼면서 신음소리를 듣노라면 정신이 다 아뜩해진다—바로 그 쾌감이 그토록 강렬한 이유는, 똑같은 입장에서 자신이 남에게 선사할 쾌감을 그것이 적나라하게 보여주기 때문이다. 한 가지 차이점이라면, 자신에게 몸을 내맡긴 여자들과는 달리 O는 늘 남자에게만 몸을 내어준다는 사실이다. 나아가 내가 애무해주는 여자들은 자동적으로 나를 차지하는 남자의 소유가 되는 것이고, 이때 나는 그저 대리인으로서의 역할을 수행할 따름이라는 게 O의 생각이었다. 가령 낮잠시간에 자클린이 그녀 곁을 찾아들었던 요 며칠 사이, 스티븐 경이 벽 너머 구경만 하는 대신 욕정을 못 이겨 불쑥 방으로 들어오기만 했다면, O는 일말의 망설임도 없이 아주 기쁜 마음으로 그의 앞에 자클린의 사타구니를 활짝 벌려 주었을 것이다. 사냥에 이용해도 좋을, 본능을 통해 훈련된 맹금류라고나 할까? 사냥감을 향해 곧장 날아가 숨통을 낚아챈 뒤 한 치의 오차 없이 주인에게 가져다주는 사냥새…… 호랑이도 제말하면 온다던가, 금빛 터럭에 가려진 자클린의 그 섬세한 분홍빛 소음순과 함께, 그보다 더 발갛고 우아한, 지금껏 단 세 번밖에 건드려 보지 못한 엉덩이 사이 구멍을 두근거리는 마음으로 곱씹고 있는데, 옆방에서 스티븐 경의 인기척이 들렸다. 이쪽에서는 그를 볼 수 없어도 그는 이쪽을 볼 수 있다는 걸 O는 잘 알고 있었다. 이처럼 시도 때도 없이 까발려지는 상황, 저 시선의 영원한 감옥에 갇혀 있는 자신의 처지가 얼마나 행복한지 그녀는 다시 한번 실감했다. 어린 나탈리는 흡사 우유에 빠진 파리 한 마리처럼 방 한복판 하얀 양탄자 위에 웅크리고 앉아 있고, O는 화장대로도 사용하는 뚱뚱한 서랍장 앞에 서 있다. 서랍장 너머 거울이 그녀의 상반신을 비추고 있다. 낡은 거울로 인해 마치 오래된 웅덩이 속을 들여다보듯 녹색 톤으로 흐릿하게 떠오르는 그녀 모습은 세기말의 어떤 판화 속 여인네들을 연상시킨다. 한여름 어스름한 집안 이곳저곳을 나체로 돌아다니는 여인네들…… 마침내 스티븐 경이 불쑥 방 안으로 들어왔고, O는 휙 돌아서면서 서랍장에 뒤를 기댔다. 그 순간 사타구니에 매달린 링이 서랍장의 청동 손잡이에 부닥치며 딸랑거렸다. 스티븐 경이 말했다.

"나탈리, 지금 아래층에 내려가서 두 번째 방에 놓아둔 하얀 판지상자를 가져오너라."

다시 나타난 나탈리는 침대 위에 상자를 올려놓고 뚜껑을 열어, 그 속에 실크 포장지로 감싼 물건들을 하나하나 스티븐 경에게 내밀었다. 가면들이었다. 머리서부터 얼굴까지 완벽히 가리도록 만들어진 가면. 눈과 입, 턱만 밖으로 내놓게 되어 있었다. 매, 독수리, 올빼미, 여우, 사자, 황소…… 모두 동물 가면들뿐이었다. 물론 사람의 치수에 맞게 제작된 것이지만, 진짜 동물의 털과 깃털이 달려 있었다. 눈썹이 있는 동물의 경우(사자처럼) 눈구멍 바로 위에 수북한 눈썹까지 부착되어 있고, 몸에 나는 깃털과 털은 가면 쓴 사람 어깨까지 자연스레 덮도록 되어 있었다. 뒤로 늘어진 덮개 속 끈을 조이기만 하면, 윗입술 바로 위부터 시작해(콧구멍을 위한 구멍 두 개가 정확한 위치에 뚫려 있다) 양 볼을 따라 가면이 얼굴에 착 달라붙었다. 가면의 표면과 안쪽 살이 닿는 부분 사이에 단단한 골판지로 가공된 틀이 짜여져 전체적인 형태를 유지시켜 주었다. O는 거울 앞에 서서 가면들을 하나씩 써보았다. O에게 제일 잘 어울리면서 또한 확연하게 분위기 전환을 해주는, 가장 튀어 보이는 것은 두 종류 있는 올빼미 가면 중 하나였다. 아마도 황갈색의 그 깃털이 햇볕에 그을린 O의 피부와 기막히게 조화를 이루기 때문일 터다. 온통 깃털로 이루어진 덮개는 어깨를 거의 완벽하게 가리면서 뒤로는 등의 중간쯤, 앞으로는 젖가슴이 시작되는 부분까지 내려왔다. 스티븐 경은 O의 립스틱 자국을 지우게 한 뒤, 가면을 벗자 이렇게 말했다.

"너는 그럼 대장의 올빼미가 되는 거야. 근데 한 가지 양해를 구할 게 있어. 너는 줄에 매여서 끌려다녀야 하거든. 나탈리, 건넌방으로 가서 내 책상 첫 번째 서랍에 있는 체인하고 집게 좀 가져와라."

지시받은 것들을 나탈리가 가져오자, 스티븐 경은 체인의 마지막 고리를 열고 O의 소음순에 피어싱된 링의 두 번째 마디에다 끼워 넣은 뒤, 고리를 닫았다. 마치 개를 끌고 다닐 때 쓰는 것처럼 생긴 체인은—실제로 개줄이었다—길이가 1미터 30센티미터였고, 끝에는 자동식 스냅훅이 달려 있었다. O가 다시 가면을 쓰자, 스티븐 경은 나탈리에게 체인을 건네고는 O를 끌고 이리저리 다녀보라고 했다. 나탈리는 알몸 상태로 가면만 하나 달랑 착용한 O의 음부에 매달린 체인을 쥐고서 방 안을 세 바퀴 돌았다. 잠시 지켜보던 스티븐 경이 이런 말을 한 건 바로 그쯤 되어서였다.

　"가만, 아무래도 대장 말이 맞았어…… 너의 털을 모조리 뽑아버리는 게 좋겠어. 그 일은 내일 하자고. 일단 체인은 그대로 달고 있어."

　그날 저녁, 처음으로 자클린과 나탈리, 르네, 스티븐 경이 모두 모인 자리에서 O는 발가벗은 채 저녁식사를 했다. 체인은 다리 사이로 빼서 엉덩이 쪽으로 올려 허리에 감아놓은 상태. 노라 혼자서 식사 시중을 드는 내내, O는 노파의 시선을 피하느라 여간 고생이 아니었다.

　다음날 털을 제거하러 찾아간 미용실의 어린 아가씨는 피어싱된 링과 인두 자국보다도 최신 유행한다는 제모법 자체에 더 혼비백산했다. 일단 털에 촛농을 떨어뜨린 다음 굳기를 기다렸다가 갑자기 뜯어내는 소위 왁싱제모법은 승마용 채찍으로 한 대 맞는 것보다 훨씬 덜 쓰라리다고, 어떤 처지에서인지는 차치하고, 일단 그 느낌 자체가 나는 행복하다고 아무리 설명하고 설득을 해도, 어린 아가씨의 놀란 표정을 잠재울 수는 없었다. 사태를 수습하고 진정시키려는 O의 노력은, 처음 자신을 가여워하는 눈으로 바라보던 미용실 종업원의 시선을 이제는 공포와 혐오감이 담긴 눈빛으로 바꿔버렸을 뿐이다. 아울러 모든 과정이 끝나, 마치 사랑행위를 하듯 다리 벌리고 앉아 있던 골방을 막 나서면서 아무리 정겹게 고맙다는 인사를 하고, 아무리 막대한 돈을 치렀다 해도, O는 왠지 손님으로서 자기 발로 나간다기보다는 가게 주인에게 쫓겨나간다는 기분에 휩싸이는 것이었다. 하긴 그래봤자 무슨 대수이겠는가? 음부를 덮은 터럭들과 가면의 깃털이 서로 어울리지 않았던 것은 분명하지 않은가! 더군다나, 워낙 어깨가 넓은 편에 허리는 잘록하고 다리가 긴 체형인 데다, 새가면까지 쓰다 보니 이집트 조각상 같은 느낌이 확연해진 마당인데, 이참에 아예 온몸 털 하나 없이 매끈매끈하면 나쁠 게 무어란 말인가! 하지만 음부의 갈라진 골을 비집고 나온, 보다 섬세한 닭볏 모양의 소음순까지 보란 듯 드러내는 것은 원시종교의 여신상들 말고는 없지 않은가? 게다가 거기 거추장스런 링까지 피어싱된 모습을 본 적이 있는가? 그러고 보니, 안느-마리의 저택에서 만났던 통통한 체구의 빨강머리 아가씨 얘기가 생각났다. 음부에 피어싱한 링을 오로지 침대 다리에 여자를 묶어두기 위해서만 사용했다는 그녀의 주인 역시 여자 몸에 난 털을 모조리 제거하고 싶어했는데, 그래야 완전한 나체 상태에 도달하기 때문이라나. O는 혹시 스티븐 경이 싫어하지 않을까 걱정스러웠다. 평소 그녀의 치모를 붙잡아 자기 쪽으로 끌어당기기를 좋아하던 사람이 아닌가! 하지만 그 걱정은 기우에 불과했다. 스티븐 경은 O가 훨씬 더 사랑스러워졌다고 했고, 얼굴의 입술이든 아랫도리의 '입술'이든 립스틱을 바르지 않아 하나같이 핏기 없는 상태로 가면까지 쓰고 나타나자, 흡사 어떤 짐승을 길들이기 위해 조심스레 만지는 것처럼, 지극히 섬세한 손길로 쓰다듬는 것이었다. 그는 O를 데려가고자 하는 장소와 시간, 대장이 초대한 손님들에 관해 아무런 언질도 주지 않았다. 대신 낮에 그녀 곁에서 내내 잠을 잔 뒤, 저녁에는 둘만을 위한 저녁식사를 직접 방으로 시켜 함께 들었다. 두 사람은 자정이 되기 한 시간 전에 뷰익을 타고 출발했다. O는 갈색 등산용 케이프재킷을 걸치고 나막신을 신었다. 나탈리는 검은 스웨터에 바지를 입었는데, O의 링에 매달린 체인의 스냅훅을 오른손목 팔찌 고리에 걸어 쥐고 있었다. 운전은 스티븐 경이 했다. 높이 떠서 거의 다 차오른 달은 도로와 가로수, 마을 건물들을 눈처럼 희고 부드러운 광채로 감싸안았고, 빛이 닿지 않는 나머지 모든 것은 먹물을 뒤집어쓴 듯 어둠 속에 잠겨 있었다. 집집마다 문가에는 아직 사람들이 삼삼오오 눈에 띄었는데, 내부를 짐작하기 어려운 자동차 한 대가 휑하니 지나칠 때마다 호기심 어린 반응을 보이고 있었다(스티븐 경은 차 지붕을 열지 않았다). 개들이 짖어댔다. 빛이 닿는 길가의 올리브나무들은 지면에서 2미터 높이를 둥둥 떠다니는 은빛 구름들 같았고, 실편백나무들은 검은색 깃털들을 단 것 같았다. 이 고장 모든 것이 비현실적으로만 느껴졌다. 밤은, 깨꽃과 라벤더 향기를 제외한 모든 것을 상상의 세계 속으로 몰아넣고 있었다. 계속되는 오르막길에도 불구하고 저지대에서와 똑같은 지열(地熱)이 주위를 감싸고 있었다. O는 케이프재킷을 어깨에서 벗어 내렸다. 이젠 길가에 사람들이 하나도 없어, 밖의 시선을 걱정할 필요가 없었다. 초록빛 참나무 숲을 따라 십 분을 더 가자 고갯마루가 나왔다. 길게 이어진 담벼락 어디쯤, 스티븐 경이 차 속도를 늦추면서 다가가자 대문이 저절로 열렸다. 안마당에 들어선 차가 완전히 정지함과 동시에 대문이 스르르 닫혔다. 차에서 내린 스티븐 경은 나탈리와 O를 내리게 하면서, O에게는 특별히 재킷과 나막신을 모두 벗어 차에 놔두라고 지시했다. 앞에 있는 문을 밀어 열자, 르네상스식 아케이드 회랑이 펼쳐졌다. 삼면이 접해 있고, 나머지 한쪽 측면은 포석이 깔린 마당에 이어 같은 포석으로 단장된 테라스에 잇닿아 있었다. 십여 명의 커플들이 그 테라스에서 춤을 추고 있었고, 마당에는 촛불로 밝혀진 작은 테이블마다 가슴이 깊게 파인 드레스 차림의 여자들과 흰색 스펜서 재킷을 입은 남자들이 앉아 있었다. 좌측 회랑에는 전축이, 우측 회랑에는 뷔페가 마련되어 있었다. 촛불들만큼이나 밝은 빛을 비추는 달빛 속으로 어둔 분신(分身) 같은 나탈리가 O를 끌고 나타나자, 춤을 추던 사람들이 일제히 동작을 멈추었고 앉아 있던 남자들은 벌떡 일어섰다. 전축을 담당하는 청년이 뭔가 예기치 않은 상황을 감지하고는 얼른 턴테이블을 멈추었다. O가 그 자리에 멈추어 섰고, 두어 걸음 뒤에서 따르던 스티븐 경도 멈춰 기다렸다. 여자를 더 자세히 들여다보기 위해 어느새 횃불까지 치켜들고 O 주위로 몰려든 사람들을 대장이 양옆으로 비켜 세웠다.

"누구야?…… 누구 여자지?"

웅성거리는 사람들을 향해 대장이 말했다.

"원한다면 여러분께 드리리다."

그러고는 테라스 한쪽 구석, 작은 벽이 등받이 구실을 하고 있는 돌벤치 쪽으로 나탈리와 O를 데리고 갔다. O는 캄보디아산 쿠션이 깔린 그 돌벤치에 앉아 뒤의 벽에 등을 기댄 채 양손을 가지런히 무릎에 얹었고, 나탈리는 체인을 쥔 상태로 그 왼쪽 바닥에 주저앉았다. O는 스티븐 경이 어디 있는지 눈으로 찾았지만, 얼른 보이지가 않았다. 그러다가 테라스 반대편 구석 긴 의자에 느긋이 기대앉은 그의 존재가 어렴풋이 감지됐다. 눈으로 직접 확인하고서야 그녀는 안도의 한숨을 내쉬었다. 음악이 다시 흘렀고, 사람들은 춤을 재개했다. 한두 커플이 춤을 추면서 은근슬쩍 O 쪽으로 다가오는가 하면, 어떤 커플은 여자가 남자 손을 이끌고 노골적으로 접근하기도 했다. O는 진짜 밤새의 눈처럼 흑갈색으로 눈매를 강조한 눈을 부릅떠 그들을 쏘아보고 있었다. 어찌나 실감나는 형상인지, 정말로 사람 말을 못 알아듣는 올빼미를 대하듯, 그 누구도 말 한마디 걸어 볼 생각조차 못 하는 것이었다. 자정부터 시작해, 달이 서쪽으로 기울면서 서서히 힘을 잃어, 마침내 새벽 다섯 시쯤 동쪽 하늘을 허옇게 물들이며 동이 틀 무렵까지, 여러 차례 사람들이 다가와 O의 몸에 손을 댔고, 주위를 맴돌았으며, 그 중 몇 번은 가지가 두 개인 프로방스식 도자기 촛대를 가져와 O의 다리를 벌리게 한 뒤 체인을 치켜들어,—허벅지 안쪽에 촛불의 열기가 그대로 와 닿았다—그것이 어떤 식으로 연결되었는지를 살펴보았다. 한번은 술에 취한 어느 미국인 남자가 히죽거리며 다가와 그녀를 덥석 붙잡았는데, 링이 피어싱된 살점에 손이 가 닿는 순간 갑자기 술이 깬 사람처럼 화들짝 놀라는 것이었다. 그의 얼굴에서 O는, 미용실 직원의 얼굴에서도 확인했던 공포와 혐오의 감정이 불쑥 고개를 드는 걸 볼 수 있었다. 미국인 남자가 줄행랑을 친 뒤 얼마 안 있어 이번에는 아주 젊은 여자가 한 명 다가왔는데, 그 나이에 맞게 어깨가 환히 드러나는 첫 무도회용 흰색 드레스 차림에 목에는 자그마한 진주 목걸이를, 허리춤엔 액세서리용 장미꽃 두 송이를 착용하고, 앙증맞은 금빛 샌들을 신은 모습이었다. 한 젊은이가 O의 오른쪽에 그녀를 바짝 붙여 앉히더니, 손을 붙잡고 강제로 O의 파르르 떠는 젖가슴을 만지게 했다. 이어서 O의 음부와 링, 링이 꿰뚫고 지나간 구멍으로까지 여자의 가녀린 손길이 더듬어갔다. 젊은이가 조종하는 대로 말없이 따르던 여자는, 급기야 자신에게 똑같이 해주겠다는 말을 듣고 나서도 움찔하는 기색이 없었다. 그렇게 O를 실험용 모델이나 전시물처럼 다루는 가운데, 누구 하나 난 한 번도 말을 건네는 사람이 없었다. 돌이나 밀랍으로 만든 인형이란 말인가? 어쩌면 다른 세상에 속한 존재? 정녕 말을 건넬 필요조차 없다고 생각하는 것일까? 아니면 말붙일 엄두가 나지 않는 걸까? 날이 환히 밝아 춤추던 모든 사람들이 떠나고 나서야, 스티븐 경과 대장은 O의 발치에서 잠이 든 나탈리를 깨웠다. 두 남자는 O를 일으켜 세워, 마당 한가운데로 데리고 나갔다. 거기서 체인을 풀어주고 가면까지 벗겨 테이블 위에 눕힌 다음, 두 남자가 번갈아 O를 차지했다.

현대 에로티즘 문학의 전설

"어떤 행동이나 태도, 말 한마디로도 밖으로 드러내 보인 적은 없지만, 상상의 지하통로를 통해 이 세상만큼이나 유구한 꿈들과 교류하는 누군가의 은밀한 밤, 그 오랜 침묵에 속한 부분이 아니고서 과연 내가 누구이겠는가?" 자아에 대한 이러한 성찰이야말로 사람의 눈빛을 깊게 하고, 누군가를 사랑하게 하며, 손에 펜을 쥐게 해 글을, (이 성찰의 주인공인 저자 폴린 레아주처럼) 존재보다 강한 욕망의 글을 쓰게 만드는 것이 아닐까?

「O 이야기」. 에로 소설인가? 포르노그라피인가? 혹시 손 번쩍 들며 '영화 제목입니다!' 라고 외칠 사람이 아직도 있는지, 모르겠다. (〈엠마뉘엘〉 시리즈로 유명한 쥐스트

자캉 감독의 1975년판 영화 〈O 이야기〉가 잘 알려져 있긴 하다. 그나마 오랫동안 국내에선 가위질 투성이의 비디오를 통해서였지만.) 내가 소장하고 있는 1972년판 책날개의 도움을 구해 보자. "어떤 시대 전반을 관류하는 감성의 흐름이 하나의 구체적인 작품으로 결정화되는 일은 한 세기에 대략 두세 차례 정도 늘 있어 왔다. 하지만 그 흐름의 진정한 깊이와 규모를 정확히 가늠하려면 그로부터 항상 15년이나 20년은 더 기다려야만 한다. 『O 이야기』가 세상에 나온 지 20년이 다 되어 가는 지금, 이 소설이 갖는 중요성은 날로 중대되고 있다. 세계 전역으로 번역됨은 물론, 영역본으로만 이미 3백만 부 판매를 넘어선 이 책은 『어린 왕자』 이후 세계적으로 가장 널리 읽히는 프랑스 현대소설의 반열에 올라 있다. 이러한 추세는 앞으로도 얼마든지 지속될 가능성이 크다." 저 유명한 「Deep Throat」가 세상을 발칵 뒤집은 해의 논평인 만큼 다소 흥분한 어감은 있지만, 20세기 후반 이 책이 차지하는 위치에 한해 별로 틀린 말을 하고 있지 않은 것만은 분명하다. 그런가 하면, 첫 판 프롤로그를 썼던 장 폴랑은 이야기 속에 내재하는 위험요소를 거론하면서 이 소설의 가치를 다음과 같이 정리했다.

"왜 위험하다고 말하는가? 적어도 경솔한 표현이 아닐

수 없다. 어쩌면 그렇게 말함으로써 우리로 하여금 더 읽어 보고 싶게 만들고, 그만큼 더 위험에 노출시키려는 건지도 모른다. 그럴수록 우리는 용기를 내기 마련이니까. (…) 『O 이야기』는 분명 독자에게 강한 영향을 미칠 만한 책들 중 하나다. 적어도 그것을 읽기 전과 후가 똑같을 수는 없다. 자신이 행사한 영향력에 묘하게 뒤섞이면서 스스로 변모하는 책. 몇 년이 지나고 나서는 전혀 다른 책이 되는, 그런 책이라고나 할까."

흔히 현대 에로티즘 문학의 걸작이라 불리는 이 소설을 막상 저자 자신은 연인에게 보내는 '연애 편지'로 애당초 규정했었다. 프랑스 굴지의 문예지 《누벨 르뷔 프랑세즈》의 비서로 일하며 작가이기도 한 도미니크 오리(Dominique Aury. 이 또한 필명이며 본명은 안 데클로스Anne Desclos)는 당대 문단의 거장인 사장 장 폴랑에 대한 절절한 연모의 정을 한 편의 지독한 소설로 빚어낸 셈이다. 당시 이미 60대 나이에 접어든 기혼자 장 폴랑과 30대 미혼이었던 오리의 관계는 장 폴랑이 숨을 거두는 1968년까지 위태위태하게 지속되었다. 하지만, 이름도 바꿨을 뿐만 아니라(폴린 레아주), 워낙 저자 자신이 철저한 침묵을 견지했기에, 장 폴랑을 포함해 그 누구도 설마 이 고전적 외모의 엘리트 여성이 웬만한 남성도 혀를 내두를 소설의 저자라고는 생각지 못했다고 한다. 적어도 지식인층에 속한 남자 누군가의 솜씨일 거라는 추측만 무성할 뿐, 심지어 장 폴랑 본인이 저자일지 모른다는 억측에서부터 레이몽 크노나 앙드레 말로, 앙리 드 몽테를랑 같은 저명인사가 숨은 주인공으로 의심받기도 했었다. 그렇게 흐른 세월이 어언 40여 해, 1994년 여든여섯 살 할머니가 되고서야 공식적으로 자신의 정체를 밝힌 저자의 변이 솔직한 만큼 가슴 찡하다. "(그를 누구보다 사랑했지만) 당시 나는 젊지도 않았고, 예쁘지도 않았답니다. 그래서 다른 무기를 찾아야 했어요. 육체가 전부는 아니었으니까요. 무기는 정신 속에도 존재하니까 말입니다." 그렇다, 이 소설은 연인을 향해 쓸 수 있는 가장 절절한 연애 편지일는지도 모른다. 적어도 일개 에로틱한 내용의 소설이라는 것만으로는 정의가 턱없이 부족하다. 예컨대, 이 책 속에 난무하는 사도-마조히즘적 담론들은 단순히 성적 쾌락의 수행으로 읽히기보다는 어떤 극한의 추구, 절대를 향한 자아의 완전한 헌정(獻呈) 의지로 해석된다. 마치 노예처럼, 용해되는 원소처럼 연인이라는 존재에, 사랑 자체에 완전히 속해 버리고자 하는 작가의, 아니 O의 연애 편지……

이처럼 심오한 배경을 가지고 있는 작품이지만, 그 탄생의 계기는 의외로 단순했다. 사드의 작품에 심취해 있던 장 폴랑이 지나는 투로 "여자는 결코 사드처럼 쓰지 못할 것"이라고 한 말을 그의 비서인 도미니크 오리는 그냥 흘려들을 수가 없었던 것. 여성으로서의 도전정신이 발동한 것일까, 연인에게 인정받고자 하는 욕심이었을까. 아마 그 둘 다였으리라 생각한다. 포르노그라피가 발에 채일 정도인 오늘날에도 결코 온건하게 보이지 않는 이 작품이 처음 발표되었을 당시, 세상이 발칵 뒤집혔을 것은 불 보듯 뻔한 일. 출간 이듬해, 저자의 정체가 오리무중임에도 불구하고 가능성 있는 젊은 작가를 대상으로 한 '되 마고 상(Prix des Deux Magots)'을 수상하면서 일약 화제가 된 이 소설은 여러 지식인들로부터 극단으로 갈리는 평가를 받았다. 프랑수아 모리악은 "구토를 불러일으킨다"고 악평한 반면, 조르주 바타유와 그레엄 그린은 극찬을 아끼지 않는 쪽이었다. 스캔들에 가까운 이런 소란은 결국 판금 조치와 외설죄가 거론되는 지경에 이르렀으나, 다행히 기소까지는 가지 않은 채 수년간 미성년 판매 제한과 광고 금지 상태에 묶여 있었고, 영문판이 출간된 것도 십여 년이 지난 후에야 가능했다.

　　애초 이 작품이 논란의 대상이 된 데엔, 과격한 성애 장면들도 문제지만, 그 속에서 드러나는 여주인공 O의 태도 자체가 큰 몫을 차지했다. 자기해체에 이를 정도로 남성의 욕망에 몰입하는 여주인공의 모습을 놓고, 당대 페미니스트들의 반발이 거세었으리라는 점은 상상하기 어렵지 않다. 남성 중심주의적인 망상의 극악무도한 경지로 지목되면서, 여성으로서의 성적 존엄성을 철저히 배반한 소설로 치부되기도 했다. 오죽하면 주인공을 지칭하는 O라는 이니셜이 '물건(오브제objet)'이나 '구멍(오리피스orifice)'에 대한 암시일 수 있다는 혐의가 제기될 정도였다. 훗날 저자임을 스스로 밝힌 도미니크 오리는 이에 대한 자신의 입장을 더없이 간명하게 피력했다. "글쎄요…… 제가 아는 건, 그 소설의 모든 것이 저 개인의 순전한 환상이라는 사실입니다. 남성 중심이든 여성 중심이든 그런 건 상관하지 않아요…… 그 속에 실재하는 것은 아무것도 없습니다. 세상 그 누구도 O와 같이 다루어지는 걸 견뎌낼 사람은 없지요. 모든 것이 저의 사춘기부터 존재해온 환상일 뿐입니다." 우문현답이 아닐 수 없다.

21세기임에도, 에로티즘에 아직은 애로(隘路)사항이 많은 이 땅의 사회다. 엉터리 축약본, 정체불명의 저질 해적판이 아닌, 정식으로 이 작품을 소개하고 싶었던 역자 나름의 이유가 거기에 있다. 4년 전부터 이 책의 출간을 여러 출판사에 타진했지만 에로티즘에 대한 이중적인 시선을 과감히 접을 줄 아는 출판사를 찾기란 쉬운 일이 아니었다. 결국 자의 반 타의 반 보류하고 있던 차에 문학세계사에서 연락이 왔고, 진작에 소개되고 읽혔어야 했을 '전설(legend)'이 이제야 이렇게 제 모습을 갖춰 여러분 손안에 쥐어져 있다. 미련한 노파심을 끝내 떨치지 못하는 역자로서 하나 첨언하자면, 단순히 자극적인 소재와 표현에 대한 사춘기적 기대만으로 이 책을 들춰보는 우는 범하지 말았으면 한다. 성 해방운동이 들불처럼 일어나기 훨씬 전인 1954년 작품인 만큼 구체적인 성애묘사가 오늘날에도 모두에게 자극적인 것만은 아닐지 모른다. 실제로 대부분 묘사가 완곡어법(euphemism)이라는 수사적 장치에 기대 있다. 예컨대, 여성기는 'ventre(배, 아랫배, 음부)', 항문은 'reins(등허리, 둔부, 뒤)' 그나마 남성기를 'sexe(성기)'라 칭하는 정도다. 번역을 하면서, 이 작품에 내재하는 치열한 메시지와 파격적인 미학이 그처럼 에두른 표현들에 의해 혹시라도 희석될까 많은 걱정과 노력을 쏟아야 했다. 공시적(公示的) 작품성과 통시적(通時的) 표현 한계가 서로 충돌하는 국면들이 적잖았다는 얘기다. 모쪼록 감안하면서 읽어나가길 바란다. 아울러, 이 작품에는 『루아시로의 귀환(Retour a Roissy)』이라는 제목의 속편이 정식으로 존재한다는 점을 밝힌다. 작품 말미에 그에 대한 암시의 문구가 다음과 같이 첨부되어 기대감을 높이고 있다. "『O 이야기』에는 두 번째 결말이 존재한다. 스티븐 경에 의해 버림받을 지경이 된 O는 스스로 목숨을 끊는 게 낫다는 생각을 한다. 남자는 그에 동의한다……" 이 책이 충분한 각광을 받아, 부디 속편까지 완역될 수 있는 날이 오기를 바란다.

성 귀 수